cocon

Inhalt

Januar 1979. Die letzten 36 Stunden im Leben von Sylvie Claasen. Die beschauliche Gemeinde Gersfeld in der hessischen Rhön wird zum Schauplatz des mysteriösen Verschwindens eines Mädchens. 27 Jahre später findet ein Torfarbeiter das Skelett eines Menschen im Moor. Was als überraschende Lösung eines lang zurückliegenden Vermisstenfalls beginnt, entpuppt sich als archäologische Sensation. Für die Kommissarin Anna Lewin beginnt damit jedoch ein nicht enden wollender Alptraum, der sie in das Labyrinth einer düsteren Parallelwelt führt ...

Autor

Daniel Mylow, geb. 19.08.1964 in Stuttgart, ist Preisträger zahlreicher Literaturwettbewerbe. 2003 erhielt er den *stellwerk Marburg*-Lesepreis, 2004 den Kurzkrimipreis von Buch Habel und 2009 den Buchjournal-Preis. 2012 gewann er den Literaturpreis der Sparkassenstiftung Groß Gerau und belegte den 2. Platz im Literaturwettbewerb „Unterwegs nach Tschechien". 2015 bekam er den Literaturpreis der Zeitschrift *futura* verliehen und belegte den 1. Platz bei dem LW der Katholischen Erwachsenenbildung. 2016 erschrieb er sich den Literaturpreis *vigilius mountain stories* und erhielt erneut den Ersten Preis der Sparkassenstiftung Groß Gerau. Außerdem gewann er den *Astro-Art Hamburg*-Literaturpreis.

CoCon-Verlag GmbH
In den Türkischen Gärten 13, 63450 Hanau
Tel.: (0 61 81) 1 77 00, Fax: (0 61 81) 18 13 33
E-Mail: kontakt@cocon-verlag.de
www.cocon-verlag.de

Hanau 2017
Lektorat und Titelgestaltung: Benedikt Behnke
ISBN 978-3-86314-346-6

DANIEL MYLOW

ROTES MOOR

Teil 1

1
Sylvie

Sie erwachte. Das Dunkel um sie herum war so klar, die Motorengeräusche flüsterten geisterhaft in das blasse Weiß der Stille über dem Schnee, Baumkronen strebten in das schwarz umrissene Nichts des Horizonts, als wären sie längst davon getrieben, in eine andere Welt, in eine andere Zeit. Auch wenn sie noch atmeten und sich ihre Körper noch lebendig anfühlten, so spürten sie doch tief in ihrem Innern, wie sterblich die Tage von nun an waren.

Jan sprach kein einziges Wort. Er fuhr, die schmalen Lippen zu einem Strich zusammengepresst, den Blick starr geradeaus gerichtet wie auf dem Sprung zu fernsten Ländern.

Kai schlief auf der Rückbank. Das Scheinwerferlicht der entgegenkommenden Autos, ein Gespinst verirrt blinkender Lichtranken, in dem sich ihr Blick verfing, strich über sein Gesicht.

Sylvie indes malte Schattenzeilen auf das beschlagene Fensterglas des Autos und sah zu, wie die Umrisse der Buchstaben im Lichtmaß des Himmels über einer Landschaft verschwanden, die ihr sagte, dass es unmöglich war, jemals über die Gegenwart hinauszugelangen.

Über die A 7 rasten sie in den Winterabend.

Gersfeld in der Rhön.

Jan stieß Kai derb in die Seite. „Wir sind da", zischte er.

Endlose Reihenhausfassaden schälten sich aus einem Geflecht verwirrender Geraden. Dort, wo sie sich in der weißgrauen Nachtluft verloren, schlüpften sie durch winterliche

Gärten und bald darauf durch ein Gartentor. Das fahle Licht der Laternen sog ihre Schatten auf.

Sekunden später durchschnitt ein gedämpftes Bersten die Vorortstille. Licht erhellte die Fenstergitter eines gegenüberliegenden Hauses.

Kai presste Sylvie an die Wand. „Pst!"

Sie spürte seine schwitzende Handinnenfläche auf ihren Lippen. Seine Armbanduhr zeigte zwei Uhr morgens.

Jan war bereits im Flur. Sein regloser Schatten zeichnete sich im Rauchglas der Wohnzimmertür ab.

Das Licht verschwand. Die offene Terrassentür bewegte sich in einem plötzlichen Luftzug. Sie warteten. Als sich Jans Schatten langsam aus dem Glas löste, verteilten sie sich im Haus. Ihre Bewegungen glichen denen von Marionetten; wie ferngesteuert bewegten sie sich durch die Räume des Hauses, ohne sich dabei zu begegnen.

Sylvie blieb am Fenster. Von hier aus konnte sie zwei, drei Straßen gleichzeitig überblicke. Wenn etwas ungewöhnlich war, würde sie ein kurzes Signal geben.

Jan sah immer wieder auf die Uhr. Er gab sich nicht mehr als zwei Minuten für jeden Raum. Das Haus war eine gute Wahl. Kai hatte einen ordentlichen Job gemacht. Eine Woche hatte er sich hier herumgetrieben, hatte Gersfeld und die ganze Rhön rund um die Wasserkuppe ausgeguckt.

Er bückte sich. Der Sekretär vor ihm sah aus, als hätte er ein geheimnisvolles Innenleben. Mit den Fingerknöcheln schlug er leicht gegen das Wurzelholz.

Er tastete nach einem verborgenen Mechanismus unter der Bodenplatte, als er ein Geräusch hörte. Drei lang gezogene Töne, die in der Luft zu vibrieren schienen. Er hielt inne, biss sich auf die Unterlippe. Langsam stand er auf. Seine Augen suchten Sylvie. Seit letzter Woche trug sie ihr Haar kurz. Er mochte das. Sie sah ihn an. Er hörte sie atmen.

„Bullizei?“

Sie nickte.

„Ich geh raus“.

Sie stellte sich ihm in den Weg. So wie vor einem Jahr im *Blue Shell*, als er mit einem abgebrochenen Flaschenhals vor Hermann, dem unverbesserlichen Altnazi, gestanden hatte.

„Was wirst du sagen?“

Sie hatte diesen Blick drauf. Diesen Blick aus schmalen, scharf geschnittenen Augen, der das Licht verspielt streifte und es gebrochen ziehen ließ. *Es gibt immer einen Weg!*, schien er zu sagen.

„Dass ich eine Panne hatte. So was. Irgend so was.“

Er wartete. Darauf, dass sie etwas sagte. Er wollte hören, dass es ein guter Einfall war. Wie verdammt gut seine Einfälle immer waren. Eigentlich wusste er, was sie sagen würde. Dass er die Bullen unterschätzte. Dass er sie immer unterschätzte. Aber sie sagte nichts.

Plötzlich stand Kai im Türrahmen.

„Mach hin“, sagte er.

Jan verschwand durch den Garten.

Kai sah sie ausdruckslos an.

„Es wäre besser gewesen, du hättest die Schule nicht geschmissen. Wäre besser, du wärst nicht hier. Du bist doch erst sechzehn. Warum machst du so was?“

„Was weißt du schon. Ich langweil mich.“

Kai kam einen Schritt auf sie zu.

„Es gibt genug Dinge, die man tun kann.“

„Ich hab mich immer gelangweilt. Das war nie anders. Das Leben ist eben so. Das hat mein Bruder auch gesagt. Und überhaupt: Was machst du dann hier?“

„Ich hab nichts anderes gelernt. Find du mal ‘nen Job als Schreiner in unserer Gegend, bei der Arbeitslosigkeit.“

Auf einmal stand er neben ihr.

„Hast du Angst?"

„Warum sollte ich Angst haben? Jan wird das schon regeln."

Den letzten Satz hatte er fast unhörbar zwischen den Zähnen hervorgepresst. Kai sah sie mit einem eigentümlichen Ausdruck in seinen hellen Augen an.

„Das mein ich nicht", sagte er. Anschließend wandte er seinen Blick der Nacht zu.

Jan folgte den schmalen Verbindungswegen zwischen den Häusern und lief in einem großen Bogen um das Viertel. Der aufziehende Nebel gefror zu winzigen Eiskristallen. Weiße Flechten standen in der Luft, als er das Ende der Straße erreichte. Er stellte den Kragen seiner Lederjacke hoch und zündete sich eine Zigarette an. Mit raschen Schritten näherte er sich dem Lada. *Scheiße!*, dachte er. *Ein Lada in der Rhön. Damit muss man ja auffallen!*

Zwei Polizisten standen um den Wagen. Ein Streifenwagen parkte wenige Meter weiter auf der anderen Straßenseite.

Die Polizisten blickten auf. Es schien, als warteten sie auf ihn. Er gab seinem Gesicht einen überraschten Ausdruck, als er vor ihnen stehen blieb.

„Gehört Ihnen der Wagen?"

Der Kleinere von beiden, ein untersetzter Stiernacken von vielleicht vierzig Jahren, baute sich vor ihm auf. Der andere, ein schlaksiger, noch sehr junger Polizist, sah ihn aufmerksam an.

„Ja. Das ist meiner", antwortete Jan langsam.

„Zulassung, Ausweis und Führerschein bitte", sagte der Stiernacken in knappem Befehlston.

Jan gab ihm seine Brieftasche. Der Polizist reichte sie weiter an seinen Kollegen.

„Überprüf das mal."

Während der Jüngere um den Wagen herumging und sich zu dem Nummernschild beugte, fragte der Ältere ihn: „Und? Was machen Sie um diese Zeit hier?"

„Die Karre springt nicht mehr an. Ich bin bestimmt 'ne Stunde oder länger durch die Gegend gelaufen. Aber keine Tankstelle oder so was weit und breit."

„Was hat er denn?", fragte der Schlacks, während er mit einer Taschenlampe in das Wageninnere leuchtete.

Jan zuckte mit den Achseln.

„Wenn ich das wüsste. Sie könnten mich nicht vielleicht mit zur nächsten Tanke nehmen?"

Der Stiernacken grinste.

„Sehen wir vielleicht aus wie ein Taxi?"

Er wandte sich zu seinem Kollegen.

„Und?"

„Alles in Ordnung", sagte der gedehnt, während seine braunen Augen Jan fixierten. Sie sahen ihn beide an. Jan wusste, dass das der entscheidende Moment war. Er durfte jetzt keinen Fehler machen. Er rieb die Handinnenflächen gegeneinander.

„Verdammt kalt heut Nacht, was?"

„Nicht kälter als gestern und die Nacht davor. In der Rhön ist es nun mal kalt", erwiderte der Stiernacken ungerührt.

Der junge Polizist öffnete die Fahrertür. Seine hagere Gestalt verschwand im Wageninneren. Jan sog an seiner Zigarette, ohne zu merken, dass sie erloschen war. Der Stiernacken beäugte ihn misstrauisch.

„Was macht einer wie Sie um diese Zeit in dieser Gegend, so weit weg von zu Hause?", fragte er.

Was geht dich das an, Arschloch?!, dachte Jan. Er lächelte dem Polizisten ins Gesicht.

„Ich bin Fotograf. War auf einer Kunstausstellung in Fulda. Morgen hätte ich eigentlich ein Shooting in Frankfurt gehabt. Na ja, und vorher hätte die Agentur noch was für mich gehabt. Ein Hotel kann ich mir nicht leisten, deshalb dachte ich, ich leg mich vor dem Agenturhaus in meinem Auto noch ein wenig aufs Ohr. Aber so weit bin ich dann doch nicht mehr gekommen ..."

Verdammt, jetzt reicht es aber! Er ballte die Faust in seiner Jackentasche. Die Polizisten starrten ihn noch immer an.

„Ja, ist nicht einfach heutzutage", sagte der Jüngere, während er Jan seine Papiere zurückgab.

„Ist ja bald Morgen", ergänzte der andere. Er warf einen Blick in den Fond des Wagens.

„Ja", sagte Jan, „versuche, noch ein bisschen Schlaf zu kriegen. Morgen schau ich dann mal nach einer Werkstatt, denke ich."

Grußlos stiegen die Polizisten in ihren Wagen. Jan kletterte auf die Rückbank seines Autos. Die Rücklichter des Polizeiautos flammten auf. Dann war der Wagen in der Dunkelheit verschwunden.

Das Licht hatte winzige Höfe aus Schatten im Raum ausgesetzt. Sylvie spürte kleine Schweißtropfen auf ihrem Nacken, während sie mit ihren Blicken den wahllos gezogenen Linien der Sonnenstrahlen auf dem Linoleumboden, den Wänden und Möbeln und auf den achtlos im Zimmer verstreuten Kleidungsstücken folgte.

Es musste später Vormittag sein, flüsterte es in ihrem Kopf, und ein Rascheln wie von altem Laub fegte über den Hof. Sie erinnerte sich an einen Morgen im August, einen Morgen, an dem sie nach einer durchtanzten Nacht in einem alten Fabrikgebäude erwacht war und plötzlich gewusst hatte, dass sie, wenn sie dort bliebe, für immer unentdeckt bleiben würde. Für einen Augenblick war ihr Leben wie eine endlose, im Sonnenlicht schimmernde Wasserfläche gewesen. Am liebsten wäre sie eingetaucht und nie wieder hochgekommen. Der einzige Morgen in ihrem Leben, an dem sie sich vor nichts gefürchtet hatte.

Sie hob den Kopf. Neben ihr lag Kais massiger nackter Körper, von konvulsivischen Schnarchwellen geschüttelt, die das Bettgestell in das Zentrum einer sanften Dünung hoben und den ganzen Raum in Bewegung zu versetzen schienen.

Auf einem Sessel am Fenster schlief Jan, die dunklen, lockigen Haare an die hohe Stirn geklebt. Halb angekleidet, rann ihm ein Speichelfaden aus dem Mundwinkel, der spöttisch zu lächeln schien, vielleicht über das Chaos aus leeren Flaschen und schmutzigem Geschirr am Boden oder das ungleiche Paar im Bett. Flackernde Blüten aus Licht huschten vorbei.

Sie schloss die Augen, öffnete sie wieder und kroch dann langsam aus dem Bett, während ihre Hände sich krampfhaft am Boden festzuhalten versuchten und sie sich schließlich auf der Mitte des Weges zum Bad in die dort am Boden stehende offene Reisetasche erbrach.

Schweigend betrachtete sie später ihr Gesicht im Spiegel. Dieses Gesicht! Sie tastete mit den Händen über das Glas, tastete über schmale, dichte Brauen, sah durch ihre Finger auf grünlich schimmernde Onyxaugen unter schönen, langen Wimpern. Augen, die, wie Jan behauptete, zu leuchten pflegten, als hätte die Sonne sie aus kleinen Funken geformt. Weiter über eine kleine, schmale Nase.

Alles in diesem Gesicht ist schmal, dachte sie, als ihre Fingerspitzen über das unmerklich aufgeworfene Oval ihrer halb vollen Lippen tasteten, das kleine Grübchen über ihrem runden Kinn passierten und schließlich, an ihren hohen Wangen entlang, zu der weichen Haut ihrer Stirn zurückkehrten, über der eine kaum sichtbare Falte in den dunklen Strähnen ihres Haaransatzes verschwand.

Von der Straße klang das dunkle, grollende Geräusch der vorüberfahrenden Lastwagen zu ihr herauf, und ohne den Kopf zum Fenster zu wenden, konnte sie den niedrigen Horizont über den Dächern der Häuser sehen, das ewige Zwielicht in den Straßen zwischen Stadtrand und Zubringerstraße, die Krähen auf dem lehmigen Gürtel des Brachlands, das sich in ihrer Erinnerung bis zum Moor zog, dort, wo der Himmel plötzlich eine andere Farbe annahm, so eine Farbe, als wäre ein Meer aus Flaumfedern an ihm haften geblieben.

Als sie das nächste Mal erwachte, war es später Nachmittag. Kai und Jan saßen am Tisch. Eine Wäscheleine war quer durch den Raum gespannt. Die darauf aufgespannten Geldscheine flatterten im Luftzug.

„Waschtag“, sagte Kai.

Er starrte sie an.

„Irgendjemand hat in die Tasche gekotzt. Alle Farben. Aber die hier hat Clementine schon keimfrei geschrubbt. Willste mal sehen?“

Er wies mit einer ausladenden Handbewegung auf einen Haufen Uhren und Schmuck auf dem Küchentisch.

„Was für einen Tag haben wir?“, fragte Sylvie.

„Ist immer noch der 20. Januar 1979, Baby. Und der spanische Außenminister beendet seinen dreitägigen Besuch in der UdSSR, ist das nicht spannend?“

Im Hintergrund lief das Radio.

„Sollte mich das interessieren?“

„Zieh dir was an“, sagte Jan mit schneidender Stimme.

Kai grinste.

Erst jetzt registrierte sie, dass sie nackt war. Wütend schmiss sie die Badezimmertür hinter sich zu.

Ihre Sachen hingen an einem Haken neben dem Waschbecken. Sie konnte sich an nichts erinnern, was in den letzten Stunden passiert war. Wo war sie überhaupt? Wem gehörte diese Wohnung?

Sie stieg in die Wanne und ließ einen kalten Strahl Wasser über ihren Körper rinnen. Der Strahl verhärtete sich. Die Tropfenbahnen bildeten gefrierende Spuren über dem blauen Schimmern ihrer Adern. Wie kleine, stumme Glocken perlten sie auf ihren Brüsten, ihren Schultern. Ihr Gewicht schmerzte. In fliehenden Rinnsalen verschwanden sie im Ausguss. Als wäre nie etwas geschehen.

Sie setzte sich zu den anderen an den Tisch.

„Kannst dir was aussuchen", sagte Kai gönnerhaft.

„Niemand sucht sich was aus. Das Zeug verschwindet. Und in einem Jahr, wenn es sicher ist, bringen wir es an den Mann."

„Wozu sind wir dann so weit gefahren? Wenn es trotzdem nicht sicher ist?"

Kais Miene verfinsterte sich. „Es wird so gemacht, wie ich es sage." Er nahm einen kräftigen Schluck aus der Bierflasche.

„Schick die Kleine raus."

„Ich geh nicht raus", sagte Sylvie.

„Ich sagte: *Schick die Kleine raus!*", wiederholte Kai.

„Geh raus", bat Jan.

„Ich geh nirgendwohin", erwiderte Sylvie.

Kai erhob sich schwankend.

„Und ob du jetzt raus gehst! Du dürftest überhaupt nicht hier sein."

Einen Augenblick war es still. Man konnte Sylvies Atem hören.

Kai gab einen grunzenden Laut von sich. Er schleuderte die Flasche gegen die Wand, wo sie zerplatzte.

„Ihr verdammten Penner verlasst sofort meine Wohnung! Raus! Ich will keinen von euch mehr sehen. Verpisst euch!"

Er packte einen Stuhl und baute sich drohend vor Jan und Sylvie auf.

„Worauf wartet ihr? Raus!"

„Beruhig dich", sagte Jan.

„Ich soll mich beruhigen? Immer geht alles nach deiner beschissenen Fresse. Das reicht mir jetzt!"

Kai holte zum Schlag aus. Der Stuhl zerbarst auf dem Boden.

Diesen Augenblick nutzte Jan. Ein gezielter Fausthieb traf Kai oberhalb der Schläfe. Er röchelte und fiel mit dem Gesicht auf die Bettkante. Stöhnend hielt er sich anschließend die Schläfe. Er streckt die Hand aus und sah das Blut, das von seinen Fingern rann. Wimmernd begann er, das Laken zu zerfetzen.

„Tut mir leid", schlotterte er.

„Hol ihm ein Pflaster", wies Jan Sylvie an. „Der blutet uns noch alles voll!" Er beugte sich über Kai.

Da klopfte es an der Tür. Jan und Sylvie sahen sich an.

Zum ersten Mal seit heute Morgen nahm sie die Geräusche auf der Straße unter der Wohnung wahr. Dann das Summen der Heizkörper. Das Tropfen eines Wasserhahns.

Jan legte den Kopf an die Tür. „Ja?"

„Heinz. Mach die verdammte Tür auf."

Jan öffnete die Tür.

„Was ist passiert?"

Ein großer, extrem dünner Mann mit einer roten Wollmütze auf dem Kopf stand auf der Schwelle. Eine Zigarette hing ihm im Mundwinkel. Seiner Lippen waren aufgerissenen. Lange graue Haare fransten dem

Mittfünfziger wirr über die flache Stirn. Er hatte große, abstehende Ohren und schmale, blaue Augen, die aus einem narbigen Gesicht leuchteten.

„Was starrst du mich so an?", wandte er sich zu Sylvie. „Sehe ich aus wie der Weihnachtsmann?"

Ein krächzendes Lachen, unterbrochen nur von einem Hustenanfall, schallte durch den Raum.

Sylvie lief ins Bad. Mit einem Handtuch kehrte sie zurück, setzte sich zu dem noch immer wimmernden Kai aufs Bett.

„Sieht beschissen aus", sagte Heinz. Er starrte auf das Loch in Kais Gesicht, wo das Blut in der rechten Augenhöhle stand wie Teer in einem Kessel.

Sylvie zog Kai ins Bad.

„Was ist passiert?", wiederholte Heinz.

„Kai hatte einen Ausraster", entgegnete Jan.

„Das muss aufhören. Sonst ist er raus, klar?"

Jan nickte.

„Ich meld den Wagen um und lass ihn neu lackieren. Sicher ist sicher. Bring das Zeug morgen in meine Werkstatt."

Er stutzte.

„Was soll die Scheiße?"

Er blickte verdutzt auf die Wäscheleine über seinem Kopf.

„War ein bisschen feucht gestern Abend. Die Kumpel dürften aber inzwischen wieder trocken sein."

„Hab ich 'ne verdammte Schürze an, oder was?", schnauzte ihn Heinz an.

„Bring mir meinen Anteil morgen in die Werkstatt. Ich vertrau dir. Auch wenn wir nicht die gleichen Frauen pimpern." Er lachte dröhnend über seinen Scherz. „Apropos: Wie war sie?"

„Sie hat ihren Job gemacht. Sie hat unsere Ärsche gerettet."

„Sie hat ... Das ist gut. Das ist wirklich gut."

Ein Hustenanfall unterbrach das wiehernde Lachen, mit dem er zur Tür hinaus verschwand.

Sylvie kehrte mit Kai aus dem Bad zurück. Ein großes Pflaster klebte ihm über der rechten Augenbraue.

„Er hat Glück gehabt. Muss nicht genäht werden", sagte sie.

„Es ...", setzte Kai an.

„Du hältst für den Rest des Abends die Fresse, klar?", fuhr ihn Jan an.

„Und jetzt ist Aufräumen angesagt. Die Wäsche kannste allein abnehmen. Sind genau 1500, dein Anteil. Und verzähl dich nicht, mit einem Auge."

„Jan?"

„Ja?"

Seine Gesichtszüge wurden weicher, als er sich zu Sylvie wandte.

„Kannst du mich morgen früh nach Wüstensachsen fahren? Und dann wieder nach Gersfeld? Meine Eltern kommen morgen zurück, die sollen nicht merken, dass ich weg war."

Jan schüttelte den Kopf.

„Geht nicht. Heinz hat den Lada mitgenommen. Aber fünfhundert Meter die Straße runter zum Klärwerk ist 'ne Haltestelle, weißt du doch."

Sie sprachen nicht sehr viel an diesem Abend. Aber auch nicht weniger als sonst. Meist trafen sie sich hier in Kais Wohnung, weil die anderen alle noch zu Hause wohnten. Heinz gehörte nicht zu ihrer Clique, aber er hatte einen Bungalow mit Schwimmhalle und zwei Sportwagen aus alten Mafiabeständen, mit denen er den jungen Mädchen imponierte. Nur wenn ein Ding anstand, dann waren sie eine kurze Zeit zu viert, um sich danach genau so rasch wieder unter die anderen zu mischen. Die anderen, das waren ein paar ehemalige Klassenkameraden, die genau wie sie versuchten, die Zeit totzuschlagen.

Das tat man am besten im *Blue Shell,* der einzigen Musikkneipe im Ort, oder auf dem Hinterhof der Tankstelle an der B 284, da, wo die Welt größer zu werden versprach. Oder aufhörte, je nachdem, wie man es sah.

Sylvie nahm ihren Schlafsack und legte sich unter das Fenster zur Straße. Von hier aus konnte man die Sterne sehen. Aber nicht das Geheimnis, das sie verknüpfte. *Dazu braucht es andere Augen,* dachte Sylvie. *Augen, die ich nicht habe.*

Hans hatte solche Augen gehabt. Alles, was sie über die Sterne wusste, hatte sie von ihrem Bruder erfahren. Wenn sie an ihren Bruder dachte, war ihr nur noch dieses eine Bild geblieben, wie sie an einem Oktobernachmittag nach Hause gekommen war und ihn in seinem kleinen Appartement, das er sich im Keller eingerichtet hatte, in seinem Bett liegend gefunden hatte. Er hatte ausgesehen, als würde er schlafen. Sie hatte sich gewundert.

Dann hatte sie das Kabel gesehen, das unter der Bettdecke herausgehangen hatte. An beiden Schläfen, unterhalb beider Brustwarzen und in der linken Achselhöhle waren mit Klebestreifen dünne Kabeldrähte befestigt gewesen, an denen die Isolierung entfernt worden war.

Sie war zur Nachbarin gelaufen und hatte mit ihren Fäusten gegen die Tür geschlagen, geläutet und gerufen. Der Notarzt war verständigt worden, aber der Arzt, der kurz darauf eingetroffen war, hatte nur noch den Tod ihres Bruders feststellen können.

Die hinzugerufene Polizei hatte unter dem Bett eine elektrische Weckuhr entdeckt, in der die Kabelstränge geendet hatten. Der Wecker war an einer Steckdose angeschlossen gewesen. Die zum Körper ihres Bruders führenden Drähte waren so in den Wecker eingebaut gewesen, dass der auf 5 hr eingestellte Weckalarm den bis dahin unterbrochenen Stromkreis schloss. Auf dem Boden hatte man eine leere Packung Schlaftabletten und mehrere Flaschen Bier gefunden. Als der Weckalarm um 5 Uhr morgens die Stromzufuhr ausgelöst hatte, hatte Hans in tiefem Schlaf gelegen.

In den ersten Tagen hatte sie nur daran denken können, dass sie nie mehr mit ihrem Bruder am Fenster stehen würde und auf die Sterne sehen konnte. Über seinem Bett hatte noch ein Jahr lang die riesige, einem märchenhaft entrückten Kontinent ähnelnde Sternenkarte gehangen, die sie so oft gemeinsam, auf dem Boden liegend, betrachtet hatten. Und oben, auf dem Dachboden, unter einem Fenster, hatte das große Teleskop gestanden, in das sie allein zu schauen nie gewagt hatte. Er hatte es sich von seinem ersten Gehalt als Elektrotechniker gekauft. Bis ihre Mutter, die nach Hans' Tod zu trinken begonnen hatte, eines Tages, nachdem Sylvie von der Schule gekommen war, alles entfernt hatte. Gerade so, als hätte es ihn nie gegeben.

„Warum?", hatte sie ihre Mutter gefragt. „Warum?"

Aber ihre Mutter hatte lediglich ihre Brille hochgeschoben, unter deren Rändern große runde Tränen über ihre Wangen gelaufen waren. Sie hatte nicht verstanden, was Sylvie gemeint hatte.

„Der Kommissar. Der Kommissar ist schuld", hatte sie nur gesagt.

Sylvie schloss die Augen.

Goodbye stranger it´s been nice
Hope you find your paradise
Tried to see your point of view
Hope your dreams will all come true

Goodbye Mary, Goodbye Jane
Will we ever meet again
Feel no sorrow, feel no shame
Come tomorrow, feel no pain

Die Musik aus dem Walkman, ein Geschenk ihres Onkels aus Frankfurt, trug sie in den Schlaf. Was immer sie dort erwartete, wenn sie auf den Akkorden zu den Sternen ritt, es war besser als das alles hier. Auch wenn sie es niemandem erzählen konnte. Nicht einmal Jan oder Anke. Nur Marcia vielleicht.

Wenn sie ihrer Mutter von ihren Träumen erzählte, schaute sie Sylvie dabei niemals an. Sie konnte es nicht, seitdem ihr Bruder tot war.

Du musst deine Träume ändern!, sagte sie jedes Mal nur.

Am Morgen waren die Fenster vereist.

Die anderen schliefen noch, als sie ging und vor der Tür auf den Blick eines abgemagerten Katers traf, dessen unauslotbare Augen eine einsame Spur in ihrem Herzen zogen. Ein Schattenbild ihrer selbst, wich er ihr aus, aber sich selbst konnte er nicht ausweichen und drückte sich gegen die Mülltonnen, die wie schwarze Särge an der Hauswand fast bis zur Straße aufgereiht standen, wo der Regen auf dem Asphalt gefror.

Er wartete auf das Licht.

Sie tastete sich mit vorsichtigen Schritten den Bürgersteig entlang, der gefrierende Regen knisterte auf der Straße und spiegelte sich in tiefsilbernen Schlieren, wahllos gezogenen Linien, an deren Peripherie sie sich fortbewegte, bis sie nach einer Ewigkeit, so schien es ihr, die Haltestelle erreichte.

In dem Modegeschäft hinter ihr waren die Reproduktionen von Gemälden zwischen Mänteln und Blazern drapiert, eines zeigte ein Motiv, das ihr bekannt vorkam, sie konnte sich nur nicht erinnern, wo sie das Bild, das zwei geheimnisvolle, gesichtslose Figuren in einem irrealen Raum zeigte, dessen Horizont von zwei Farbfeldern in Grün und Gelb gebildet wurde, schon einmal gesehen hatte.

6 Uhr 34 sagten die Zeiger ihrer Armbanduhr.

Die Köpfe in diesem Gemälde wirkten leblos, das Gesicht der rechten Figur war leer und lediglich von einer Naht durchzogen, während das der linken Figur durch die Ausschnitte im Gesicht eine unheimlich wirkende Lebendigkeit vermittelte, die inmitten der hölzernen Gegenstände, die vor und hinter den beiden Masken angeordnet waren, grotesk erschien. Die Figuren wirkten einsam und eingeschlossen, Melancholie und Resignation schienen das Bild zu beherrschen, das ihren Blick anzog, bis sie auf einer kleinen Tafel die Bildunterschrift *Giorgio De Chirico: Die beiden Masken, 1916* las und ein unmerkliches Lächeln ihr Gesicht streifte.

Sie wandte den Blick vom Schaufenster und fragte sich beim Anblick der vereinsamten Straße, ob der Bus bei dieser Eisglätte überhaupt fuhr, denn dann müssten seine Scheinwerfer laut Fahrplan, der in Kais Wohnung über dem Spülbecken auf dem Pinnbrett angebracht war, in zwei Minuten die Schatten von den Hauswänden, den Schaufensterfassaden gegenüber und den kahlen Platanen auf den Bürgersteigen ziehen, aber über dem leisen Knistern der Eistropfen, die eine weiße, durchsichtige Schrift auf die Erde häufelten, lag nur ein Mantel aus Schlaf, und alles, was sie in diesem Augenblick dachte, als ein dunkles Auto statt des Busses vor ihr hielt, brachte sie weit fort von hier.

Lächelnd stieg sie in den Wagen.

2
Das Mädchen aus dem Moor

Der 16. Oktober 2006 begann für Adrian Tomic wie fast alle Tage seit über dreißig Jahren.

Ein eisiger Nordwind hatte den schwarzen Boden über Nacht ausgehärtet. Am frühen Himmel stemmten sich die Wolken gegen das Licht.

Tomic hatte den Geschmack von Ingwer auf der Zunge. Seine dunkelbraunen Augen fixierten eine Gruppe von Karpatenbirken, die wie versteinert am Rand der dunklen Moorfelder standen.

Er kannte das Rote Moor besser als sich selbst. Wie kein anderer las er in den Verästelungen der Sträucher, im Relief des Bodens und den Spiegelungen des Himmels. Er spürte die morschen Lichtungen unter dem Moos, die Wurzelstöcke und das Licht vergangener Jahrhunderte unter den Spuren seiner Schritte. Das Moor war wie ein großes Buch. Es vergaß nichts.

Es hatte eine Zeit gegeben, da hatte er weggewollt, ganz weit fort von hier, und es gab Tage, da dachte er manchmal noch daran.

Tomic sah die Maschine. Sie schälte sich wie ein riesiges, vorsintflutliches Reptil aus den Konturen der kargen Landschaft. Dennoch gab sie keinen Laut von sich, während der kleine, gedrungene Mann in die Kabine kletterte. Tomic atmete laut aus, wobei er den Bonbon in seinem Mund auf den Boden spie. Seine Fingernägel, die an kleine Stechspaten erinnerten, kratzten über die beschlagenen Armaturen. An seiner Weste wischte er sich die vernarbten Hände ab.

Der Motor der Torfstechmaschine begann zu rattern. Seit im Moor nicht mehr von Hand gestochen wurde, hatte sich

Tomic an dieses Geräusch gewöhnt. Die weißen Wölkchen seines Atems verschwanden in der kühlen Luft. Langsam zog die Maschine ihre Furchen. Der niedrige Horizont schillerte wie eine unerreichbare Wasserlinie über dem Moor. Darauf hielt die Maschine zu. Sie zog ihre Bahn, wendete und fräste eine neue Spur in das Feld. Die Stahlmesser stachen 80 Zentimeter tief in die Erdkruste. Tomic spürte das Vibrieren des Motors, sah auf die Torfsoden, die von den Schaufeln heraufbefördert und anschließend auf dem Absetztisch vor seiner Fahrerkabine zerteilt wurden. Ein Greifarm stapelte die Blöcke am Graben auf. Der Boden unter ihm bebte bei jedem Stich. Die Maschine fraß sich mit monotonem Stampfen in die Erde. Die Schlagmesser zogen hoch und senkten sich wieder.

Plötzlich erwachte Adrian Tomic aus seiner Starre. Verdammt, hier wurde schon seit 1983 kein Torf mehr abgebaut. Immer wieder verlor er sich in seinen Tagträumen. Er drosselte den Motor. Langsam realisierte er, dass er in einem gewöhnlichen Bagger saß, der nichts anderes tat, als den Torfkörper für die Einbringung der Staudämme vorzubereiten und die Abbaukanten einzudichten. Ungläubig sah er auf die Schaufel. Aus dem Schlamm ragte ein hell schimmernder Gegenstand. Er griff nach ihm. So, wie man einen Stein prüft, so drehte er den Beinknochen, den er jetzt in seinen Händen hielt, kopfüber in das Licht.

Die Maschine arbeitete weiter, langsam, mit röchelnden Geräuschen, als würde sie in das Narbengewebe eines erwachenden Organismus stoßen.

Die Messer spien Wirbel, Rippen und andere Skelettteile auf den Boden. Tomic stoppte die Maschine.

Er spürte kalten Schweiß auf seinem Nacken. Die plötzliche Stille kroch seinen Körper hinauf und hatte sich auf seine Haut gelegt, als er neben dem Entwässerungsgraben stand. Er kniete sich auf den Boden und fuhr zurück. Genau zwischen Weißtorf und Schwarztorf steckte ein Schädelknochen. Andere Knochenteile ragten aus dem Moorschlamm. Tomic stand auf und atmete tief durch. Er konnte den Kopf nicht heben und starrte noch immer in den Graben, als müsste er sich einer Kraft beugen, die gewaltiger war als die Erdanziehung.

Seine Maschine hatte einen Menschen in Hunderte von Stücken zerteilt. Als ihm das klar wurde, drehte er sich um und lief los. Nach wenigen Schritten, in denen sich die Entfernung zwischen ihm und der Maschine nicht zu verringern schien, hielt er inne.

Wo wollte er hin? Es gab doch nichts anderes zu tun, als die Pflegeplankommission und diese Archäologiefuzzis zu alarmieren. Er kletterte auf die Maschine und drückte die Funktaste. Es erschien ihm wie eine Ewigkeit, bis sich jemand meldete. Dann war es wieder still. Er sah auf die Uhr. Es war 9.30 Uhr.

Sie kamen über den Torfdamm. Er konnte sie schon von weitem sehen. Bestimmt würden sie schnaufen. Heutzutage vertrugen die ja nichts mehr, dachte Tomic. Der Diplomingenieur lief den beiden Polizeibeamten voraus. Die sind nicht von hier, sagte Tomic sich, als die beiden Polizisten vor seiner Fahrerkabine standen und zu ihm hinaufsahen. Kurz darauf standen sie alle am Graben und starrten hinab. Nur Tomic nicht. Der stand da und wusste nicht, warum er gerade jetzt an den Jungen denken musste, der beim Schwimmen im Freibad in Gersfeld ertrunken war. Im Sommer 1979 war das gewesen, und er hatte ihn gekannt, aber er konnte sich nicht erinnern, woher. Das Fahrrad des Jungen hatte noch den ganzen Winter vor dem Schwimmbad gestanden.

„Tomic!“

Der Ingenieur, ein junger Kerl, den das Regierungspräsidium in Kassel für den Bau der Stauanlagen über die Firma Gehring aus Fulda einbestellt hatte, rüttelte ihn an der Schulter.

„Ist Ihnen nicht gut, Mann?"

Tomic schüttelte den Kopf.

Während der eine der Polizisten den Fundort und die Knochenteile fotografierte, ging der andere mit ihm und dem Ingenieur zum Führerhaus. Tomic beantwortete bereitwillig alle Fragen.

"Der Fundort ist beschlagnahmt", erklärte er abschließend. Sein Kollege fertigte noch immer Bilder an. Dann legten sie alle Knochenteile auf den Soden zusammen.

„Äh", begann der Ingenieur vorsichtig, „können die Herren schon abschätzen, wann wir die Arbeit hier wieder aufnehmen können? Sie verstehen ..."

„Kann ich Ihnen nicht genau sagen", entgegnete der Polizeibeamte. „Wir werden jetzt erst einmal das FK 1 benachrichtigen. Ich schätze, die werden hier wohl ne ganze Weile zu tun haben", sagte er mit einem Blick auf den Graben und die Überreste des menschlichen Körpers auf den Soden. „Für heute können Sie Ihren Mann auf jeden Fall nach Hause schicken. Sollten die Kollegen ihn brauchen, rufen wir Sie an. Mein Kollege hat alle Daten?"

Der Ingenieur nickte.

Tomic holte seinen Beutel aus der Maschine. Er sah auf die Soden. Die Knochenstücke sahen aus wie Artefakte aus einem vergessenen Garten. Bruchstücke entwurzelter und verkümmerter Bäume aus einer anderen Zeit. Freigelassen, bewahrten sie nur ihr Geheimnis, das ihm in diesem Augenblick als eines erschien, das nichts zu tun hatte mit dem menschlicher Zeit. Schweigend erkletterte Tomic mit dem Ingenieur den Torfdamm. Er drehte sich nicht um.

Um 11.45 Uhr übergaben die beiden Polizisten den Fundort an die Kollegen vom Fachkommissariat für Kapitalverbrechen. Einer der beiden war zuvor an die Straße zurückgelaufen, um die eintreffenden Kollegen von dort aus zum Fundort zu führen. Das Kommissariat befand sich in Fulda.

Er hatte nicht länger als eine Stunde im Streifenwagen sitzen müssen, bis eine dunkle Limousine am Feldrand gehalten hatte. Die Scheinwerfer blendeten kurz auf, dann folgte der Wagen der Funkstreife auf eine geschotterte Piste, die unversehens in einen morastigen Waldweg überging.

Der Pfad endete an einem breiten Wassergraben, über den ein Holzsteg führte. Dahinter lag das Moor. Ein dunkler Kontinent mit schüchternen Karpatenbirkeninseln. Unter der helleren Linie des Horizonts schimmerten sie wie weiße Dörfer. Sie stiegen aus.

Während sie warteten, telefonierte die Frau auf dem Beifahrersitz in der Limousine wild gestikulierend. Sie sah dabei auf das Moor.

„Ist es weit?", fragte der Kommissar den Polizisten.

„Vielleicht zehn Minuten. Aber Ihre Schuhe ..."

Er deutete auf die hellbraunen Wildlederschuhe des Kommissars. Der ignorierte den Hinweis.

„Nicht viel los hier, was?"

„Na ja, das Übliche. Verkehrsunfälle. Wildunfälle. Verirrte Wanderer. Mal ein Ladendiebstahl oder ein Einbruch. Im Sommer hatten wir einen Banküberfall", entgegnete der Polizist strahlend.

„Hab davon gehört."

Kommissar Bub fuhr sich mit der Hand durch die schütteren Haare. Der Wind war kalt. Er stellte den Kragen seiner Lederjacke hoch und verbarg die Hände in den Hosentaschen. Seine grauen Augen blinzelten, während er ungeduldig zum Wagen sah.

„Verschwinden viele Leute im Moor“, sagte der Polizist.

„So?“

„Na, nicht hier. So generell. Die letzte Moorleiche hier hatten wir 1977.“

„So?“

Der Polizist gab auf und sah gleichfalls zum Wagen.

Die Kommissarin Anna Lewin öffnete die Tür und stieg aus. Die Kofferraumklappe schnellte hoch. Während sie sich ihrer flachen knallorangefarbenen Boots entledigte und versuchte, in die hohen Gummistiefel und das Regencape zu schlüpfen, sahen die beiden ihren blonden Haarschopf neben dem Kofferraum auftauchen und wieder verschwinden.

„Fertig“, lächelte sie den Polizisten an, als sie mit einem großen Alukoffer in der Hand schließlich den Steg erreichte. Bub nahm den anderen Koffer und die Spaten.

Das Wasser unter ihnen schimmerte schwarz. Der Polizist erzählte ihr von dem Fundort. Anna hörte schweigend zu. Als sie weitergingen, dachte sie daran, was die Leute hier ihr vor langer Zeit über die Entstehung der Rhönmoore erzählt hatten. Der Teufel habe vom Meer schmale Wasseradern durch die Erde bis in die Berge der Rhön geleitet, bis sich die Hochflächen der Rhön in Moore verwandelt hätten. Mit diesem gestauten Wasser hatte er alle Täler überfluten wollen. Die Bewohner aber sandten ihre Gebete zu Gott und wurden erhört. Der Teufel sah ein, dass all seine Arbeit umsonst gewesen war, und voller Wut ließ er sein begonnenes Teufelswerk liegen. Zurück blieben die Moore und seine gesamte Sippschaft, die im Roten Moor versank.

Auf dem dunklen Grund vor ihnen lag der zerriebene Staub von Blättern. Der einsetzende Regen zerteilte die Luft in dünne Fäden.

Schon von Weitem sah sie den Bagger, der ihr zwischen den Gräben wie ein gigantischer Panzer vorkam. An einer der Rinnen stand der zurückgebliebene Polizist und pinkelte gegen die Abbruchkante.

Als sie den Fundort erreicht hatten, wurde der Regen stärker. Sie ließen sich die Furche zeigen und begannen sofort mit der Arbeit.

Vier Stunden lang lösten die Polizisten die Torfsoden mit Hacke und Spaten aus dem Grund der Spur, die die Maschine gezogen hatte. Vorsichtig befreiten sie ihre Fundstücke von dem dunklen Torf. Die Knochen in ihren Händen fühlten sich weich wie Gummi an. Das Moor hatte den Knochen den Kalk entzogen, sodass man sie nur schwer von Holz oder anderen Faserteilen unterscheiden konnte.

In den seltenen Pausen, die sie einlegten, betrachtete Anna die Knochenteile, die sie in der Schaufel der Maschine gesammelt hatten. Ein Kieferstück mit Zähnen, Beckenschaufeln, ein Fußende. Puzzleteile eines Menschen, dessen letzte Tage und Stunden sie nun bald ebenso zusammenzusetzen versuchen mussten. Unwillkürlich verwendete die Kommissarin in ihren Gedanken das Personalpronomen *sie*. Es war nur ein unbestimmtes Gefühl, aber eines, das sie begleitete, seitdem sie das Moor betreten hatte.

Die Polizisten arbeiteten schweigend.

Zwei Mitarbeiter des Fachkommissariats trafen ein. Sie beschrifteten und verpackten die mittlerweile 216 Fundstücke. Vom Regen silhouettiert, beugten sich ihre Gestalten über den Tisch.

Die Männer schnitten immer tiefer in die Wand des Grabens. Ihr erschien es, als ob das stete Kratzen der Schaufel immer nur die oberste Schicht berührte. Alles, was darunter lag, war ihr fremd. Während sie auf das winzige Knochenstück in ihrer Hand starrte, vielleicht ein Stück Knorpel oder nur ein Knochensplitter, wusste sie plötzlich, woran sie sich in diesem Augenblick erinnert fühlte.

Sie war noch auf der Polizeischule in Wiesbaden gewesen und gerade zu Besuch bei alten Freunden aus dem Studium, als es passiert war.

Ein Spaziergang entlang der Kiesteiche, zwischen der Lahn bei Goßfelden und dem monotonen Rauschen der Bundesstraße. Es war ein Sonntag gewesen. Die Maschinen wie erstarrte Fossile vor den rostzerfressenen Türmen und Transportbändern, die im Wasser verschwanden.

Sie hatte sich mit Marc auf einen Steg am Ufer gesetzt. Licht hatte zwischen den Balken geschillert. Der Himmel war ein Äquator aus Wolken und Wind gewesen. Von der nahen Bahnlinie nach Biedenkopf hatten sie von Zeit zu Zeit ein dumpf anschwellendes und dann wieder verebbendes Grollen gehört. Plötzlich hatte sie einen hellen, merkwürdig schimmernden Gegenstand im Relief des Sandes am Grund entdeckt. Es war März gewesen, aber sie war einfach ins Wasser gesprungen und zum Grund getaucht. Sekunden später hatte sie einen länglichen Knochen in der Hand gehalten. „Mein erster Fall", hatte sie Marc angegrinst.

Das Knochenstück hatte für Aufruhr gesorgt, besonders nachdem eine Analyse ergeben hatte, dass es sich um einen Reptilienknochen handelte, den man bei der Größe nur einem Krokodil zuordnen konnte. Wie das Krokodil in einen See in Mittelhessen gelangt war, hatte nie geklärt werden können. Sie hatte das Fundstück behalten dürfen.

Sie erinnerte sich daran, wie es drei Jahre später, in jener Nacht mit Marc, als ihr Kind gezeugt wurde, polternd zu Boden gefallen war. Später in der Nacht hatte sie es aufgehoben und auf den Schreibtisch gelegt. Ein winziges Knochenstück hatte sich gelöst und in dem hereinfallenden Mondlicht geschimmert.

Anna hielt dieses Stück eines menschlichen Körpers in der Hand und spürte den Regen auf ihrer Haut. Sie hielt das

Puzzlestück eines Falls auf ihrer schmalen Handinnenfläche und hatte das unbestimmte Gefühl, dass sich ihr Leben in diesem Augenblick in viele kleine Teile zersplitterte.

Der Regen perlte von den Scheiben. Über den Turbinen der Windkraftanlagen hatte der Himmel zu leuchten aufgehört. Es war dunkel geworden. Zu dunkel und zu nass, dachte sie einen Augenblick lang, während der Citroën die engen Kurven der Landstraße nahm. Aber es gab Tage, an denen sie nicht darauf verzichten wollte. Und heute war so ein Tag.

Kommissar Bub und sie hatten die Kisten und Beutel mit den Fundstücken noch ins Dezernat gebracht, Protokolle geschrieben und einen Plan für morgen gemacht. Danach war sie nach Hause gefahren und hatte sich in ihrer kleinen Dachgeschosswohnung, die nur wenige Fahrminuten vom Kommissariat entfernt lag, in ihre Hängematte an der Glasfront zur Terrasse gelegt.

Wenn etwas begonnen hatte, dann hörte das Denken in ihrem Kopf nicht mehr auf. Dann musste sie angeln gehen.

Sie steuerte den Wagen die Straße hinab in die Ebene. Ihre Füße streiften durch das nasse Gras am Rothsee. Es hatte aufgehört zu regnen. Sterne standen reglos zwischen den Wolken, die nach Süden zogen.

Sie hockte sich ans Ufer, präparierte den Köder und setzte die Angel zusammen. Wie ein Schmetterling fiel sie beim Wurf für einen Moment in den Himmel. Ihre Schnur kappte das schwarze Band der Nacht, während ihre Füße für einen winzigen Augenblick nach Halt im Uferschlamm suchten. Das Licht der Sterne reflektierte die leere Luft. Es klirrte auf dem nackten Weiß der schwindenden Bäume, bevor sie die Augen öffnete.

Es war, als hätte sich plötzlich ein Fenster in die Ferne geöffnet. Sie brauchte die Augen nur wieder zu schließen, dann waren hundert Jahre oder mehr vorbei, und die Angel in ihrer Hand gab ihr das Gefühl, sie flöge über ein schwarzes, nur von winzigen Lichtpunkten erhelltes Meer, wo sie den Lichtfäden in der Luft folgen konnte, den Strömungen, die sie immer weiter trugen in das Zwielicht der Nacht, das man nur hier am Rothsee sehen konnte, als trüge die Welt eine dünne Haut aus Staubbündeln, und darunter war längst alles verbrannt zu einer unwirklichen Anmaßung, die sie nicht mehr interessierte, weil sie bereit war zu tauchen und nicht mehr hochzukommen, während die Angel im Wasser stand, geduldet von einer Strömung, die so viel leichter war als sie.

„Bist du glücklich?", hatte sie Ulrike letzte Woche gefragt. Drei Stunden zuvor hätte sie darauf noch keine Antwort gewusst, jetzt aber hatte sie genickt. Vor ihr auf dem Bistrotisch hatte das Programmheft des Fuldaer Theaters gelegen. Tennesse Williams *Süßer Vogel Jugend* mit Regenspuren.

„Lüg nicht", hatte ihre Freundin entgegnet.

Und dann hatte sie zehn Minuten geschwiegen, während Ulrike sie nur angesehen hatte, und in dieser Zeit hatte sie sich darüber klar zu werden versucht, warum ihre Freundin recht hatte.

Wenn sie ihr Leben im Zeitraffer betrachtete, und das tat sie in Augenblicken wie diesen, dann schmolzen ihre ganzen vierunddreißig Jahre zu einem Punkt zusammen, in dem die Glücksmomente wie kleine unsichtbare Flecken auftauchten, namenlos und keiner Zeit zuzuordnen.

Blind tastete sie nach dem Handtuch über der Duschtür, band es um ihren durchtrainierten Körper und stellte sich auf die Waage. Sie zeigte immer die gleichen achtundfünfzig Kilo, als sei sie auf diese Zahl justiert.

„Nun?“, fragte Ulrike.

„Vielleicht die Jahre mit Marc. Da bin ich glücklich gewesen. Als mir meine Eltern das Fliegen verboten haben und die Höhenangst gekommen ist, ist meine Kindheit vorbei gewesen. Mit Marc bin ich an Orten gewesen, an denen ich schon immer mal habe sein wollen. Marc war …“

„Warum ist er dann gegangen?“

„Vielleicht hat er es nicht ausgehalten.“

„Was nicht ausgehalten?“

„Dass sein Kind verschwunden ist. Und seine Frau.“

Anna sah sie durchdringend an. Ulrike begegnete ihrem Blick.

„Ob du glücklich bist, habe ich gefragt.“

„Nein“, sagte sie nach einer Weile.

Der Spiegel beschlug in Sekundenschnelle. Ihr Gesicht verschwand in den milchigen Konturen. Irgendwo in der Wohnung summte ihr Handy.

„Warum bist du nach Fulda gekommen?“

„Vielleicht, weil es weit genug weg ist, um das alles zu vergessen.“

Ulrike sah sie an.

„Vergiss das verdammte Glück. Das ist wie die Tour de France. Du wartest so lange und dann rast es vorbei.“

„Ja?“

Sie sah auf die Uhr. Es war Viertel nach elf.

„Alexander. Ich hab mich noch lange mit Tomic unterhalten. Direkt an der Fundstelle ist früher ein Damm gewesen. Für die Torfloren. So eine Art Sandrücken. Ich hab Fotos davon gesehen. In den fünfziger Jahren hat das Rhöntorfwerk dann Entwässerungsgräben zu beiden Seiten dieser Dämme angelegt. Alles noch mit Loren. Stell dir vor, die haben erst 1955 eine Diesellok ..."

„Schön", unterbrach ihn Anna. „Weißt du, wie spät es ist?"

„Ich dachte immer, Kommissare schlafen nicht. Ich hab's deinem Gesicht angesehen. Es macht dich rasend, wenn du nichts in der Hand hast. Nichts außer ein paar Knochen. Die Raubtierfütterung ist ein karitativer Akt. Wer nichts zu fressen hat, kann auch nicht denken. So long, Marianne."

Alexander Bub hatte aufgelegt.

Es ärgerte sie, dass er sie so gut kannte, obwohl sie erst seit zwei Jahren zusammenarbeiteten. Die Tatsache, dass er recht hatte, würde ihr eine schlaflose Nacht bescheren.

Am Morgen informierte sie ihre vorgesetzte Dienststelle. Es war nur eine Sache von wenigen Augenblicken, den Vordruck „Todesermittlungsursache" aus der Schublade ihres Büroschranks zu ziehen.

Sie füllte den Bogen aus: „Meldung des unnatürlichen Todesfalles ... durch Adrian Tomic ...." Über die Leiche konnte sie nur den Vermerk „Zuname unbekannt" machen.

Drei Tage später entschied die Staatsanwaltschaft Fulda, dass der Fund dem Institut für Rechtsmedizin an der Universitätsklinik in Gießen überstellt werden sollte. Anna hielt das vorläufige Ermittlungsergebnis fest.

Während sie die Sätze in die Tastatur ihres PCs gab, wurde ihr klar, dass aus dem Fundort nun ein Tatort geworden war.

Lage des am 16. Oktober 2006 im Roten Moor, Abschnitt 16 aufgefundenen Leichnams parallel zu dem Querdamm in einem ehemaligen Entwässerungsgraben, sodass zu vermuten ist, dass der Leichnam möglicherweise in einem solchen Graben abgelegt wurde. Laut Auskunft der Betreiber des ehemaligen Torfwerkes wurde der große Mitteldamm vermutlich Ende der siebziger Jahre wegplaniert. Leider fehlen entsprechende Unterlagen. Der Entwässerungsgraben wurde zugeschüttet. Dadurch wurde die dort liegende Leiche offenbar im Torf begraben.

Alexander Bub stand plötzlich hinter ihr und sah ihr über die Schulter.

„Du bist soweit? Auf deinem Schreibtisch liegen die Vermisstenakten der ... lass mich überlegen ... letzten 27 Jahre."

Er grinste und hielt ihr eine offene Packung Kekse hin.

„Ich hasse Kaffeegebäck. Wieso 27 Jahre?"

„Irgendwann wird's unübersichtlich, aber Rechnen war noch nie deine Stärke", murmelte er durch den Keksbrei in seinem Mund.

„Ein echt wissenschaftliches Kriterium", gab Anna zurück. „Rufst du nachher die Gerichtsmedizin an?"

„Wozu? Ist doch viel zu früh."

Alexander Bub fegte die Krümel von seinem Bauchansatz.

„Ist mir scheißegal. Ich will, dass du die so lange nervst, bis die was rausrücken."

„Hört sich an, als hättest du schon die Leitung des Falls."

Sie biss sich auf die Lippen.

„Sander, wir werden nur ein kleines Team sein. Es hat keinen Sinn, sich durch diese ganzen Akten zu wühlen. Entweder wir wissen, wann und wen wir suchen müssen oder ..."

„Oder? Immer wenn du mich Sander nennst, weiß ich, dass du was von mir willst ..."

Kommissar Bub schwang seine knapp hundert Kilo Körpergewicht auf die ächzende Tischplatte und sah sie unter zusammengezogenen Brauen an.

Das flimmernde Licht des Bildschirms warf einen wässrigen Glanz auf Annas blondes Haar, als sie jetzt aufsah.

„Wer hat diesen Laden zuletzt geleitet und wie lange?"

Alexander Bub kratzte sich am Kinn. Seine Fingerspitzen spielten mit den grauen Bartstoppeln.

„Lass mich überlegen. Ich bin zehn Jahre hier, Hammerschmidt ist mit mir zusammen gekommen ... Hm, ich hab den vollen Namen vergessen. Du musst Vaupel fragen. Hammerschmidt war so einer vom alten Schlag, der hat sich versetzen lassen, frag mich nicht wohin. Frag Vaupel. Und jetzt mach ich mich mal an die Arbeit, Chefin."

Mit behänder Leichtigkeit schnellte er auf und setzte sich an den Schreibtisch auf der anderen Seite des Raums.

Am nächsten Vormittag gab es erste Erkenntnisse der Gerichtsmedizin in Gießen über die Leiche aus dem Moor.

Nach der bisherigen Untersuchung der Knochenreste handelte es sich bei der aufgefundenen Person möglicherweise um die verbliebenen sterblichen Überreste einer jungen Frau im Höchstalter von 19 Jahren. Das war alles. Der vollständige Untersuchungsbericht würde frühestens in vier Wochen vorliegen. Sofort machten sich Bub und die neue Kommissarsanwärterin an die Durchsicht der Vermisstenfälle.

„Find ich immer wieder seltsam, wie viele Leute einfach verschwinden", sagte Bub. „Das sind ja nur die im Umkreis von hundert Kilometern."

„Die Wälder und Seen sind voller Toter, sagt mein Großvater", bemerkte Imogen Hutter.

Imogen Hutter war 28, schlank und dunkelhaarig, stammte aus Neuseeland und war Anwärterin im ersten Jahr, und sie ging Kriminalkommissar Bub schrecklich auf die Nerven.

„So, sagte er das", brummte Bub.

„In Deutschland verschwindet jedes Jahr eine ganze Kleinstadt, zahlenmäßig", fuhr Imogen fort, während sie die Akten ordnete.

„Na, sonst wären wir ja auch arbeitslos", erwiderte der Kriminalkommissar. „Apropos arbeitslos. Sie könnten mal runtertänzeln und Frau Lewin holen."

„Ich tänzel nicht. Außerdem ist sie nicht da", fügte Imogen rasch hinzu.

„Nicht da?"

„Sie ist heute Morgen ins Moor gefahren."

Adrian Tomic wartete auf dem Parkplatz Moordorf am Eingang des Hauses am Roten Moor auf sie. Verdorrte Blüten und Wurzelschosse kletterten über die Mauer, an der er lehnte. Sie überquerten die Bundesstraße und folgten einem breiten Weg am Stausee entlang. Der Ruf des Tannenhähers folgte ihnen.

Tomic erzählte ihr von der Zeit, als sie den Torf hier von Hand stachen. Sein Vater und sein Großvater hatten das noch so gemacht. Damals nutzte man den Torf vorwiegend als Brennmaterial.

Anna schlug den Kragen ihrer Jacke um. Sie spürte den kalten Nordwind. Tomic trug nur einen zerschlissenen Sweater. Auf einer flachen Bulte blieben sie stehen. Schmalblättriges Wollgras und Braun-Segge bedeckten den von Torfmoos durchsetzten Boden.

„Mein Vater hat mir erzählt", sagte Tomic, „dass die Torfarbeiter hier bis in die Mitte der fünfziger Jahre über vierzig Moorleichen gefunden haben. Das ist natürlich übertrieben. Sie wissen ja, wie das hier ist in der Rhön, mit den Sagen und Legenden. Aber man findet viel im Moor, ohne die Maschinen. Baumstämme, Moorwege, altes Zeugs."

„Was ist mit den Leichen geschehen?"

„Na, die meisten sind früher einfach wieder begraben worden, oder die Arbeiter haben sie verkauft, als Souvenir. Oder aus Aberglauben als Heilmittel verarbeitet. Aber mal ehrlich: Ich kann mich nur an einen Leichenfund 1955 erinnern. Das müsste im Schwarzen Moor gewesen sein. Der Wuttke, von dem die beiden Polizisten gestern erzählt haben, der war ja keine richtige Moorleiche."

Tomic lachte.

„Aber von den meisten hat niemand erfahren. Da hat man nicht so sehr Aufhebens gemacht. Und heute lassen die Maschinen nicht viel übrig ..."

„Warum haben Sie dann eigentlich etwas bemerkt?"

Tomic sah sie an.

„Ich weiß nicht. Vielleicht, weil ich noch von Hand gestochen habe, früher. Außerdem hingen die Teile ja überall in den Torfsoden."

„Aber sie waren kaum zu unterscheiden von der Farbe des Torfs und der Erde", warf Anna ein.

„Vielleicht war es auch die Lederjacke. Ich hab sofort gedacht, das ist ein Flieger. Weil, da ist irgendwo hier ein Flugzeug abgestürzt, im Zweiten Weltkrieg, und sie haben ja nie einen Piloten gefunden."

„Es gibt keine Lederjacke. Was Sie meinen, das war die Haut."

„Aha."

Tomic schwieg für einen Augenblick. Dann liefen sie weiter. Er schien das Moor zu lieben. Er wusste einfach alles, und während sie den schmalen Stegen, die man durch das Moor getrieben hatte, folgten, erzählte er ihr, dass es das alles bald nicht mehr geben würde.

„Allein in Niedersachsen werden jedes Jahr über acht Millionen Kubikmeter abgebaut. Das Moor verschwindet", sagte er, wobei sein Arm einen Kreis in der Luft beschrieb. „Und was die Moorleichen angeht, da werden Sie bald keine mehr finden. Wenn man die Moore trockenlegt, zerfällt alles, was mal ein Mensch war, zu Staub. Früher spürte man beim Stechen, wenn man auf etwas Hölzernes traf. Heute ..."

„Lohnt sich das denn überhaupt noch, mit dem Torfabbau?", fragte die Kommissarin.

„Na ja, hier wird ja schon lange kein Torf mehr abgebaut. Ist alles Naturschutzgebiet jetzt. In Niedersachsen, wo meine Vorfahren herkommen, gibt es noch zwei Torfwerke, das dritte hat vor vier Jahren dicht gemacht. Da werden jetzt die Felder rekultiviert und die Schienen von den Torfloren abgebaut, das war's dann. Aber hier machen wir das sowieso nur für die Renaturierungsbehörde und die Technische Hochschule in Darmstadt, für eine Studie. Das Moor steht ja schon seit 1979 unter Naturschutz", schloss Tomic.

Sie erreichten das Renaturierungsgebiet. Tomic erzählte ihr alles über die Beschaffenheit der Landschaft und das Hochmoor, das es hier früher gegeben hatte. Jetzt, sagte Tomic, sei ja ohnehin nur noch ein kleiner Rest von 314 Hektar da.

Anna Lewin interessierte sich mehr für die letzten dreißig Jahre. Sie fragte ihn nach Lage und Alter der Entwässerungsgräben, der Zufahrtswege, Bohlenpfade und Dämme. Tomic antwortete geduldig.

„Übrigens", sagte er schließlich, „ich habe Fotos von Moorleichen. Von meinem Vater. Er hat sie mir nie gezeigt, und als er letztes Jahr starb, hab ich die Fotos in einer Kiste unter seinem Bett gefunden. Ist merkwürdig, wie gut die erhalten sind."

„Die Fotos oder die Leichen? Was die Leichen angeht, das ist nur Chemie. Gerb- und Huminsäuren. Die kommen in bestimmten Arten von Torfmoosen vor, solchen, die Sie mir gerade gezeigt haben. Das Zeug konserviert jeden Körper", bemerkte die Kommissarin sarkastisch.

„Ach, wirklich, Frau Einstein?", entgegnete Tomic finster.

Ein lang gezogener hoher Schrei durchbrach die Stille.

Tomic lächelte verhalten. Am Ende von Feld 16 flogen Vögel auf.

„Nicht erschrecken", murmelte Tomic. „Sind nur ein paar Waldschnepfen, die ..."

„Ich habe mich nicht erschrocken", unterbrach ihn die Kommissarin.

Tomic verschwieg, dass es sich keineswegs um Waldschnepfen, sondern um Tannenhäher gehandelt hatte. Er verabschiedete sich und ging.

„Danke", rief sie ihm nach.

Sie ging alleine zum Fundort. Unter dem kahl geschorenen Himmel kräuselte der Wind die unsichtbare Luft.

Wieder im Auto, betrachtete sie ihr Gesicht lange im Spiegel. Hübsche schmale Wangenknochen, hatte Marc zu ihr gesagt, als sie sich das erste Mal begegnet waren. Sie sah auf das winzige Muttermal an der linken Wange. Sie spitzte ihre schmalen Lippen, die der Linie ihres Haaransatzes folgten. Ihre Finger tasteten nach dem Zettel in ihrer Jackentasche. Die Telefonnummer, die auf das dünne Papier gekritzelt war, war die Dienstnummer von Klaus-Jörg Hammerschmidt, dem ehemaligen Leiter des Kommissariats. Anna hatte das Gefühl, dass er wusste, wonach sie suchen sollten.

3
Der 20. Januar 1979

Der Wagen hielt.

Sylvie stand in der eisgrauen Luft und sah auf die endlose Flucht der Reihenhausdächer, die sich hinter abgezirkelten Vorgärten und gepflasterten Wegen wie ein unverrückbarer Schatten erhoben.

Mit hochgezogenen Schultern und den Händen in den Taschen betrat sie die Siedlung, ging vorbei an einem trostlosen, von Garagentoren gesäumten Platz und bog in einen der engen Wege, die zwischen Jägerzäunen und den auf Maß gestutzten Koniferen der Vorgärten in das innere Labyrinth der Siedlung führten.

Sylvie blieb stehen. Fasanenweg 16 stand in verschnörkelten Eisengussbuchstaben auf der weiß getünchten Fassade des schmalen Wohnquaders, der sich ansonsten in nichts von den anderen Häusern unterschied, die wie farblose Mutationen am Weg aufgereiht standen. Sylvie fuhr erschrocken zurück. Die Fenster waren erleuchtet, der gurgelnde Laut der Toilettenspülung und eine ins Schloss fallende Tür zerrissen die Stille, und nach einem Blick durch den Briefschlitz wurde ihr schlagartig klar, dass ihre Eltern früher zurückgekommen sein mussten.

Leise öffnete sie die Tür, schlich durch den engen Flur die Wendeltreppe hinauf und sah durch die schmalen Gitterstäbe ihren Stiefvater im Wohnzimmer mit einer Flasche Bier in der Hand auf der Couch liegen, trat noch vorsichtiger auf und verschwand in ihrem Zimmer, wo sie sich rasch umzog und an dem kleinen Waschbecken zwischen Kleiderschrank und Balkontür das Make-up aus dem Gesicht wusch. Sie hockte sich auf den Boden und wartete.

Du gehörst nicht hierhin, durchfuhr es sie, ein trauriger Trotz war in diesem Gedanken, den sie mit ihren Blicken wie einen Speer auf den Schallplattenspieler warf, aber sie traute sich nicht, eine Platte aufzulegen, „Bye Bye Baby" von den *Bay City Rollers* vielleicht, oder sonst irgendetwas zu tun, das ihre Anwesenheit verriet, bis sie schließlich von dem Geklapper des Geschirrs in der Küche hinunter getrieben wurde, denn sie hatte Hunger und fragte sich, ob es wohl irgendetwas zu essen gab.

„Ach, ist die Dame auch schon wach?", begrüßte sie ihre Mutter im seidenbestickten Morgenrock, unter dem ihre nackten Beine hervorlugten. An den Knöcheln endeten sie in einem Paar flauschiger Pantoffeln im Pelzimitat.

Sylvie schwieg.

„Stell deinem Vater das Essen auf den Tisch."

„Er ist nicht mein Vater. Einen Scheißdreck werde ich tun."

„Nimm das Geschirr aus dem Schrank und deck den Tisch", schrie sie ihre Tochter an.

„Leck mich!", brüllte Sylvie zurück.

Das klatschende Geräusch einer Hand war zu hören, dann ein Schrei, dann ein weiteres Klatschen.

„Schrei weiter und ich verpass dir richtig eine, Fräulein. Und jetzt deck den Tisch!"

Ein untersetzter, kräftiger Mann im Unterhemd und langen Unterhosen stand in der Tür. Er rieb sich verschlafen die Augen und kratzte sich mit der anderen Hand am Bauch.

„Willst du was essen?", lächelte ihn Sylvies Mutter an.

Der Mann nickte und zwängte seinen Bauch unter den weißen Spanholztisch. Sylvie atmete schwer. Sie stand mit einem Handtuch am Spülbecken. Ihre Mutter beobachtete sie argwöhnisch.

„Ich kann dir noch ein paar Eier machen. Es dauert nur ein paar Minuten."

„Nur keine Eile", gab der Mann zurück und zündete sich eine Zigarette an.

Ihre Mutter probierte die Suppe.

„Hm, der Pfeffer fehlt. Sylvie, bring mir den Pfeffer."

„Den kann er sich selbst holen, wenn er Pfeffer braucht." Sie sprach betont langsam.

„*Den Pfeffer!*, habe ich gesagt."

Sylvie atmete tief ein. Sie ging in die Kammer, nahm den Pfefferstreuer und knallte ihn auf den Tisch.

„Nicht da, Dummchen", berichtigte sie ihre Mutter. „Ich brauch ihn hier. Und bring deine freche Schnauze gleich mit, damit ich dir noch eine verpassen kann."

Der Mann nahm den Pfefferstreuer und brachte ihn Sylvies Mutter, wobei seine linke Hand unter ihren Morgenrock fuhr. Die lächelte ihre Tochter böse an.

„Ich prügel dir deine Widerspenstigkeit noch raus, warte nur, und wenn ich dir sämtliche Knochen im Leib brechen muss."

Sylvie tastete sich an der Spüle entlang zur Tür. Sie zitterte. Ihre Mutter hielt sie am Arm fest.

„Du bist hier noch nicht fertig. Wenn dein Vater gegessen hat, wirst du sein Geschirr spülen."

„Ich soll was?"

Sylvies Stimme zitterte.

„Ich kann mein Geschirr selbst spülen", sagte der Mann beschwichtigend.

„Ich sagte, sie wird das Geschirr spülen", sagte ihre Mutter.

Der Mann zuckte mit den Schultern. Ihre Mutter brachte ihm einen dampfenden Teller Suppe, einen Korb geschnittenen Brots und einen großen Teller Rühreier mit Schinken.

Dazu stellte sie einen großen Topf Kaffee. Die beiden Frauen sahen ihm beim Essen zu. Es war vollkommen still, bis auf die Geräusche, die der Mann beim Essen machte. Sein Teller war bald leer.

„Nachschlag?", fragte ihn ihre Mutter.

Der Mann nickte und wischte sich das Fett aus den Mundwinkeln. Seine Mutter schaute Sylvie an.

„Steh nicht rum. Hol seinen Teller."

„Ich bin nicht eure Sklavin."

Ihre Mutter bedachte sie mit einem drohenden Blick.

„Noch Kaffee?", fragte sie den Mann.

Der Mann sagte nichts, nippte an seinem Kaffee und nahm einen tiefen Zug an der Zigarette.

„Wo warst du heute Nacht?", fragte er Sylvie.

„Ich muss mal."

Sylvie setzte ein gequältes Lächeln auf.

„Wirklich", bat sie.

„Dann hast du ja gleich beim Strullern genug Zeit, dir ne vernünftige Antwort auszudenken", sagte der Mann zwischen zwei Schlucken Kaffee.

Ihre Mutter hatte sich zu ihm gesetzt.

Sylvie drehte sich weg und eilte aus der Küche. Das Gelächter der beiden folgte ihr, folgte ihr durch das enge Treppenhaus die mit billiger Auslegware versehenen Treppenstufen hinauf in ihr Kinderzimmer, wo sie den Rucksack unter dem Bett hervorzog, eilig ein paar Sachen aus dem Schrank hineinstopfte, ihr Sparschwein, ein paar rote Kladden sowie einen kleinen Stapel Bücher und Schallplatten dazu packte und einen kurzen Augenblick innehielt, als wollte sie den Rest ihres Lebens überschauen, aber dann wollte sie nur weg.

Weg von hier!, dachte sie, als sie ihre Jeansjacke anzog und sich den Rucksack über die Schulter warf und aus dem

Zimmer die Treppe hinab stürmte, vorbei an der Küche, in der sie ihre Mutter mit dem Geschirr klappern hörte, aus der Tür hinaus, raus in die kalte unbewegte Luft mit dem Versprechen der Freiheit.

Hinter ihr riss jemand die Tür auf und rief etwas, aber da war sie schon fort und rannte den Fasanenweg und den Dohlenweg hinab, an den Garagenfluchten vorbei zur Straße, wo der schmale Rücken des Himmels auf den mit Kühen bestandenen Wiesen bis zum heutigen Tag die Grenze ihrer Welt markiert hatte, irgendein dunkler Glanz lag jetzt darauf, den sie nie zuvor bemerkt hatte und auch jetzt nur flüchtig sah, weil der Bus gerade in diesem Moment die Haltestelle auf der anderen Seite der Straße passierte und sie atemlos über die Landstraße rannte und hoffte, dass der Busfahrer sie sah und wartete, obwohl sie wusste, dass die meisten von denen ihre sadistische Natur nicht verleugnen konnten und oft im letzten Moment, bevor man die Tür erreichte, anfuhren und einen in der stinkenden Dieselwolke des Busses stehen ließen, aber der hier war anders, er wartete, wartete sogar noch, bis sie sich gesetzt hatte, und sein Lächeln wanderte durch den Spiegel in ihr Gesicht, das sie nach den ersten Metern erschöpft an das Fenster lehnte, in die Landschaft aus Wolken und Wind gewandt.

Aus dem dunkelgrauen Himmel begann es zu regnen. Sie setzte ihren Walkman auf.

Who knows how long I´ll have to stay
Could be a hundred years
Of sweat and tears
At the rate that I get paid
Lately my luck has been so bad
You know the roulette wheel´s
A crooked deal

I´m loosing all I had
Soon be like a man that´s on the run
And live from day to day
Never needing anyone
Play hide and seek
Throughout the week

Der Bus hielt.

Sylvie sah auf das altmodische Ziffernblatt ihrer Armbanduhr, die ein Geschenk ihrer verstorbenen Großmutter war; die Zeiger, zierliche Pfeile in einem goldenen Gehäuse, zeigten zwei Minuten nach zehn, als sie in Gersfeld am Rathaus ausstieg, die nächste Telefonzelle ansteuerte, mit zitternden Händen die Wählscheibe drehte und aufgeregt in die Sprechmuschel redete, bevor sie den Hörer wieder in die Gabel hängte und einige Schritte weiter an einer Litfaßsäule stehen blieb.

Die im Wind flatternden Plakatfetzen kündigten ein Konzert von *Donovan* an, ein Kinoplakat warb für das von den Vereinten Nationen ausgerufene Internationale Jahr des Kindes, ein anderes wies auf die gestern begonnene Tournee von *Supertramp* in Berlin hin, aber den Bogen mit den Veranstaltungshinweisen für Februar konnte sie schon nicht mehr lesen, weil ihr die Buchstaben vor den Augen verschwammen, sie wusste nicht, ob das vom Wind oder der Kälte kam, und suchte in den Taschen ihrer nietenbeschlagenen Jeansjacke nach einem Taschentuch, als sie plötzlich einen schwarzen Alfa Romeo auf der anderen Straßenseite halten sah.

Sylvie drehte sich abrupt um. Für einen langen Moment blieben ihre Augen geweitet, während sie sich in den Hauseingang drückte und den Mann beobachtete, der aus dem Wagen gestiegen war, geduckt vor dem Regen auf den Kiosk an der Ecke zulief, um mit einem Bündel Zeitungen unter dem Arm zurückzukehren und wieder in seinen Wagen zu steigen, ohne auch nur von ihr Notiz zu nehmen, jedenfalls dachte sie das in jenem Augenblick. Sie blieb im Hauseingang stehen, bis ein roter VW Golf in Höhe der Litfaßsäule am Straßenrand hielt. Noch ehe der Fahrer die Seitentür ein Stück weit aufstieß, war sie auf dem Bürgersteig, nahm den Rucksack vor die Brust und setzte sich in den Wagen. Zwischen ihrem stoßweise gehenden Atem sagte sie leise „Jan!“ und wollte ihn umarmen, aber da fuhr der Wagen bereits an und beschleunigte, kaum dass sie die Straßen Gersfelds hinter sich gelassen hatten.

Sylvie weinte.

„Die Karre ist von meinem Bruder, ganz neu“, erzählte Jan begeistert, während er noch eine Reihe technischer Details aufzählte und dann unvermittelt anfügte: „Das geht nur zwei Tage, das mit dem Pennen bei meinem Bruder, vielleicht kannst du ja danach zu Heinz, der wird dir schon nichts tun, was anderes weiß ich auch nicht, zu Kai lass ich dich nicht, der ist spitz auf dich, die alte Sau.“

„Ich will auch gar nicht zu Kai, und zu Heinz erst recht nicht“, gab Sylvie zurück, während sie sich die Haare aus dem Gesicht strich und in die Waldlandschaft zu beiden Seiten der Straße starrte, „dann geh ich eben wieder zurück ins Internat, zu Marcia, ist mir scheißegal, solange ich meine Alte und ihren Stecher nicht mehr sehen muss.“

Sylvie legte ihren Kopf an Jans Schulter.

„Nächste Woche“, sagte Jan leise, während seine rechte Hand das Steuer losließ und durch ihr Haar fuhr, „nächste Woche haben wir wieder was, Baby, und dann hauen wir ab nach Neuseeland, versprochen“, und er trat das Gaspedal so fest durch, dass sich der Wagen aufbäumte und die Reifen für einen Moment lang die Bodenhaftung zu verlieren schienen.

„Aber ich möchte fliegen", flüsterte sie in den aufheulenden Motor, „mit einem richtigen Flugzeug, ich wollt immer schon mal fliegen, chirpy, chirpy, cheep, cheep", summte sie den Song im Radio mit, und ihr Körper legte sich mit dem Wagen in die Kurve und wäre am liebsten immer so geblieben, jetzt und eine Stunde später im Haus seines Bruders auf dem Flokati im Wohnzimmer an Jans schmächtigen nackten Körper geschmiegt, der Augenblicke zuvor für unendlich lange Sekunden in ihr verströmt war, als das Trommeln ihrer Fäuste auf seinem Rücken langsam verstummt war und sie, während sie in seine verschleierten Augen sah, nichts empfand, gar nichts, und nichts empfinden konnte.

Es war früher Nachmittag, als sie erwachte. Einen Augenblick lang dachte sie, dass es auch ebenso gut gewesen wäre, wenn sie nicht mehr aufgewacht wäre, so wie Hans, oder die Schauspielerin, die an Krebs erkrankt war und die vor ein paar Tagen in Berlin Selbstmord begangen hatte.

Regentropfen glitzerten auf den Sträuchern im Garten, kleine Schatten glommen in den Schlupfwinkeln des Zimmers, in dem ihr nackter Körper lag, den sie in diesem Augenblick gerne vor der Welt verborgen hätte, aber sie schlang nur die Arme um ihre Brüste, drehte sich von Jan weg und starrte auf das Ornament des Teppichs vor der Terrassentür, ein fremder Planet für träumende Augen, öffnete die Lippen und sagte: „*Blue Shell*. Lass uns heute Abend ins *Blue Shell* gehen."

Das *Blue Shell* lag zwischen Wüstensachsen und Gersfeld und war in einem ehemaligen Kinogebäude untergebracht, was die Schriftzüge auf dem Dach auch noch erkennen ließen, und die Schaukästen am Eingang, vor dem sich Sylvie,

Jan im Schlepptau, jetzt in die Schlange der wartenden Jugendlichen einreihte und langsam in das von dröhnenden Rhythmen beschallte Innere der Disco schob.

Dort war es heiß und dunkel. Jan setzte sich mit einem Bier in der Hand auf die Stufen oberhalb der Tanzfläche, Kai und ein paar andere seiner Freunde gesellten sich bald zu ihm, ihre schemenhaft verzerrten Gesichter lösten sich im Geflacker und den Lichtblitzen der an der Decke angebrachten Discokugeln auf und verschwanden im pulsierenden Licht, das durch die hämmernden Bässe strömte und gleißende, jäh auftauchende und wieder verschwindende Scherengitter in die wogenden Körper der Tanzenden riss.

Es war 22.00 Uhr, als Jan ihr sagte, dass er jetzt nach Hause fahren müsse.

Sylvie wollte bleiben, sie zeigte auf Anke, die aus dem gleichen Ort kam, in dem Jans Bruder wohnte und aus dem sie ein Bekannter mit nach Gersfeld genommen hatte, der sie auch wieder nach Hause bringen würde, Jan nickte und sagte, dass er erst noch woanders hin wollte.

Mit einem flüchtigen Kuss hatten sie sich für ein Uhr im Haus seines Bruders verabredet, als Sylvie schon ein paar Schritte auf die Tanzfläche zu machte und in der Menge der zuckenden und wogenden Körper verschwand, ihr kurz geschnittenes dunkles Haar war klatschnass und ihr Gesicht verblasste zwischen den Lichtblitzen, während sie versuchte, eine flüchtige Sekunde lang mit ihren eigenen Schritten und ihrem klopfenden Herzen mitzuhalten.

Kurz vor Mitternacht wurde ihr schlecht, und zusammen mit Anke verließ sie das *Blue Shell*, ein sternenklarer Himmel leuchtete blass über den dunklen Wegen, die sie, einander einhakend, in Richtung des verabredeten Treffpunkts liefen, einer Straße, die unweit der Disco die Häuserfronten der Stadt durchschnitt.

Sylvie setzte sich auf eine Bank nahe der Straße. Anke lief ungeduldig auf und ab, wobei sie die Arme um ihren Körper schlang und nörgelte, dass sie viel zu früh hier wären, ihr Bekannter würde ja erst um halb eins hier sein und bis dahin wären sie beide längst erfroren und das nächste Auto würde sie einfach anhalten, ob ihr das passe oder nicht.

Und dann sagte sie, dass sie Hammerschmidt gesehen habe, den Kommissar, in der Stadt, den, von dem sie ihr doch erzählt hatte, wie er mit dem Auto vor dem Bahnhof gehalten habe und dass er mit einer Frau am Taxistand gesprochen habe und später habe er im Café an der Ecke gesessen und lange aus dem Fenster geschaut.

Sylvie hörte ihr schweigend zu. Sie spürte ihren Körper vibrieren wie ein taumelndes Blatt im Dunkel, die Kälte fügte ihn wie ein Puzzle wieder zusammen, hüllte ihn wie in ein Rätsel, in das sie ohne Grund fiel und fiel wie in eine arktische Landschaft, die keine Nacht wie diese brauchte, damit ihr alles um sie herum noch immer zu groß und still erschien.

Der Kommissar!, fuhr es ihr durch den Kopf, und an ihre Mutter und an Hans dachte sie, Hans, den die Polizisten eines Tages vor zwei Jahren einfach mitgenommen hatten, als sie gemeinsam mit ihrem Bruder an der Bushaltestelle gestanden hatten und ein Wagen, ein ganz normaler Wagen, vor ihnen gehalten hatte und zwei Männer in Zivil auf ihren Bruder und sie zugegangen waren und „Hans Claasen?" zu ihm gewandt gefragt hatten. Es hatte mehr wie eine Feststellung als eine Frage geklungen.

Plötzlich hatte der Bus hupend hinter dem Auto gehalten und in dem allgemeinen Lärm der ein- und aussteigenden Fahrgäste hatte sie nicht verstanden, was die Männer noch zu ihrem Bruder gesagt hatten, der auf einmal hinten im Auto der beiden Männer saß, einer der Männer neben ihm, und dann hatte sie sein ratloses und trauriges Gesicht gesehen, einen flüchtig vorüberziehenden Schatten, der im Fensterglas verschwunden war.

Erst am nächsten Morgen, als Hans noch immer von der Polizei festgehalten worden war, hatten sie und ihre Mutter nach vielen Telefonaten und beharrlichem Nachfragen den Grund für seine Festnahme erfahren, so, wie sie es später in dem Bericht, den man ihnen auf ihr Verlangen hin zugeschickt hatte, hatte nachlesen können.

Ein zwölfjähriges Mädchen war vermisst worden.

Eine Suchmannschaft hatte ihre Leiche auf einem Parkplatz des Hochrhönringes am Rand eines Waldgebietes gefunden, mit teilweise entblößtem Oberkörper und weit auseinandergespreizten Beinen, die helle Cordhose, die das Mädchen trug, war zerrissen gewesen, der Reißverschluss hatte offen zwischen dem zerfetzten Stoffrand geklafft, Stoff, der neben der Hosenöffnung Flecken aufgewiesen hatte, die man anfangs für Sperma gehalten hatte. Der Schnee rund um den Fundort war zerstampft und voller Blutflecken gewesen, die Spuren im Schnee hatten vom Täter, dem Mädchen und dessen Hund, mit dem es zu einem Spaziergang aufgebrochen war, gestammt, eine Zeugin hatte jedoch beobachtet haben wollen, wie das Mädchen in einen Wagen gestiegen war, einen Wagen, wie ihn von der Typbeschreibung her auch Hans besessen hatte, der täglich zu seiner Arbeitsstelle in Wüstensachsen hatte fahren müssen.

Der gewaltsame Tod des Mädchens war durch die Gerichtsmediziner bestätigt worden. Die Untersuchung der Leiche hatte zahlreiche Hinweise für stumpfe Gewalteinwirkung durch Würgen und Schläge an Hals und Kopf ergeben, die Gesichtshaut Blutungen aufgewiesen, ebenso der Gaumen des Mädchens, dem ein harter Gegenstand in den Rachen gestoßen worden sein musste, an dem sie offenbar auch erstickt war.

Erst nach zwei weiteren Tagen, in denen Hans in Untersuchungshaft gesessen hatte, hatte der Fall eine überraschende Wende genommen. Untersuchungen hatten ergeben, dass man ein Sexualdelikt ausschließen konnte, da es im Genitalbereich keine Verletzungen gegeben hatte und auch der Abstrich auf Sperma negativ verlaufen war.

Der ermittelnde Beamte, POK Hammerschmidt, hatte jedoch unter Druck gestanden. *Die Fuldaer Zeitung* hatte in groß aufgemachten Schlagzeilen über das Verbrechen und die Verhaftung des Tatverdächtigen, den der Kommissar fast ohne Pause hatte befragen lassen und dessen beharrliches Schweigen den Beamten bald als uneingestandenes Schuldbekenntnis erschienen war, das es in unaufhörlichen Verhören nur noch aus dem Täter zu locken gegolten hatte, berichtet.

Merkwürdig waren die Stofffetzen aus der Hose gewesen, die man neben der Leiche gefunden hatte, ebenso die starke Deformierung des Reißverschlusses und der doppelten Steppnähte sowie die großen Rissränder, die auf eine erhebliche Gewalteinwirkung hatten schließen lassen.

Am Abend des zweiten Tages hatte sich auch die Aussage der Zeugin als falsche Spur erwiesen. Das Mädchen, das sie in den Wagen hatte steigen sehen, hatte aus der Nachbarschaft gestammt und war von ihrem Cousin zur fraglichen Zeit in einem Wagen des gleichen Typs und der gleichen Farbe abgeholt worden, sodass sie Hans zwei Tage nach seiner Verhaftung am Abend nach Hause gebracht hatten.

Sie erinnerte sich, dass er viele Tage nicht mehr aus seinem Zimmer gekommen war, auch nicht, als sie ihm in der Woche darauf erzählt hatten, dass man den wahren Täter gefasst hätte, einen schwachsinnigen Jungen, der wie das

Mädchen aus Wüstensachsen gestammt hatte und mit dem Mädchen und ihrem Hund spazieren gegangen war. Er hatte ein Geständnis abgelegt. Aus reiner Neugier und weil er so etwas in einem Film schon einmal gesehen hatte, hatte er das Mädchen gewürgt, es mehrfach auf den Kopf und in das Gesicht geschlagen, bevor er es zu Boden geworfen und ihm einen großen Ast in den Mund gestoßen hatte, so lange, bis sich das Mädchen nicht mehr geregt hatte und ganz still im Schnee liegen geblieben war. Dann hatte er die Tote liegen lassen und war einfach gegangen, während der Hund des Mädchens versucht hatte, sie aufzurichten, indem er an ihr gezerrt und gezogen und so ihre Kleidung zerrissen hatte.

All das hatten sie Hans aus der *Fuldaer Zeitung* vorgelesen.

Da hatte es angefangen mit seiner ausweglosen Traurigkeit und der stummen Verzweiflung in seinem Gesicht, die nicht mehr verschwunden war, bis zu jenem Mittag im Oktober letzten Jahres, als sie ihn tot in seinem Bett gefunden hatte.

„Wollen wir morgen ins Kino gehen?“, fragte Anke sie unvermittelt. „Vielleicht *Die durch die Hölle gehen* oder *Apocalypse Now*“, woraufhin sie Sylvie verwundert ansah und entgegnete, dass das wohl Filme für Erwachsene wären.

„Auch gut“, sagte Anke, „ich kann ja nicht jedes Mal den Bürgermeister fragen, und außerdem darf ich sowieso nur einmal in der Woche weg, weil meine Mutter nämlich sagt, das käme alles nur von der Freizügigkeit in den sechziger Jahren, früher hätten sie nicht so lange weggedurft und schon gar nicht so jung, da hast du irgendwie mehr Glück mit deiner Alten.“

Anke hatte recht. Ihre Mutter hatte ihr erlaubt, bis Mitternacht wegzubleiben, manchmal auch länger, aber vielleicht war sie einfach nur froh, ihre Ruhe zu haben, und die Erlaubnis hatte sie auch erst seit dem letzten Sommer, als sie das Tanzen für sich entdeckt hatte.

Ein Motorengeräusch kroch säuselnd über den Asphalt, und Anke sah mit einem Ausdruck geringschätziger Verachtung auf den Wagen, der in diesem Augenblick in der nebelglänzenden Luft vor ihnen auf der Straße hielt.

4
Sylvies letzter Tag

Die Kommissarin Anna Lewin erreichte Klaus-Jörg Hammerschmidt erst zwei Tage später.

Hammerschmidt war inzwischen pensioniert, wie sich herausstellte, arbeitete allerdings bundesweit für eine Privatdetektei in Frankfurt, die sich auf Scheidungsangelegenheiten spezialisiert hatte. Deshalb war er viel unterwegs. Er lebte, wenn er zu Hause war, in Tann, einer 3000 Seelen-Gemeinde, die garantiert keine Schlagzeilen machte, allein in einem Fachwerkhaus, seitdem seine Frau, welche Ironie des Schicksals, sich von ihm hatte scheiden lassen. Das Haus hätte man für einen Teil des hiesigen Museumsdorfes halten können, wenn Hammerschmidt nicht die merkwürdige Angewohnheit gehabt hätte, die Fenster mit Plakaten von Filmkommissaren zu drapieren. Seine Mitteilsamkeit stand im merkwürdigen Widerspruch zu der rhönhessischen Schweigsamkeit, in die er wechselte, als die Kommissarin nach zehn Minuten einen Hustenanfall Hammerschmidts dazu nutzte, um ihr Anliegen vorzubringen.

Erst als sie die Dringlichkeit der Angelegenheit hervorhob und ihm mit seinem guten Ruf, von dem ihr nichts bekannt war, schmeichelte, und ein gewisses öffentliches Interesse betonte, erklärte er sich dazu bereit, übermorgen nach Fulda zu kommen. Als sie sich bedankt hatte, legte er unvermittelt auf.

Die Kommissarin holte weitere Informationen über Hammerschmidt ein. Sie wollte wissen, mit wem sie, wenn auch nur für kurze Zeit, wie sie hoffte, zusammenarbeiten würde.

Die Telefonate und Gespräche mit ehemaligen Mitarbeitern, sofern sie diese noch ausfindig machen konnte, ergaben das Bild eines Mannes, der als genialer Spürhund galt, menschlich schwierig, bisweilen merkwürdig nachlässig, fast desinteressiert an dem Geschehen um ihn herum. Er hatte einige unmögliche Fälle aufgeklärt, was ihm einen gewissen Nimbus beschert hatte, über den hinaus er keinen besonderen Ehrgeiz mehr zu entwickeln schien, es sei denn, es ging um seinen Angelsport, dem er in den umliegenden Gewässern ausgiebig und mit einer gewissen Rücksichtslosigkeit nachzugehen pflegte. Hammerschmidt schien über eine besondere Intuition zu verfügen, die ihn oftmals ohne akribische Vorarbeit auf die richtige Spur führte, die zu verfolgen er dann aber meist anderen überließ. 1980 hatte er seinen Dienstort plötzlich verlassen und war einige Monate später ohne nähere Erklärungen zurückgekehrt. Es gab Gerüchte über eine Krankheit, dann über einen Mordfall, dessen Spuren ins Ausland führten, und hinter den Gerüchten eine Mauer des Schweigens. Die Ermittlungen, die von der Dienstaufsicht geführt wurden, verliefen ergebnislos. Hammerschmidt konnte seine Arbeit fortsetzen, als wäre nichts geschehen.

Kurz bevor Hammerschmidt eintraf, setzte sie sich erneut mit der Gerichtsmedizin in Gießen in Verbindung.

Die Oberärztin, Frau Professor Mayer, bestätigte am Telefon nur, was die Kommissarin schon wusste. Nach den ersten Untersuchungen handelte es sich bei der aufgefundenen Person oder vielmehr den vorliegenden Knochenresten möglicherweise um die verbliebenen sterblichen Überreste einer jungen Frau im Höchstalter von 19 Jahren. Sie horchte auf eine Nuance, ein Wort, einen Satzteil, irgendetwas das sie vielleicht überhört hatte, aber da war nichts.

Am Morgen des 20. Oktobers stand Klaus-Jörg Hammerschmidt ohne Vorankündigung in ihrem Büro. Er musste schon eine ganze Weile hinter ihr gestanden haben, als sie ein tiefes Räuspern aufschreckte.

Sie ließ sich noch einen Augenblick Zeit, bevor sie sich mit einer schwungvollen Drehung erhob, einen Schritt auf ihn zu ging und ihre Hand mit sanftem Druck in seine große und kalte Hand legte. Hammerschmidt zog die linke Augenbraue hoch. Das war eine der wenigen Regungen, die die Kommissarin an diesem Tag in seinem von tiefen Falten durchzogenen, aber dennoch jugendlich wirkenden Gesicht bemerken sollte.

Hammerschmidt machte sich eher gelangweilt an die Durchsicht der Akten. Später wurde ihr klar, dass er nicht von Anfang an den Eindruck erwecken wollte, längst zu wissen, welchen Vermisstenfall sie dem Leichenfund zuordnen mussten.

„Was macht Sie so sicher?“, fragte sie ihn, als sie sich mittags in der *Brauereigaststätte Felsenkeller* gegenüber saßen.

„Nennen Sie es Instinkt oder die Gabe, bestimmte Fakten und Gegebenheiten wie in den Naturwissenschaften so logisch miteinander zu kombinieren, dass am Ende das richtige Ergebnis dabei herauskommt. Im Übrigen“, er hob mahnend beide Hände in die Höhe, „ist damit noch nichts gesagt, jedenfalls nicht, so lange das abschließende Ergebnis der Gerichtsmedizin nicht vorliegt. Allerdings mag es sie trösten, dass ich Sackgassen nicht sonderlich schätze.“

Er schnitt ein sauberes Dreieck in sein Schnitzel, tunkte das Fleischstück in die Soßenpfütze neben dem ansehnlichen Kartoffelberg auf seinem Teller und führte die Gabel ohne die geringste Bewegung seines Kopfes zum Mund.

„Warum gibt es dann unaufgeklärte Vermisstenfälle?“, versuchte ihn die Kommissarin zu provozieren.

„Warum sind die Wälder so groß, die Meere und Seen so tief und die Menschen so erfindungsreich?“, gab er nach einer kurzen Pause zurück. „Nein, das ist nicht die Frage“, schüttelte er den Kopf und sah sie aus seinen blauen Augen aufmerksam an.

Anna Lewin stellte ihr Wasserglas etwas zu heftig auf die Tischplatte. Das Wasser schwappte an den Glasrand und die Zitronenscheibe fiel auf den Tisch.

„Nichts verschwindet so einfach. Es bleibt immer eine Spur zurück“, sagte sie eindringlich. „Ich glaube, das ganze Geheimnis ist, diese Spuren richtig zu lesen. Vielleicht“, sie sah auf die am Ende des Tisches liegende Akte, „ist ja nur etwas übersehen worden.“

„Möglich“, erwiderte Hammerschmidt generös.

Sein Messer schnitt einen tiefen Halbmond in das Schnitzel.

„Aber Sie glauben doch nicht im Ernst, dass sich ohne das Knochenragout, was Sie da aus dem Moor gelesen haben, irgendjemand noch für diese Geschichte interessiert hätte? Es kommt nicht auf die Vergangenheit an. Es kommt auf den Staub an, den sie aufwirbelt.“

Er tippte mit dem Messer auf den Aktendeckel.

„Genug Smalltalk für heute. Für mich gibt es eigentlich nur eine, die in Frage kommt: Sylvie Claasen, ein junges Mädchen, das eines Nachts vor 27 Jahren in oder bei eben diesem Ort verschwunden und nie wieder aufgetaucht ist. Geboren am 19.01.1962, war wohnhaft in Gersfeld. Wird seit dem 21. Januar 1979 vermisst.“

Über den dichten Brauen des Kommissars tauchte eine Stirnfalte auf, während er langsam sein Fleisch kaute.

„Wollen Sie wissen, was in jener Nacht geschehen ist?“

Sie widerstand dem Impuls, ihn gegen das Schienbein zu treten. Sie nickte.

Die nächsten zwei Stunden hörte sie Hammerschmidt zu. Der referierte sämtliche Protokolle und Vernehmungen aus dem Gedächtnis, nur unterbrochen von gelegentlichen Telefonaten und einer schwachen Blase, die ihn in unregelmäßigen Abständen zu der einen Stockwerk tiefer gelegenen Toilette trieb, wobei er aber seine Ausführungen zumindest bis zum Treppenaufgang nicht unterbrach.

Abends lag sie erschöpft und mit Kopfschmerzen in ihrer Hängematte am Fenster. Ihre Gedanken blieben stumme Reflexe. Der weiche, reine Staub des Mondlichts haftete noch auf den vorüberziehenden Wolken, als sie im Morgengrauen über Fulda endlich Schlaf fand.

Als sie am frühen Abend das Restaurant verlassen hatten, hatte Hammerschmidt noch versucht, sie in das *Viva Havanna*, die einzige noch geöffnete Cocktailbar der Stadt, zu verfrachten.

„Wir sollten uns näher kennenlernen“, hatte er, während er ihr die Tür aufgehalten hatte, seine Einladung begründet.

„Sollten wir? Sich kennen lernen heißt nur lernen, wie fremd man einander ist“, hatte sie geantwortet und sich lächelnd verabschiedet. Für den Morgen hatten sie sich im Moor verabredet.

Erst gegen Ende des Gesprächs war Hammerschmidt auf den Punkt gekommen:

Er tunkte das letzte Stück seines Schnitzels in die winzige Soßenpfütze auf seinem Teller, drehte die Gabel in der Luft und harpunierte die verbliebene Kartoffelecke auf dem Tellerrand. Die letzte Gabel spülte er mit einem Schluck Bier hinunter.

„Vermutlich wissen Sie, dass ich Angler bin?“

Die Kommissarin nickte ungeduldig. Sie vermied es, ihm mitzuteilen, dass sie das gleiche Hobby hatten.

„Natürlich. Sie werden Ihre Hausaufgaben gemacht haben."

Er lachte.

„Ich weiß, dass Sie das langweilt, aber wenn ich nicht angeln würde, hätte ich vermutlich meinen ersten Fall niemals aufgeklärt. Und der erste Fall ist wichtig, das wissen Sie. Ihr erster Fall lief nicht so gut?"

Er sah sie an. Ein Ausdruck väterlicher Güte lag in seinem Blick.

Arschloch!, dachte die Kommissarin.

„Jedenfalls waren es meine Angelkenntnisse, die mich damals auf eine Spur brachten, die geradewegs zu einer Wurmfarm führte. Die züchteten unter anderem Riesen-Rotwürmer, Dendrobena, übrigens ein hervorragender Angelwurm. Lebhaft, widerstandsfähig, unempfindlich gegen kaltes Wasser. Ganz anders als die meisten Menschen. War damals die einzige Farm, die die Viecher züchtete. Die meisten Angler benutzen immer noch Tauwürmer ..."

Hammerschmidt führte einen Zahnstocher in seinen Mund.

„Nun, jedenfalls", sprach er ungerührt weiter, „wenn man an einer Leiche eine Wurmart entdeckt, die da einfach nicht hingehört, kann es von Vorteil sein, sich mit Würmern auszukennen. Wussten Sie, dass Würmer nicht schlafen? Sie sind 24 Stunden am Tag aktiv. Bei einem Mordopfer, das schon ein paar Tage da liegt, keine ganz unwesentliche Information. Fünf Herzen, sechs Nieren, keine Lunge, ein faszinierender Organismus, wenn Sie mich fragen."

„Wie atmet er dann? Oder sie?"

„Er atmet durch die Haut. Es ist übrigens völlig irrelevant, ob Sie er oder sie sagen. Würmer sind Zwitter. Aber was viel wichtiger ist: Alles, was durch ihn hindurchgeht, wird verwertet. Das perfekte chemische Labor. Und sie erzählen ihnen alles über eine Leiche. Der Wurm war das entscheidende Puzzleteil. Möglicherweise hätten die das bei der Obduktion auch herausgefunden, aber so waren wir den entscheidenden Schritt voraus. Über die Bestell- und Versandlisten kamen wir auf den Täter."

Hammerschmidt verschwand zum Telefonieren. Als er zurückkam und sich gesetzt hatte, begann er völlig unvermittelt, zu erzählen. Sein Gesicht wurde ausdruckslos, so, als versuche er angestrengt, unbeteiligt zu wirken. In seiner Stimme hörte die Kommissarin etwas, das ihr fremd war.

„Wir sollten wohl mal wieder zu unserem Fall zurück."

Er räusperte sich.

„Der 20. Januar 1979 war ein Samstag. Sylvie Claasen fährt am Abend zusammen mit ihrem Freund, Jan Debius, nach Gersfeld, in das *Blue Shell*. Eine Diskothek, die es heute nicht mehr gibt. Oder *Club Blue* heißt, das weiß ich nicht. So ein Tanzschuppen, den die Betreiber in einem ehemaligen Kinogebäude eröffnet haben. Gegen 20 Uhr 30 treffen die beiden dort ein. Die Disco ist gerammelt voll. Sylvie trifft ihre Freundin, Anke Bienloch. Gegen 22 Uhr verlässt ihr Freund die Diskothek. Er behauptet, er und seine Freundin hätten sich für 0 Uhr 30 im Haus seines Bruders in Wüstensachsen verabredet, das er zu besagtem Zeitpunkt einhütete, da sein Bruder verreist war."

„Aber wie sollte sie nach Wüstensachsen kommen?", hakte die Kommissarin ein. „Probleme damit, dass ich Sie unterbreche?", fügte sie rasch hinzu.

„Nie und never", gab Hammerschmidt zurück.

„Vermutlich hilft es sogar der Erinnerung eines alten Mannes auf die Sprünge. Also fragen Sie, wenn Ihnen etwas unlogisch vorkommt oder irgendwo etwas zu fehlen scheint."

Sein behaarter Handrücken spielte mit dem Bierglas.

„Ihre Freundin Anke hatte kurz zuvor einen gemeinsamen Bekannten getroffen, einen gewissen August Spindler, ebenfalls aus Wüstensachsen stammend, mit dem sie sich für halb eins an der Hauptstraße verabredet hatten. Allerdings fühlte sich Sylvie Claasen nicht gut, und so überredete sie ihre Freundin, den verabredeten Treffpunkt ein bisschen früher aufzusuchen, was sie dann auch taten. Gegen Mitternacht verließen sie die Diskothek. Nach wenigen Minuten Fußweg erreichten sie eine Bushaltestelle an der Hauptstraße, eben den besagten Treffpunkt. Bedauerlicherweise gibt es über das nachfolgende Geschehen widersprüchliche Aussagen."

„Haben Sie alle Akteure dieser Nacht, ich meine, der Nacht, in der Sylvie Claasen verschwand, vernommen?"

„Sie verschwand gar nicht in dieser Nacht. Aber dazu später. Ja, ja natürlich haben wir alle vernommen", erwiderte Hammerschmidt gelassen.

„Sylvie Claasen war ein hübsches Mädchen. Das Foto haben Sie ja bereits gesehen", fügte er hinzu.

Er schob ihr ein Passfoto über den Tisch, das ein junges Mädchen mit blassem Gesicht und strahlenden, exotisch wirkenden Augen zeigte. Ein Stirnband bändigte ihr schulterlanges dunkles Haar. Sie war dünn. Trotzdem hatte sie etwas, das auf das männliche Geschlecht anziehend gewirkt haben musste.

„Ihr Freund, Jan Debius, war zu diesem Zeitpunkt bereits zu Hause und wartete auf Sylvie Claasen. Gegen 0 Uhr 45 kommt zufällig Albert Glaswald, ein ehemaliger Schulfreund Anke Bienlochs, an dem verabredeten Treffpunkt in der Hauptstraße vorbei. Nun, plötzlich ändern die beiden Mädchen ihren Plan. Sie beschließen, zusammen mit Heinz zu

Danny Brembach zu fahren, ebenfalls ein gemeinsamer Bekannter, der in Bischofsheim wohnt."

„Warum?", warf die Kommissarin ein.

Hammerschmidt zuckte mit den Achseln.

„Ich weiß es nicht. Und die beiden Mädchen können wir nicht mehr fragen."

„Was heißt das?"

Sie gab dem vorübereilenden Kellner ein Zeichen und bestellte ihre dritte Cola.

„Anke Bienloch verschwand sieben Jahre später. Spurlos. Allerdings nicht hier, sondern in Fulda, wo sie zu dem Zeitpunkt lebte."

Hammerschmidt sog die Luft ein.

„Falls Sie nach einem Zusammenhang fragen wollen: Es gibt keinen." Er sagte das in einer Art, die keinen Widerspruch oder eine weitere Nachfrage duldete. Plötzlich griff er nach der Akte und schlug sie in der Mitte auf.

„Anke Bienloch haben wir am 23. Januar 1979 vernommen. Hören Sie, was sie zu sagen hatte: ‚Zusammen fuhren wir zu Danny Brembach. Das war so gegen ein Uhr oder kurz danach, das weiß ich nicht mehr so genau. Ich hatte den Eindruck, dass Sylvie schon öfter da gewesen ist. Die kannte sich da aus. Wir warfen kleine Kiesel gegen das Fenster im ersten Stock. Die Tür wurde von einem Kai geöffnet. Den kannte ich nicht. Sylvie hatte mir aber von ihm erzählt. Außerdem war noch ein Heinz da. Den kannte ich auch nicht. Wir sind ganz leise durch das Treppenhaus geschlichen, damit keiner was hört.'"

Hammerschmidt erhob sich.

Anna Lewin erwachte. Kurz darauf summte der orangefarbene Wecker, und die angedeuteten Tragflächen auf seinem Kubus vibrierten. Acht Uhr zeigte das Display. Ihr Nacken war steif von der in der Hängematte verbrachten Nacht, aber die Kopfschmerzen waren verflogen.

Auf die Treppe, die in der Mitte des Wohnraums spiralenförmig in das Schlaf- und Arbeitszimmer ihrer kleinen Maisonettewohnung führte, hatte sich das erste Sonnenlicht des Tages gelegt.

In der Küche öffnete sie eine Dose Cola und setzte sich auf halber Höhe der Treppe auf die Stufen, wo das Licht um diese Zeit wie die weiße Haut eines Fremden auf ihrer entblößten Schulter glomm.

Es war nicht mehr viel Zeit bis zu der Verabredung mit Hammerschmidt im Roten Moor. Sie durchblätterte die Akte. Danny Brembach, 24 Jahre alt, Hilfsarbeiter. Seine Vernehmung war am 25. Januar erfolgt:

In meiner Wohnung hielten sich Kai Debius und Heinz Pyka auf. Sie sind öfter bei mir gewesen, das war nichts Ungewöhnliches. Anke Bienloch und Albert Glasfeld haben die Wohnung nach etwa einer Stunde verlassen. Als die beiden weg waren, haben wir uns schlafen gelegt. Heinz und ich haben im Wohnzimmer auf zwei Sofas geschlafen. Sylvie und Kai im Nebenraum in getrennten Betten. Um acht Uhr weckte mich Sylvie. Sie fragte, ob ich sie zur Arbeit fahren könnte. Sie war bereits angezogen, aber ich konnte sie nicht fahren, da ich zu der Zeit keinen Führerschein hatte. Kai hatte sich dann auch angezogen und wollte sie ein Stück begleiten. Ich glaube, sie hat per Anhalter zur Arbeit fahren wollen. Nach zwanzig Minuten kam Kai wieder und legte sich im Nebenraum noch einmal schlafen.

Die Aussage von Heinz Pyka, über den jede Angabe fehlte, folgte auf der nächsten Seite. Sie wich von den anderen Aussagen ab.

Wir haben die Nacht alle in einem Zimmer verbracht. Da standen insgesamt vier Schlafgelegenheiten, Sofas und Matratzen, auf die wir uns verteilt haben. Mit der Sylvie hatte niemand etwas vor. Ich habe nicht bemerkt, dass jemand mit ihr den Geschlechtsverkehr ausgeführt oder etwas anderes gemacht hat.

Anna sah auf die Uhr, die in einer Dali-Reproduktion, *Singularidades*, ein Bild von 1936, das sie sehr liebte, in die Wand eingelassen war.

Sie sprang fluchend ins Bad, kehrte nach fünf Minuten zurück und schlüpfte in Lederjacke und Jeans.

Während sie den Wagen aus der Tiefgarage steuerte, erinnerte sie sich fast wortgetreu an die Aussage des letzten Beteiligten, Kai Debius, nicht verwandt mit Jan Debius, und an die eindringliche Art, in der Hammerschmidt diese Aussage gestern wiedergegeben hatte. Ihr Gedächtnis arbeitete in einer schmerzlichen Intensität. In diesem Augenblick wurde ihr klar, dass sie schon viel tiefer in diesem Fall war, als sie das je gegenüber irgendjemand anderem zugegeben hätte.

Sie musste an der Ampel halten.

Am gleichen Tag wie Heinz Pyka und Danny Brembach hatte man auch Kai Debius vernommen. Zur Raumaufteilung hatte er nur vage Angaben machen können.

Am nächsten Morgen verließ ich gemeinsam mit Sylvie die Wohnung. Pyka und Brembach haben noch geschlafen. Mit der Sylvie bin ich so ungefähr 400 Meter in Richtung Parkplatz Roter Rain gegangen. Da habe ich mich von ihr verabschiedet. Auf jeden Fall ist es schon hell gewesen. Ich habe der Sylvie gesagt, sie solle sich an die B 284 stellen. Um zehn Uhr hat sie auf der Arbeit in Gersfeld sein sollen. Sie wollte trampen. Das hat sie schon öfter gemacht.

Anna sah in den Rückspiegel. Es war Sonntag und die Straßen waren leer. Sie befand sich auf der gleichen Straße, auf der auch Sylvie Claasen an einem Sonntagmorgen zuletzt gesehen worden war, der B 284. Der Himmel war wolkenlos. Die grauseidene Landschaft voller sanft ansteigender Wiesen und Waldhänge war wie von einem Netz umsponnen. *Eine Raupe, die sich verpuppt*, dachte Anna. *Oder eine von klebrigen Fäden umwickelte Fliege ...*

Sie hatte Hammerschmidt nach dem Umfeld gefragt, nach jemandem, der Sylvie Claasen an diesem Sonntagmorgen noch gesehen hatte, nach Freunden, Familie und allem anderen, was sie seinerzeit herausgefunden hatten.

Hans-Jörg Hammerschmidt hatte sie lächelnd angesehen. Ohne auch nur einen Augenblick zu überlegen, hatte er ihre Fragen in eine logische Reihenfolge gebracht. Sie hatte gespürt, dass er noch einen Trumpf in der Hinterhand behalten hatte, etwas, von dem er zu wissen geglaubt hatte, dass es ihr die Sprache verschlagen würde, obgleich er gewusst haben musste, dass sie früher oder später die richtige Frage stellen würde, sowie etwas, mit dem sie damals vielleicht noch nichts hatten anfangen können, und offenbar war ihm in diesem Moment klar geworden, dass sie den Punkt erreicht hatten, an dem sie hätten weitersuchen sollen. Seine Stimme hatte einen winzigen Augenblick unsicher geklungen, bevor er weitergesprochen hatte.

„Kai Debius ist der letzte Zeuge, der Sylvie Claasen gesehen hat. In dem Blumenladen in Gersfeld, in dem sie an den Wochenenden jobbte, kam sie an diesem Morgen nie an. Um 15 Uhr ist sie mit ihrer Freundin Anke in einem Eiscafé in der Fuldaer Innenstadt verabredet gewesen. Auch dort ist sie nie aufgetaucht. Scheinbar hat sie niemand gesehen, als sie an diesem regnerischen Morgen auf der

B 284 in Richtung Gersfeld gegangen ist, oder zumindest gegangen sein soll."

„Jemand muss sie gesehen haben", hatte sie angefügt.

Hammerschmidt hatte sich eine Pfeife gestopft und sie entzündet.

„Es stört Sie doch nicht, wenn ich rauche?"

Die Kommissarin hatte den Kopf geschüttelt. Pfeifengeruch erinnerte sie immer an die wenigen Nachmittage im Haus ihres Vaters in Irland, an denen er aus seinem Arbeitszimmer kam, um mit ihr im Salon Tee zu trinken und Pfeife zu rauchen und dabei schweigend auf den immer wechselnden Himmel zu schauen, der das Meer über das Land trug.

„Natürlich haben wir damals auch ihren Freund, Jan Debius, befragt. Ich meine mich zu erinnern, dass das auch am 25. Januar war. ‚Die Sylvie Claasen ist meine Freundin', hat er gesagt. ‚Ich habe sie im Oktober 1978 im *Blue Shell* kennengelernt. Wir haben uns dann ungefähr zweimal in der Woche getroffen, meist in Wüstensachsen, weil das bei ihr und bei mir zu Hause nicht ging. Ich habe mit ihr in der Zeit, wo wir zusammen waren, nicht geschlafen. Sie hat mir gesagt, dass sie noch unschuldig wäre."

Hammerschmidt hatte an der Pfeife gesogen. Die Kommissarin hatte sich über den Tisch gebeugt.

„Ist er in dieser Nacht wirklich im Haus seines Bruders geblieben?"

„Das hat er gesagt."

Hammerschmidt hatte müde gewirkt.

„Eine Kollegin von mir, ihr Name ist mir entfallen, hat sich in diesem Blumenladen umgehört. Da hat noch eine andere Schülerin gearbeitet, eine Heike Koch. Die Kollegin hat vermerkt, diese Schülerin habe ihr berichtet, dass Sylvie Claasen ungefähr drei Wochen vor ihrem Verschwinden ihr gegenüber geäußert hat, sie erwarte ein Kind. Die Inhaberin des Blumenladens hat ihr, als sie davon erfahren hat, Regulationstabletten besorgt, für die schnelle Einleitung der Menstruation. Meine Kollegin hat weiterhin berichtet, dass diese Schülerin, Heike Koch, ihr den Tipp gegeben hätte, noch andere Mitschülerinnen aus diesem Internat auf Schloss Bieberstein, was die Claasen zu dieser Zeit mehr oder minder unregelmäßig besucht hat, zu befragen. Schülerinnen, die Sylvie Claasen besser kannten und die vielleicht mehr hätten sagen können."

„Und?", hatte die Kommissarin ungeduldig nachgehakt.

„Die Kollegin ist meines Wissens noch am gleichen Tag in das Internat gefahren. Aber da ist niemand gewesen. Schulausflug."

„Und dann?"

Die Pfeife im Mundwinkel Hammerschmidts hatte gezittert. Er hatte auf die Uhr gesehen.

„Nun, vielleicht sollten wir die Örtlichkeit wechseln. Was halten Sie von einem kleinen Ausflug ins Moor, sagen wir: morgen um neun?"

„Das ist nicht Ihr Ernst! Ich bin doch keine Grundschülerin, der man irgendwelche Geschichten der Spannung wegen häppchenweise verpasst und sie einfach auf morgen vertröstet", hatte die Kommissarin protestiert. Ihre Nasenflügel hatten unmerklich vibriert.

„Nein, das sind Sie nicht", hatte Hammerschmidt ruhig entgegnet. „Aber die Geschichte endet an dieser Stelle."

„Sie tut was?"

„Sie endet. Alle Geschichten enden irgendwann einmal. Lassen Sie uns morgen darüber reden. Bitte."

Er hatte die Pfeife auf den Tisch gelegt und aus dem Fenster gesehen.

Die Kommissarin hatte den großen Parkplatz am Roten Moor erreicht. Sie folgte den Wanderschildern und sah Hammerschmidts mächtige Gestalt auf der hölzernen Konstruktion am Stausee stehen. Er wandte ihr den Rücken zu.

Ein Lächeln floh über sein Gesicht, als er sie erblickte. Schweigend gingen sie ein Stück in das Moor. Der Nordwind beugte Pfeifengras und Riesenschachtelhalm über den ausgetretenen Pfaden, deren Spuren sich zwischen Pfützen und losem Erdreich verloren. An der Grenze zum eigentlichen Moor blieb Hammerschmidt stehen.

„Ist doch erstaunlich, dass wir hier auf etwas stehen, das ständig in die Höhe wächst“, sagte er. „Etwas, das keinen Kontakt mehr zum Grundwasser hat und sich nur noch vom Regenwasser ernährt. Land, das sich zum Himmel streckt.“

„Sind Sie schon oft hier gewesen?“, fragte ihn die Kommissarin.

„Nein“, antwortete er. „Dienstlich hat es dazu kaum Anlass gegeben. Außerdem beißen die Frösche schlecht im Moor.“

„Ich zeige Ihnen jetzt die Stelle“, sagte die Kommissarin.

Sie liefen auf das karge, von Gräben durchpflügte Feld, das sich bis zum Horizont erstreckte, wo das Blau des Himmels mit den Brauntönen der Erde verschmolz.

„Hier. Hier ist es“, sagte sie, als sie vor dem Graben standen, den der Schaufelbagger gezogen hatte. Im Profil sah man die Spuren der schräg ausgeführten Grabarbeiten. Hinter dem Graben lagen die langquaderförmig aufgetürmten Erdschichten, die die Maschine aus den Torfscheiben geschnitten hatte.

„An dieser Stelle befand sich früher der Wassergraben“, begann die Kommissarin.

„Ich weiß. Ich habe die Berichte gelesen“, unterbrach sie Hammerschmidt.

„Nach fast dreißig Jahren hat sich viel verändert. Verdammt viel.“

Er drehte sich langsam im Kreis und beschattete seine Augen mit der Hand.

„Das hier ist nicht mehr als ein Fundort, sonst nichts, das ist Ihnen doch klar, oder?"

„Was haben Sie erwartet?"

„Nichts. Gar nichts."

Er blinzelte in die Sonne.

„Keine Sorge, ich gehöre nicht zu den esoterischen Spinnern, die sich hier in den Dreck setzen und mit dubiosen radiästhetischen Künsten nach dem Täter fahnden, bis sie irgendwelche Schwingungen spüren. Ich wollte nicht mehr, als mir ein Bild machen."

Die Kommissarin sah ihn an.

„Es steht nicht mehr sonderlich viel in der Akte, außer dem, was Sie mir erzählt haben", sagte sie.

„Ich sagte doch, dass die Geschichte an dieser Stelle endet. Ich glaube, Sie verstehen nicht: Diese Sache war von Anfang an eine Vermisstensache und kein Verbrechen. Wir haben das getan, was man in so einem Fall tut. Sogar mehr als das."

Er wandte sich zum Gehen.

„Aber Sylvie Claasen war schwanger. Kann man sich einen brisanteren Anhaltspunkt denken? Himmel, das könnte der Schlüssel zu ihrem Verschwinden sein! Und die Aussagen dieser vier Männer waren widersprüchlich. Man hätte sie mit ihren Aussagen konfrontieren müssen. Hat sich irgendjemand die Wohnung angesehen?"

„Genug", erwiderte Hammerschmidt scharf. „Sie haben auch schon Vermisstenfälle bearbeitet. In diesem Fall gab es so gesehen keinen größeren Handlungsbedarf. Ich will Ihnen was sagen: Das Mädchen hat sich nicht nach Hause getraut. Das waren schwierige Familienverhältnisse. Die hat sich irgendwo versteckt und einfach von hier abgesetzt. Das passiert jeden Tag in diesem Land."

„Selbst wenn Sie recht haben", entgegnete die Kommissarin, „dann stellt sich immer noch die Frage, wer das hier ist."

Sie wies auf den Graben.

„Sie können nicht einmal ausschließen, dass das Sylvie Claasen ist."

„Solange das Ergebnis der Gerichtsmedizin nicht da ist, kann man gar nichts ausschließen, aber auch nichts behaupten", erwiderte Hammerschmidt. „Sie haben nicht mehr als eine vage, eine zufällige Übereinstimmung, die auch auf tausend andere Mädchen passt. Sie sind zu schnell."

Schweigend gingen sie zurück.

Hammerschmidt musste am Abend fahren. Er blieb noch bis zum Nachmittag in ihrem Büro und half ihr, die Anschriften aller vernommenen Personen, der Eltern und der Einrichtungen, in denen das Mädchen regelmäßig verkehrte, „das soziale Netzwerk", wie er es nannte, mit den alten Einträgen abzugleichen.

Vor der Fotowand in der Mitte des Büros blieb er stehen.

„Das sind merkwürdige Fotos", sagte er nachdenklich, aber ohne Vorwurf in der Stimme.

„Was finden Sie merkwürdig daran?"

„Nun ja, sie haben das Mädchen, das Skelett, den Fundort, den Bagger ..."

„Die B 284", ergänzte die Kommissarin und heftete ein Foto auf einen freien Platz in der Mitte.

„Die B 284", wiederholte Hammerschmidt.

Während er im Büro von Vaupel, den er aus alten Studienzeiten kannte, verschwand, saß die Kommissarin in dem leeren Besprechungsraum und starrte auf die letzten Einträge in der Akte von Sylvie Claasen.

Am 27. Januar 1979 hatten die örtlichen Beamten eine Fernschrift an die Landeskriminalpolizei in Fulda gerichtet.

Betrifft die Schülerin Sylvie Claasen, geboren am 19.01.1962, wohnhaft in Gersfeld. Seit dem 21. Januar 1979 abgängig. Treibt sich vermutlich herum. Bei Aufgreifen ist die Mutter Renate Claasen, wohnhaft in Gersfeld, zu verständigen. Die Tochter wird abgeholt.

Ihr wurde klar, dass Hammerschmidt und seine Kollegen von Anfang an ein Verbrechen ausgeschlossen hatten.

Die Kommissarin stand auf und sah durch die Glasfront des Raumes auf den sich allmählich verdunkelnden Himmel. Früher hatte sie sich oft gefragt, was hinter diesem Himmel lag. Alle Geheimnisse dieser Welt, hatte ihr Vater geantwortet, wenn er sie am Fenster stehen sah. *Auch das Geheimnis um Sylvie Claasens Verschwinden?*, fragte sie sich. Wütend schlug sie mit der Faust gegen das Glas.

Am Abend brachte sie Hammerschmidt zum Bahnhof in Fulda.

„Ist das alles, was Sie an Gepäck haben?"

Sie warf einen flüchtigen Blick auf die schmale Aktentasche, die er zwischen seinen Armen hielt.

„Ich brauche nichts. Wenn wir irgendwann da drüben sind, brauchen wir auch nichts mehr. Kann nicht schaden, sich beizeiten daran zu gewöhnen", antwortete er.

„Schätze, ich hätte für dieses Wochenende den ganzen Kofferraum und den Dachsarg gebraucht", gab sie zurück.

Er überhörte die Ironie in ihrer Stimme.

„Ich werde eine Weile in Frankreich sein", sagte er. „Das hier ist meine Mobilfunknummer."

Er befestigte einen kleinen roten Klebezettel auf dem Armaturenbrett ihres Wagens. Den Rest der Fahrt schwieg er.

Sie hielt am Taxistand.

„Danke", sagte sie. „Danke für alles."

„Überstürzen Sie nichts. Das Gras wächst auch nicht schneller, wenn man daran zieht", sagte er, während seine Hand schon auf dem Türgriff lag.

„Machen Sie eigentlich nie einen Fehler?", fragte sie ihn unvermittelt.

Er sah sie mit einem seltsamen Ausdruck im Gesicht an, antwortete aber nicht.

Die Kommissarin blickte Hans-Jörg Hammerschmidt nach, wie sich sein massiger Körper gegen den Wind stemmte und er in der Eingangshalle des Bahnhofgebäudes verschwand. Er drehte sich nicht um.

5
Der Himmel ist grenzenlos

Am Morgen des 16. Novembers traf der Untersuchungsbericht aus Gießen bei der Fuldaer Kripo ein. Kommissar Bub versuchte vergeblich, Anna Lewin über Funk oder ihr Mobiltelefon zu erreichen.

„Die treibt sich bestimmt wieder im Moor rum", murmelte er in die Sprechmuschel.

Erst am späten Vormittag las die Kommissarin den Bericht der Gerichtsmedizin.

Frau Professor Mayer, die Direktorin des Instituts für Rechtsmedizin, schrieb:

Über die am 16.10.2006 im Roten Moor aufgefundene Moorleiche ergeht folgender Befund:

Unvollständiges Skelett. Beide Hände fehlen. Vorhanden sind folgende Knochen: Schädelfragmente mit Scheitelbein, Augenhöhle, Jochbein, Nasenöffnung, Oberkiefer (leicht beschädigt), Zähne, Unterkiefer, zwei Halswirbel, Brustbein, sieben Rippen, Rippenknorpel, zwei Brustwirbel, ein Lendenwirbel, ein Schlüsselbein, zwei Oberarmbeine, zwei Speichen, zwei Ellen, ein Schulterblatt, ein Darmbein, ein Hüftbein, ein Schambein, ein Sitzbein, Kreuzbein, Steißbein, Schambeinfuge, zwei Oberschenkelknochen, Kniescheiben, Wadenbeine, Schienbeine, Fersenbeine, ein Sprungbein, zwei Kahnbeine, Kegelbeine, Würfelbeine und zwei Mittelfußknochen. Altersbestimmung: ca. 16 bis 19 Jahre (nach der zahnärztlichen Untersuchung ca. 18 bis 21 Jahre). Körpergröße: mindestens 146 plus / minus 4,01 cm. An den vorhandenen Zähnen lassen sich keine Zahnarbeiten feststellen. An den vorhandenen Knochen befinden sich keine

Verletzungen. Eine DNA-Bestimmung gelang durch die fortgeschrittene Protein-Denaturierung und auch durch die im Boden vorhandene Huminsäure nicht. Wir empfehlen eine umfangreichere DNA-Untersuchung in der Universität Gießen. Dass es sich um die vom Kommissariat vermutete Leiche eines seit 27 Jahren vermissten Mädchens handelt, lässt sich zum gegenwärtigen Zeitpunkt nicht ausschließen.

Beigefügt war das zahnärztliche Gutachten.

In diesem Augenblick empfand sie weder Erleichterung noch ein Gefühl des Triumphes gegenüber Hammerschmidt.

Bub hatte den Bericht bereits gelesen.

„Tja, da bleibt uns wohl nichts anderes übrig, als den Eltern nach fast 30 Jahren die frohe Botschaft zu überbringen, dass wir möglicherweise die Überreste ihrer Tochter gefunden haben. Ich liebe es", skandierte Bub mit hoher Stimme, während er auf ihrer Schreibtischkante hockte.

„Das hätten wir irgendwann sowieso tun müssen", entgegnete die Kommissarin.

„Auch ohne DNA-Analyse."

„Bist du froh, dass es jetzt weitergeht?", fragte Bub.

„Ich weiß es nicht", erwiderte die Kommissarin nachdenklich. „Es ist immer noch ein *möglicherweise*. Und Vaupel sagt, wir sollen uns da nicht verrennen."

„Was seine Art ist, zu sagen, dass es sich um alten Fisch handelt", fügte Bub an. Er hielt sich den Rücken, während er aufstand.

„Mit vierzig hat man nur noch schlechte Träume. Dein Cholesterinspiegel steigt und irgendwann reichen dir nicht einmal hundert Kanäle im Fernsehen, um keinen Herzverschluss zu bekommen."

„Meinst du Vaupel oder redest du von dir?"

Er grinste.

„Es ist mir scheißegal, was Vaupel sagt. Ich muss die Realität nicht anerkennen, damit sie da ist", sagte sie.

„Typisch", erwiderte Bub. „Aber die Zeit der einsamen Wahrheiten ist vorbei, das musst auch du begreifen. So long, Marianne, wann überraschen wir morgen die Claasens?"

„Nachmittags. Ich befürchte, zu Rhöner Kaffee und Kleingebäck. Ich habe Frau Claasen schon angerufen."

Die Kommissarin stand auf.

„Was ist mit den anderen? Willst du ernsthaft wieder von vorn anfangen?"

Bub machte eine ungeduldige Handbewegung.

„Wenn du den Bericht gelesen hast, weißt du, dass uns gar nichts anderes übrig bleibt. Das hier ist eine komplette Anschriftenliste." Sie gab ihm einen schmalen Ordner. „B. Brembach ist der Einzige, der fehlt."

Bub sah sie fragend an.

„Hat sich 1987 umgebracht. Das mit der Liste ist übrigens Hammerschmidts Werk."

Sie schlüpfte in ihren gelben Sweater.

„So, Dicker. Mittagszeit. Ich geh zum Kollegensport. Kommst du mit?"

Aber Alexander Bub war bereits im Nebenraum verschwunden.

Anna Lewin widerstand ihrer Erschöpfung und zog sich für den Rest des Abends mit einem Roman von Balzac in die Kuschelecke ihres mit orangefarbenem Cordstoff überzogenem Sofas auf der Empore zurück.

Pierrette las sie bereits zum zweiten Mal.

Sie nahm die stumpfsinnige Haltung eines kleinen Schafes an. Sie wagte nichts mehr zu tun, da sie sah, dass alles, was sie tat, ungerecht beurteilt, ungünstig aufgenommen und falsch gedeutet wurde. In allen Dingen erwartete sie den gnädigen

Willen, die Befehle ihrer Cousine, behielt ihre Gedanken für sich und beschränkte sich auf einen passiven Gehorsam. Ihre leuchtenden Farben begannen zu verlöschen. Bisweilen klagte sie, dass sie Schmerzen hätte. Als ihre Cousine sie fragte: „Wo?", antwortete das arme Kind, das am ganzen Körper Schmerzen verspürte: „Überall."

Nach ein paar Zeilen tauchte sie unmerklich in eine andere Welt ein.

„Stell dir vor, du bist seit drei Jahrzehnten ohne jede Nachricht, ohne jedes Zeichen von deinem Kind. Und dann kommt die Polizei in deine Wohnung, um dir zu sagen, dass sie vielleicht deine Tochter gefunden haben."

Alexander Bub warf der Kommissarin einen kurzen Seitenblick zu, während er den Wagen nach der Ortsdurchfahrt von Altenfeld beschleunigte. Er sprach weiter.

„Oder das, was von ihr übrig ist. Wie reagierst du da? Schiebst du dir noch ein Stück Torte auf den Teller oder läufst du schreiend durch die Wohnung?"

Die Kommissarin starrte durch das Seitenfenster auf die an der B 279 vorüberziehende Landschaft. Einen Moment lang widerstand sie der Versuchung, ihre Wange an das Fenster zu legen und die Augen zu schließen.

„Warum fragst du gerade mich das, Sander?"

„Sorry", murmelte Bub.

„Versuch es dir einfach aus ihrer Sicht vorzustellen. Sie ist es, die verschwunden ist", antwortete sie.

„Sie sieht, wie sich das Leben all der anderen ohne Veränderungen fortsetzt, sie sieht sie weiter ihren Beschäftigungen, ihrem Zeitvertreib, ihren Problemen nachgehen, sieht sie dieselben Orte, dieselben Freunde aufsuchen. Nichts änderte sich in ihrem Leben, wenn sie da wäre."

„Ich käme nicht auf die Idee, die Sache von einer Toten aus zu betrachten“, erwiderte Bub.

„Die Furcht davor, einen Menschen zu verlieren, ist doch nur die Furcht vor einer Trauer, die längst stattgefunden hat. Es gibt aber leider niemanden, der dir sagt: Hab keine Angst, du hast sie bereits verloren. Und deshalb kann genau das passieren, was du gerade gesagt hast. Ich könnte dir nicht einmal sagen, was schlimmer wäre, auch wenn ich es schon tausendmal erlebt hätte“, sagte sie.

„Du hast es erlebt“, sagte er leise.

„Kaugummi?“ Sie hielt ihm eine flache, buntgemusterte Packung unter die Nase.

„Musst du ständig Kaugummi kauen? Nee, lass mal.”

Wenige Minuten später steuerte Alexander Bub den grauen BMW durch eine enge Reihenhaussiedlung am Ortsrand von Gersfeld.

„Scheiße. In so was bin ich auch aufgewachsen“, bemerkte er.

„Halt, hier ist es. Fasanenweg 17. Park da vorn“, sagte sie und wies auf eine Art Wendehammer, der die lange Reihe der Häuserfluchten unterbrach.

Das Haus war eng und sauber. Es roch nach frischem Kuchen und Desinfektionsmitteln. Eine kleine, gepflegt aussehende Frau, die von der Kommissarin auf Mitte sechzig geschätzt wurde, hatte sie an der Tür empfangen. Nun saßen sie zu viert auf schweren Polstermöbeln im Wohnzimmer, starrten auf eine getäfelte Schrankwand aus Eichenholz und nippten dunklen, bitter schmeckenden Kaffee aus Rhönporzellan.

„Damals, ja, da war die Polizei oft da, in der Anfangszeit, meine ich. Sie haben viele Fragen gestellt. Die konnte ich ja nicht alle beantworten. Die Sylvie war so ein verschlossenes Kind, die hat nie viel erzählt“, sagte Frau Claasen, wobei sie ihre Hände unruhig ineinander schob.

„Aber jetzt, nach dreißig Jahren, da zieht sich das Herz schon zusammen", fügte sie hinzu.

Der Kaffeebecher in ihrer Hand zitterte so stark, dass sie ihn abrupt absetzen musste.

„Nun", begann Kommissar Bub, „ich hatte Ihnen gegenüber ja schon am Telefon angedeutet, dass wir zur Zeit alte Vermisstenfälle wieder aufarbeiten. Dabei haben wir uns auch die Akte Ihrer Tochter vorgenommen. Das ist der Hintergrund."

Frau Claasen sah ihn ungläubig an. Hinter den Brillengläsern huschten ihre blauen Augen unruhig umher.

Ihr Mann starrte ausdruckslos zu der Kommissarin. Er wirkte viel älter als seine Frau. Irgendwie müde und erloschen, dachte die Kommissarin.

„Es ist so", ergänzte sie, „dass man vor Kurzem im Roten Moor das Skelett einer jungen Frau gefunden hat. Aber es gibt noch keine Gewissheit, um wen es sich handelt."

„Es sind weitere Untersuchungen erforderlich", füge Bub hinzu und wischte sich die Streusel aus dem Mundwinkel.

„Wir haben ja sowieso immer mit so was gerechnet, nicht wahr, Erwin?", sagte Frau Claasen leise. „Ich meine, dass da mal jemand vor der Tür steht und sagt: Wir haben die Sylvie gefunden."

Ihr Mann schwieg.

„Wie gesagt", fuhr die Kommissarin vorsichtig fort, „um Klarheit zu schaffen, wären weitere Untersuchungen notwendig. In diesem Zusammenhang möchten wir Sie fragen, Frau Claasen, ob Sie zu einer DNA-Untersuchung zur Verfügung stehen würden?"

„Ihr Einverständnis vorausgesetzt, müssten wir dazu natürlich noch einen richterlichen Beschluss beantragen. Aber ich denke, es wäre in Ihrem Sinne, auch wenn es Ihnen Ihre Tochter nicht zurückbringt", sagte Bub.

„Was ist eine D ...?“

„DNA-Analyse“, kam ihr die Kommissarin zur Hilfe.

„Sie müssen sich das wie so einen Strichcode auf den Waren, die Sie im Supermarkt kaufen, vorstellen“, versuchte Bub zu erklären.

„Die DNA enthält alle genetischen Informationen, also, sozusagen die Baupläne für jeden Lebensbaustein eines Menschen. Sie ist in allen Zellkernen Ihres Körpers enthalten und man kann sie heute mit relativ einfachen Verfahren aus Blut, Sperma oder Gewebe gewinnen. Und durch den Vergleich der Muster können wir mit ziemlicher Sicherheit eine Identität bestätigen oder ausschließen.“

„Mit anderen Worten, wir könnten Ihnen sagen, ob es sich bei dem gefundenen Mädchen um Ihre Tochter handelt oder nicht“, fügte die Kommissarin an.

Ohne eine Miene zu verziehen, trank sie den Kaffee in kleinen, hastigen Schlucken.

Frau Claasen nickte bedächtig.

„Ja, natürlich“, sagte sie und: „Ja, ja.“

„Frau Claasen, auch wenn es lange her ist, können Sie mir vielleicht sagen, bei welchem Zahnarzt Ihre Tochter war?“

Frau Claasen schüttelte den Kopf und sah die Kommissarin an.

„Sie war nie beim Zahnarzt. Sie hatte gute Zähne.“

„Sind Sie sicher?“, hakte Bub nach. „Gab es vielleicht einmal eine Operation, oder war Ihre Tochter mal im Krankenhaus, vielleicht, weil sie sich etwas gebrochen hatte oder einen Unfall?“

„Nein“, schüttelte Frau Claasen wieder den Kopf.

Die beiden Kommissare sahen auf ihren Mann.

„Erwin habe ich erst zwei Jahre, bevor das passiert ist, kennen gelernt“, sagte Frau Claasen schnell.

„Nein, meine Tochter war immer gesund.“

Die beiden Besucher wechselten einen raschen Blick. Die Aussage passte zu dem Gutachten der Gießener Gerichtsmedizin. Danach wies die Tote weder Zahnarbeiten noch Verletzungen an den Knochen auf.

„Frau Claasen, ich würde gern das Zimmer Ihrer Tochter sehen", bat die Kommissarin.

Der Mann räusperte sich. Frau Claasen sah betreten zu Boden.

„Es gibt kein Zimmer", sagte Herr Claasen mit heiserer Stimme. „Wir haben umgebaut. „Ihre Sachen haben wir abholen lassen. Das Haus ist klein. Wir brauchten den Platz."

„Was ist mit einem Tagebuch, Briefen, einem Poesiealbum, irgend so etwas?"

„Das hat sie alles mitgenommen, in ihrem Rucksack. Wir haben nichts mehr. Die anderen Sachen haben wir weggegeben", sagte Frau Claasen leise.

Schweigen lastete im Raum.

„Haben Sie denn nie an die Möglichkeit gedacht, dass Ihre Tochter eines Tages zurückkehren könnte?", fragte die Kommissarin.

Bub räusperte sich und machte Anstalten, sich zu erheben. Frau Claasen begann zu weinen. Es waren große und stille Tränen, die unter ihrem Brillenrand hervorliefen. Die beiden Besucher verabschiedeten sich.

Am Abend telefonierte die Kommissarin mit Hammerschmidt.

Er saß gerade im Taxi, irgendwo in Südfrankreich. Offenbar freute er sich wirklich, ihre Stimme zu hören.

„Ah, die junge Kommissarin", begrüßte er sie. „Einen schönen Abend, sollen wir nicht fischen gehen, sagte der Angler zum Wurm."

Er lachte dröhnend. Sie hielt sich den Hörer vom Ohr.

„Ihr Auftrag scheint ja gut zu laufen", bemerkte sie spitz.

„Ich habe mehr Spaß als Sie in Ihrer Klitsche, darauf können Sie einen lassen", gab er zurück.

„Das war auch mal Ihre Klitsche. Ich wollte Sie nur auf dem Laufenden halten."

„Ja", sagte er nur und räusperte sich.

„Das Ergebnis spricht von einer recht wahrscheinlichen Übereinstimmung. Die Claasen wird nächste Woche zur Untersuchung nach Gießen fahren."

„Wie haben es die Eltern aufgenommen?", fragte er.

Die Verbindung wurde schlechter.

„Gefasst", antwortete sie. „Die anderen werden wir diese Woche besuchen. Danke für die Liste."

Seine Antwort ging in Rauschen unter. Dann riss die Verbindung ab.

Am Tag darauf wurden die Skelettreste der im Moor aufgefundenen Leiche vom Institut für Rechtsmedizin aus Gießen abgeholt und dem Institut für Zoologie und Anthropologie der Universität in Frankfurt übergeben. Der richterliche Beschluss für die DNA-Untersuchung war inzwischen beantragt. Die Kommissarin befürchtete, dass eine lange Zeit zermürbenden Wartens vor ihr lag.

Noch immer untersuchten sie einen Vermisstenfall, nicht mehr. Es war nur Vaupels Wohlwollen zu verdanken, dass er ihnen gestattete, Spuren zu verfolgen, die der Schatten der Zeit längst aufgesogen und in alle Himmelsrichtungen zerstreut hatte, und Menschen zu befragen, die sich an das, wonach man sie fragte, oft kaum mehr erinnern konnten.

Sie hatte niemandem gesagt, dass sie in den ersten Nächten nach dem Fund im Roten Moor manchmal dort die Nacht verbracht hatte.

Nur ihr dicker Thermoschlafsack trennte sie von der weichen und feuchten Erde unter ihr und den Sternen, die wie geheimnisvolle Wörter zwischen den Wolken über der Rhön aufschienen. Der Himmel dort erschien ihr grenzenlos und für einen winzigen Augenblick wusste sie, dass das Mädchen, das sie hier gefunden hatte, in irgendeinem Moment ihres Lebens einmal dasselbe gedacht hatte. Vielleicht hatte auch Sylvie die Geschichte gekannt, die sich hier alle erzählten. Die Geschichte von dem großen Dorf, das im Roten Moor versunken war, weil die Bewohner ein sündhaftes Leben führten. Da, wo einst das Dorf gestanden hatte, befand sich nun ein tiefer, schwarzer See, der von einer dunklen Moorschicht überzogen war. Ganz unten am Grund des Sees hört man manchmal noch die Turmuhr der Kirche schlagen oder die Hähne aus der Tiefe krähen. Es hieß, dass es nur drei Jungfrauen aus dem Ort erlaubt war, manchmal aus dem Moor emporzukommen. Man nannte sie die Moorjungfern. Immer zur gleichen Zeit besuchten sie den Kirmestanz in Wüstensachsen. Einmal kamen sie von dort nicht rechtzeitig fort. Am anderen Morgen war der See blutrot gefärbt. Seitdem hat sie niemand mehr auf der Kirmes gesehen. Doch in der Nacht schweben ihre Seelen zusammen mit denen der anderen Versunkenen als Irrlichter über dem Moor.

Es war still im Moor, viel stiller, als sie es sich jemals vorgestellt hatte. Sie schlief traumlos.

Am Morgen war ihr Kopf leer. Weil sie sich an nichts erinnerte und nichts empfand, dachte sie, dass es einfach zu lang her war. An eine andere Möglichkeit dachte sie nicht.

Imogen Hutter berichtete von ihrem Besuch bei Heinz Pyka. Der heute Zweiundachtzigjährige lebte im Seniorenstift Rhön in Gersfeld.

„Wir können es kurz machen", verkündete sie Bub mit einem unpassend fröhlichen Gesichtsausdruck, als dieser gerade sein aus einem doppelten Döner bestehendes Mittagessen in der Cafeteria zu sich nahm.

„So?"

Bub biss uninteressiert in das Fleisch und schob die Salatreste mit den Fingern nach. Imogen Hutter setzte sich und starrte ihn an wie ein Schulmädchen, das ein gutes Zeugnis nach Hause gebracht hatte. Sie sah nervös in Richtung des Kaffeeautomaten, an dem die Kommissarin mit zwei Polizisten im Gespräch stand.

„Altersdemenz", verkündete Imogen Hutter. „Der wusste überhaupt nicht, wovon ich redete. Ich bin das ganze Protokoll durchgegangen, aber der Pyka hat mich immer nur gefragt, wer ich bin und woher ich komme. Die Heimleitung meinte, dass er heute einen besonders schlechten Tag hätte, aber auch an besseren Tagen würde er nicht über sein früheres Leben sprechen."

„Wie lange lebt er da schon", fragte Bub sie, während er kaute.

„15 Jahre", antwortete die Kommissarsanwärterin. „Seit er aus dem Gefängnis raus ist."

„Pyka war im Knast?"

„Ja, drei Jahre wegen Hehlerei. Mehr konnten sie ihm damals nicht nachweisen. In den Akten stand, dass er als Kopf einer Bande, die sich auf Einbrüche spezialisiert hatte, verdächtigt wurde. Sein aufwändiger Lebensstil war vielen in Gersfeld wohl suspekt. Sie müssen sich vorstellen: gerade hier in der Rhön!"

„Was soll das denn heißen?" Bub starrte sie wütend an.

„Okay. Schreiben Sie einen Bericht und lassen sie ihn Frau Lewin zukommen", versuchte er, sie loszuwerden.

„Soll ich nicht noch mal mit ihm sprechen?"

„Wozu? Völlig sinnlos", befand der Kommissar.

„Selbst wenn aus Pyka noch etwas herauszubekommen war, wäre es aufgrund seiner Krankheit wertlos."

„Er hat mich geschlagen", sagte Imogen Hutter und sah ihn erwartungsvoll an.

„Er hat was?"

„Pyka hat mit einer roten Nikolausmütze nach mir geschlagen. Und er hat mir an die Brust gefasst."

Kommissar Bub starrte unwillkürlich auf ihre üppigen Brüste, die sich ihm unter einem engen schwarzen Shirt entgegen wölbten.

„Warum haben Sie ihn dann nicht verhaftet?"

Bub konnte sich ein Grinsen nicht verkneifen. Imogen Hutter erhob sich mit beleidigter Miene und verließ die Cafeteria.

„Was hast du wieder mit ihr angestellt?"

Die Kommissarin setzte sich zu ihm an den Tisch.

Bub winkte ab.

„Du unterschätzt sie", sagte sie. Ich war bei Danny Brembach", fügte sie ohne Pause hinzu.

Bub sah sie interessiert an. Er schob die Essensreste auf dem Teller beiseite. Der Regen schlug gegen die Fenster. Ein leises Rauschen drang vom Asphalt herauf.

„Danny Brembach hat ein Reihenhaus in Gersfeld. Von seiner Frau ist er geschieden. Zwei seiner Kinder wohnen noch bei ihm, die anderen beiden bei der Frau", erzählte sie nüchtern. „Er war ziemlich nervös, schaute dauernd zur Tür und aus dem Fenster. Angeblich kann er sich nicht einmal mehr an seine frühere Wohnung erinnern. Und an Sylvie auch nur vage. Nur daran, dass er sie im *Blue Shell* kennengelernt hat und dass sie ab und zu bei ihm zu Besuch gewesen ist, aber nie allein. Den Rest erspar ich dir. Aus Brembach ist absolut nichts herauszubekommen."

„War der nicht Hilfsarbeiter?", fragte Bub.

„Ja. Und jetzt wirst du mich fragen, wie ein Hilfsarbeiter zu einem Reihenhaus kommt. Seine Eltern sind vor zwanzig Jahren gestorben und haben ihm das Haus vererbt“, gab die Kommissarin zurück.

„Und?“

„Brembach ist so dämlich, dass er sich längst verplappert hätte, wenn er auch nur irgendetwas mit der Geschichte zu tun hätte. Ich hab ihn sogar unter Druck gesetzt, ihn gefragt, ob er was mit Sylvie Claasen gehabt hätte, aber er hat nicht einmal verstanden, was ich von ihm gewollt habe“, schloss die Kommissarin.

„Dir ist hoffentlich klar, dass das alles fröhlich in die Bedeutungslosigkeit gefurzt ist, wenn das Analyseergebnis auf einmal sagt, es war gar nicht Lieschen Müller, sondern Lieschen Meier?“

Sie zeigte ihm den ausgestreckten Mittelfinger.

„Manchmal weiß ich echt nicht, wie ich's mit dir aushalte.“ Sie verschränkte die Arme über dem Kopf und löste ihr Haar aus dem Knoten.

„Schönes Haar ist dir gegeben, drum lass es leben ...“

Sie ignorierte ihn.

„Wenn du einen Stein ins Meer wirfst oder in einen See, was siehst du dann?“, fragte sie ihn.

„Die Stelle eben, wo der Stein die Wasseroberfläche durchdrungen hat. Kreise. Wellen, ein paar Sekunden lang vielleicht.“

„Wenn du einen Stein ins Wasser wirfst, veränderst du das Meer“, sagte sie. „Auch wenn du es nicht siehst. Nichts von dem, was wir tun, ist bedeutungslos, Sander. Irgendjemand wird nervös werden, irgendjemand möchte vielleicht sein Schweigen brechen ...“

„Du weißt, dass der, von dem wir nicht einmal wissen, ob und wo wir ihn weshalb suchen, längst tot sein kann. 27 Jahre, Anna“, unterbrach er sie.

Er hatte recht. Alexander Bub brachte all ihre Zweifel auf den Punkt. Zweifel und Fragen, die sie befielen, wenn sie über die Ermittlungsakte von damals gebeugt saß, wenn sie auf die Fotowand starrte und an die Möglichkeit dachte, dass sie die ganze Zeit in die falsche Richtung suchten.

„Ich weiß", sagte sie. „Das ist etwas, das wir immer in Betracht ziehen müssen", sagte sie mit einer Stimme, die nicht wie ihre klang.

Der Wald um sie herum war dicht, und über ihr schien er noch dichter und dunkler zu werden, als sie, jenseits der A 7, auf eine kleine, schwarze Straße einlenkte und der Regen nahezu senkrecht auf ihre Frontscheibe herunterzuprasseln begann. Die Kommissarin hatte das Gefühl, tausend Kilometer von allem entfernt zu sein. Sie versuchte, sich einzureden, dass die Straße vor ihr wirklich war, dass das eine ganz normale Asphaltstraße war. Aber sie sah völlig unwirklich aus, wie eine Straße, die für unwirkliche Reisen gemacht war. Der stumme Regenglanz, der auf ihr lag, war unwirklich, ebenso die Undurchdringlichkeit des Waldes.

Während sie fuhr, dachte sie an das, was Alexander ihr gestern Abend am Telefon erzählt hatte.

Er hatte Kai Debius in Abtsroda besucht. Der inzwischen Fünfzigjährige war ledig geblieben und lebte in einer Zweizimmerwohnung am Marktplatz von Abtsroda. Er arbeitete als Lagerist in einem Möbelhaus. Wegen mehrerer Einbrüche hatte er fast fünf Jahre im Gefängnis gesessen und lebte jetzt völlig zurückgezogen und unauffällig in der Kleinstadt in der Nähe der Wasserkuppe. Das alles hatte Kommissar Bub bereits vorher in Erfahrung gebracht, ohne dabei die Hilfe von Imogen Hutter zu erwähnen.

Die Scheibenwischer kämpften gegen den Regenfilm auf der Windschutzscheibe.

Einem tristen Monolog gleich, einer Melodie, die sich unter die Kakophonie des Regens legte, rekapitulierte sie das Gespräch mit Bub, so wie sie es immer tat, in der Hoffnung, etwas zu entdecken, das ihr vorher noch nicht aufgefallen war, eine Frage oder die Art und Weise, mit der ein bestimmtes Wort oder ein Satz betont wurde oder sein Sinn freigelegt wurde, nur durch eine in einer anderen Zeitebene angesiedelte Vergegenwärtigung, die den Geräuschen und Eindrücken des Jetzt und allem bisherigen Gesagten womöglich einen neuen Sinn zu geben vermochte. Wenn sie Balzac las, machte sie die gleiche Erfahrung: Sie las sich in ein anderes Leben, sie dachte einen Fall ganz neu durch. Wörter, die sich jagten, hinter den Wörtern, ohne jemals zur Ruhe zu kommen.

„Es war merkwürdig", hatte Bub gesagt. „Debius hat sich einfach an alles erinnert, an jedes Detail. Wie ein Mensch, der immer noch unter dem Eindruck eines großen Erlebnisses steht. Als er in der Küche war habe ich mich kurz im Zimmer umgesehen. An der Wand habe ich ein Foto von Sylvie Claasen entdeckt. Ich habe ihn danach gefragt."

Alexander Bub hatte eine Pause gemacht und die Stereoanlage im Hintergrund leiser gestellt.

„Er hat gesagt, dass er sie heimlich fotografiert hat. Sie hat das nicht gewollt. Sie sind befreundet gewesen, mehr nicht. Auf meine Nachfrage hin hat er gesagt, dass sie sich zwei, dreimal alleine getroffen hätten, aber da sei nichts gewesen. Sie habe nichts von ihm wissen wollen, das habe er schnell bemerkt. Und dann sei da ja auch noch Jan gewesen, mit dem er auch befreundet gewesen ist. Seine Aussage, was diesen Morgen angeht, als die Claasen verschwunden ist, ist absolut identisch mit dem, was er der Polizei damals erzählt hat."

Alexander Bub hatte einen Augenblick geschwiegen.

„Wenn du mich fragst, der ist in die Claasen verliebt gewesen. Verschmähte Liebe, das wäre nicht neu als Motiv. Jedenfalls ist er offenbar wirklich der Letzte gewesen, der sie lebend gesehen hat. Im Übrigen war er den ganzen Tag mit Pyka zusammen. Den können wir ja leider nicht mehr fragen."

„Das brauchen wir auch nicht", hatte sie ihn unterbrochen.

„Pyka ist irgendwann in den Achtzigern für einen Einbruch verurteilt worden, den er mit Debius zusammen an genau diesem Tag in Fulda begangen hat. Die beiden waren wirklich den ganzen Tag zusammen. Ich hab mir erst gestern, nachdem Imogen mir ihren Bericht gegeben hat, die Unterlagen dazu rausgesucht."

„Gut", hatte Bub gesagt. „Ich schicke die Hutter morgen in das Hermann Lietz-Internat und zu dem Laden, obwohl ich mir nicht zuviel davon verspreche. Du fährst morgen zu Jan Debius?"

„Ja", hatte sie erwidert.

Jan Debius wohnte noch immer in Wüstensachsen. Nachdem sein Bruder nach Kanada ausgewandert war, hatte er dessen Haus übernommen.

Die Kommissarin blieb vor dem Haus stehen. Durch den Wasserfilm sah sie auf einen vom Regen retuschierten Horizont. Dunst stand über den Feldern hinter dem Haus. *Himmel, was mache ich hier in der Rhön. 200 Nebeltage im Jahr ...*

„Du glaubst an den großen Unbekannten, nicht wahr", hatte Alexander Bub sie am Ende des Gesprächs gefragt.

„Ich weiß es nicht", hatte sie geantwortet. „Irgendein Autofahrer, der an diesem Morgen zufällig auf der B 284 gewesen ist, klar, das kann sein. Dann wäre das mit ihrer Schwangerschaft nur ein Zufall. Aber das glaube ich nicht."

„Und was ist, wenn Hammerschmidt damit recht hat, ich meine, dass sie einfach nur fortgelaufen ist?", hatte Bub beharrt.

„Nach all dem, was ich von ihr weiß, und das ist verdammt wenig, das gebe ich zu, ist sie nicht der Mensch, der einfach fortläuft und niemals zurückkehrt", hatte sie erwidert.

„Hm", hatte Bub gemacht. „Dein Scharfblick und deine Fähigkeit zur Schlussfolgerung in Ehren, aber das sind keine Beweise. Nur Vermutungen. Wir werden wohl den Bericht abwarten müssen."

„Ja", hatte sie ohne Überzeugung zurückgegeben. „Ist dir eigentlich aufgefallen, dass Hammerschmidt nach genau dieser Vermisstensache von Fulda weggegangen ist?"

„Verrenn dich da in nichts. Seine Frau hat mit seinem Bruder ‚Fick mich, ich bin der Frühling' gespielt, wenn du es genau wissen willst. Als er das erfahren hat, ist er weg. So long, Marianne."

Bub hatte aufgelegt.

6.
Der sehende Gedanke

Sie sah auf die Uhr an ihrem Handgelenk. 16 Uhr. Sie war absolut pünktlich. Kurze Zeit, nachdem sie den Türklopfer betätigt hatte, wurde die Tür geöffnet. Ein schlanker und groß gewachsener, an den Schläfen grau melierter Mann stand vor ihr und blickte sie aus seinen blauen Augen selbstbewusst an. Er bat sie ins Wohnzimmer.

Aus der oberen Etage hörte sie Kinderstimmen, aus einem anderen Raum drang das Klappern von Geschirr. Die Kommissarin blieb an der Glasfront des Raumes stehen und sah auf die Terrasse und den dahinter liegenden Garten.

„Setzen Sie sich doch."

Debius hatte eine tiefe Stimme mit rhönhessischem Akzent. Die Kommissarin begann mit ihrer Standarderöffnung, in der sie sich auf das vorangegangene Telefonat bezog und auf die notwendige Untersuchung der Vermisstenfälle verwies.

„Sie kannten Sylvie Claasen, nicht wahr?"

„Ja. Nur flüchtig, aber das stimmt", bestätigte er.

„Können Sie diese Beziehung näher beschreiben?"

„Nun, das ist ja schon eine Weile her ..." Er kratzte sich am Kinn. „Wir haben uns eben ab und an gesehen, meist im *Blue Shell*, manchmal bei mir. Viel war da nicht. Sie war irgendwie ... sehr eigen, verschlossen."

„Haben Sie mit ihr geschlafen?"

„Nein, äh, ja, ein paar Mal vielleicht", verlor er zum ersten Mal seine Selbstsicherheit.

„Sie haben damals aber etwas anderes zu Protokoll gegeben. Dass Sie keinen Geschlechtsverkehr mit ihr hatten."

Er sah unruhig zur Tür.

„Ja, ja, kann schon sein. Ich hatte Angst damals, wegen meiner Eltern. Und ihrer Eltern natürlich", sagte er rasch.

„Wussten Sie, dass Sylvie Claasen schwanger war?"

Er sah sie überrascht an.

„Schwanger? Nein, nein, das wusste ich nicht. Stimmt das?"

Die Kommissarin nickte.

Eine Frau trat plötzlich in den Raum. Sie war asiatischer Herkunft und stellte sich der Kommissarin als die Ehefrau von Jan Debius vor. Als das Kindergeschrei oben lauter wurde, verließ sie den Raum.

„Herr Debius, war sie vielleicht von Ihnen schwanger?"

Er schüttelte den Kopf.

„Nein", sagte er ruhig.

„Was macht Sie da so sicher?"

Er beugte sich vor und sah sie an.

„Ich kann keine Kinder zeugen. Konnte ich noch nie. Ich hatte einen Unfall, als kleiner Junge. Die Kinder, die Sie da oben hören, hat meine Frau aus ihrer ersten Ehe mitgebracht. Ich kann keine Kinder bekommen", wiederholte er. „Reicht das, oder soll ich die Hose runterlassen?"

Die Kommissarin schwieg einen Augenblick.

„Was haben Sie gedacht, als Sylvie Claasen am 21. Januar 1979 verschwand? Was haben Sie später empfunden?"

Jan Debius seufzte und lehnte sich zurück.

„Das ist schwer zu sagen. Erst habe ich gedacht, dass sie einfach abgehauen ist, dass ihr das alles zu viel gewesen ist und dass sie sich irgendwann wieder bei mir melden würde. Aber dann ... Ich weiß nicht, was ich später gedacht habe. Dass sie vielleicht irgendwo anders ein neues Leben angefangen hat. An was Schlimmes habe ich eigentlich nie gedacht."

„Was war ihr denn zu viel?"

„Na, der ewige Streit mit ihren Eltern. Die Sache mit ihrem Bruder. In der Schule lief es auch nicht so besonders. Wahrscheinlich ist sie deshalb aufs Internat gewechselt. Irgendwie hat sie immer was anderes gewollt ..."

„Und Sie hätten ihr dabei nicht helfen können?"

„Doch, schon, glaube ich. Aber die Sylvie hat irgendwie in ihrer eigenen Welt gelebt. Da kam keiner rein."

Die Kommissarin blieb eine Stunde bei Jan Debius. Sie wusste nicht einmal annähernd zu sagen, ob er die Wahrheit sprach.

Imogen Hutters Nachforschungen hatten keinen Erfolg. Entgegen Hammerschmidts Liste existierte der Blumenladen nicht mehr. Von der Schule hatte Hutter immerhin eine Klassenliste erhalten und die Anschrift einer Lehrerin, der einzigen aus dem damaligen Jahrgang, die noch lebte.

Auf einmal wurde der Kommissarin bewusst, was für eine Zeitspanne fast 30 Jahre waren, gemessen an einem Menschenleben. Da war die Liste in ihrem Büro. Die Möglichkeit, dass sich eines der Mädchen an Sylvie Claasen und an ihre Schwangerschaft erinnerte, war vage, aber es war eine Möglichkeit. Ihr Blick wanderte über die Fotos an der Wand. Was hatte Hammerschmidt gesagt? Ja, er hatte recht, erinnerte sie sich, die meisten der Fotografien schienen nichts mit dem Fall zu tun zu haben. Und doch waren der Himmel über der Rhön, das Licht, die Topographie der Landschaft und die Zufälligkeit der Wetterbedingungen an einem Tag, dessen Datum sie nicht einmal kannte, wie eine unsichtbare Folie für ein unsichtbares Geschehen. Es war vielleicht möglich, dass, je länger man sie betrachtete, irgendwo darunter die Wahrheit zum Vorschein kam.

Sie gab Imogen Hutter den Auftrag, die ehemaligen Klassenkameradinnen Sylvie Claasens anzurufen. Das erwies sich als zeitaufwändig, da lediglich die Anschriften der Eltern vorlagen, die sich in manchen Fällen auch als nicht mehr zutreffend herausstellten. Es war wie ein Puzzlespiel. Die wenigen ehemaligen Schülerinnen, die Hutter in den nächsten 14 Tagen erreichte, konnten sich nicht an das verschwundene Mädchen erinnern; anscheinend hatte keiner wirklich Kontakt mit ihr gehabt. Nach drei Wochen standen noch sieben Namen auf der Liste. Hutter musste für vier Wochen nach Wiesbaden. Die Kommissarin wollte nicht so lange warten; sie ließ sich die Liste geben.

Am 11. Dezember traf das vorläufige Untersuchungsergebnis der Universität in Gießen ein. Die Kommissarin konnte ihre Enttäuschung nur schwer verbergen.

Aufgrund der vorliegenden Sequenzierungsergebnisse aus den Proben der im Roten Moor aufgefundenen Leiche scheint es sinnvoll, die mitochondriale DNA einer möglichen Verwandten, am besten der Mutter, zu untersuchen. Speichelproben wären in diesem Fall ausreichend.

Die DNA-Untersuchung hatte sich als kompliziert erwiesen. Der Bericht begründete dies mit dem Fundort der Leiche. Mit befriedigenden Ergebnissen war unter diesen Umständen nicht zu rechnen. Sie knallte den Bericht auf den Schreibtisch von Kommissar Bub. Mochte er sich mit Vaupel herumschlagen, der nichts von einem Verbrechen wissen wollte und den Fall am liebsten wieder in die Kartei mit den Vermisstenfällen zurücksortiert hätte.

Sie sah auf das Bild, das an der Schreibtischlampe lehnte. Es zeigte eine lächelnde, korpulente Frau an der Seite von

Kommissar Bub. Auf seiner Schulter hockte ein kleiner Junge, der die gleiche hohe Stirn und die pausbackigen Wangen seines Vaters hatte. Sie stellte sich Sander als Familienvater vor. Sie konnte es sich gut vorstellen, und unwillkürlich floh ein Lächeln über ihr Gesicht. Sie erinnerte sich, dass Familie auch für sie einmal eine Option gewesen war. Für einen kurzen, ungreifbaren Augenblick lang.

Sie vereinbarte einen Termin mit Frau Claasen. Frau Claasen klang am Telefon immer irgendwie gehetzt und wie von einer großen Last befallen. Die Kommissarin fragte sich, ob sie nicht doch mehr über das Verschwinden ihrer Tochter wusste, als sie zugegeben hatte. Was war mit ihrem Stiefvater? Sie beschloss, den Besuch in Gersfeld zu nutzen, um die beiden noch einmal zu befragen.

Am 15. Dezember fuhr die Kommissarin nachmittags zu den Claasens, um einen Mundschleimhautabstrich von Birgit Claasen zu holen. In dem Reihenhaus wies nichts auf das bevorstehende Weihnachtsfest hin. Als hätte Frau Claasen ihre Gedanken erraten, sagte sie:

„Mit dem Jahresendzeitkram haben wir nichts zu schaffen. Morgen fliegen wir in den Urlaub, hier ist es ja um die Zeit nicht auszuhalten."

Das machte ihr Frau Claasen fast ein wenig sympathisch. Ihr Vater hatte diese Zeit immer als infantilen Eskapismus bezeichnet. Stattdessen hatten sie das ganze Jahr über Feste mit so merkwürdigen Namen wie „Tage der Leuchtkäfer", „Kürbisfest", „Weiße Nächte", „Tod der Schatten" begangen. Die Namen wechselten jedes Jahr. Sie hatte Weihnachten nie vermisst.

Nachdem sie den Mundschleimhautabstrich vorgenommen hatte und die Sachen wieder in ihrem Koffer verstaut waren, blieb sie mit Frau Claasen noch eine Weile im Flur stehen. Herr Claasen war nicht da.

„Wie lange wird es dauern?“, fragte Frau Claasen.

„Ich weiß es nicht. Diese Untersuchungen dauern. Erbgut kann man nicht in ein paar Stunden abgleichen. Manchmal dauert das ein Jahr“, gab sie zurück.

„Es ist einfach nur ...“,begann Frau Claasen.

„Ich glaube, ich verstehe, was Sie meinen. Es ist die Ungewissheit.“

Frau Claasen nickte.

„Wenn Sie erlauben, Frau Claasen, würde ich Ihnen gerne noch ein paar Fragen stellen“, sagte die Kommissarin.

Frau Claasen bat sie ins Wohnzimmer. Ihr fiel auf, dass in der Schrankwand ein Foto von Sylvie stand. Das hatte sie das letzte Mal noch nicht bemerkt. *Die Toten kehren zurück*, dachte sie.

„Möchten Sie einen Becher Kaffee oder einen Vogelbeerschnaps?“

Die Kommissarin lehnte höflich ab.

„Warum hat Ihre Tochter die letzten zwei Jahre nicht mehr zu Hause gelebt? Warum war sie in diesem Internat auf Schloss Bieberstein?“

Frau Claasen schüttelte den Kopf.

„Sie war ja dann zuletzt wieder bei uns“, entgegnete sie ohne Überzeugung. „Und vorher, das ging einfach nicht mehr. Sie hat nur noch rumgeschrien, die Schule geschwänzt, sich mit Jungs rumgetrieben. Ich musste ja arbeiten gehen, um das Haus hier zu halten. Ich konnte das einfach nicht mehr. Und dann kam das Angebot von ihrem Onkel. Ich wollte doch nur das Beste für sie“, sagte sie leiser werdend.

„Glauben Sie, das hing mit der Trennung von Ihrem Mann zusammen? Mit dem Selbstmord Ihres Sohnes? Oder womit?“

„Vielleicht“, gab sie zurück. „Ich weiß es nicht. Die Sylvie war kein einfaches Kind.“

„Was für ein Verhältnis hatte sie zu Ihrem jetzigen Mann?"

„Sie sind sich aus dem Weg gegangen. Der Erwin war halt nicht ihr Vater", antwortete sie und starrte danach aus dem Fenster.

„Frau Claasen, ist Ihr Mann vielleicht zu sprechen?"

„Der Erwin? Nein, der ist nicht da. Was wollen Sie denn von ihm?"

Die Kommissarin überging die Frage.

„Haben Sie noch einmal nachgedacht? Gab es irgendjemanden, zu dem Ihre Tochter Vertrauen hatte, den sie vielleicht mal erwähnt hat, mit dem sie sich traf?"

„Ich wusste ja noch nicht einmal, dass sie einen festen Freund hatte", sagte sie. „Außerdem hat man mir vor 27 Jahren schon die gleichen Fragen gestellt", ergänzte sie ungeduldig. „Ich will nur wissen, ob das meine Tochter ist, da draußen im Moor. Mehr nicht."

„Ja, das wollen wir auch", sagte die Kommissarin und stand auf.

„Sobald das Ergebnis vorliegt, hören Sie von uns."

Sie verabschiedete sich. Anschließend brachte sie den Koffer ins Kommissariat, damit die Proben gleich morgen früh nach Gießen geschickt werden konnten.

Seitdem sie die Vermisstenakte kannte, fuhr sie nicht mehr gleich nach Hause. Seit Oktober war die B 284 ihr so vertraut geworden wie keine andere Straße. Zu jeder Tageszeit befuhr sie die Bundesstraße, von Gersfeld nach Wüstensachsen, weiter auf der 278 nach Hilders und wieder zurück, von Hilders nach Gersfeld und wieder zurück. Sie prägte sich jedes Detail ein. Den Baumbewuchs, den Flussverlauf, die Landschaft, den endlosen, gleichgültigen Horizont darüber, den wechselnden Asphalt, das Licht und die Stimmungen an bestimmten Tagen, die Autos, Busse und Lastkraftwagen, die wie fliehende Schatten auf dem schmalen Asphaltband in alle Richtungen auseinanderstoben, sowie die wenigen Menschen in ihnen mit ihren verblassenden Gesichtern. Das seltene Blau des Himmels war licht und blätterte träge vom Horizont wie in einem Traum.

Sie saß in ihrem Auto und sah auf die Straße. Manchmal war es gänzlich still, als gäbe es draußen keine Welt mehr. Ein eigentümliches Leuchten lag in der Luft, so wie auf alten Fotografien. Die Bushaltestelle war noch da. Auch das Mietshaus, in dem sich die Wohnung von Danny Brembach befunden hatte. Sie verglich die Straße mit den Aufnahmen, die Beamte damals nach dem Verschwinden des Mädchens gemacht hatten. Man hatte die Fahrbahn verbreitert, Geschäfte waren verschwunden, neue entstanden. Bäume waren gefällt, andere groß geworden, Blumenrabatten angelegt, Häuser abgerissen und neu gebaut worden.

Den Weg, den das Mädchen an jenem Sonntagmorgen ins Nichts gegangen war, konnte sie nur noch in ihrer Vorstellung gehen. Trotzdem war sie zweimal an einem Sonntagmorgen zwischen 8 und 9 Uhr die Straße von Danny Brembachs Wohnung hinaus aus dem Ort gelaufen. Nur wenige Fahrzeuge hatten sie passiert. Das dürfte 1979 erst Recht der Fall gewesen sein. Im Regen auf dieser Straße hatte sie plötzlich gespürt, wie weit sie von der Wahrheit entfernt war.

Sie fuhr auf der B 458 Richtung Fulda, als Hammerschmidt anrief.

„Beißen die Fische gut?“, dröhnte er.

„Hängen Sie doch Ihre Angel raus“, gab sie zurück.

„Die Freude ist ganz meinerseits“, antwortete er. „Ich wäre die nächste Woche in der Gegend. Wir könnten uns treffen. Möglicherweise hätte ich Neuigkeiten“, setzte er vielsagend hinzu.

„Gut“, sagte sie. „Rufen Sie mich an.“

„Wie steht es in der Claasen-Sache“, fragte er.

Sie informierte ihn knapp über den Stand der Ermittlungen. In jedem ihrer Worte spürte sie ihre Unzufriedenheit. Irgendwann brach sie mitten im Satz ab, murmelte etwas von einem Anruf der Zentrale und beendete das Gespräch. Sie schaltete das Radio auf Kurzwellenempfang und betätigte den Senderdurchlauf an ihrem Lenkrad. Als sie in die Tiefgarage fuhr, rauschten nur noch leise auf- und abebbende Klangwellen aus den Lautsprechern. Sie war zu Hause.

Hammerschmidt hasste es, seinen Erinnerungen ausgeliefert zu sein. Er war es gewohnt, sie zu kontrollieren, so wie die Angel, die er in diesem Augenblick ins Wasser hielt. Die Seeoberfläche lag unbewegt unter dem grau pasteurisierten Himmel. Es würde bald zu regnen beginnen. Er starrte auf das Telefon, das neben ihm im Gras lag. Er hätte nicht anrufen sollen. Sein Klappstuhl knarrte, als er seinen Oberkörper vorbeugte und den Kopf auf seine Hände stützte. Diese Scheiß-Liste, früher oder später würde die Lewin darauf kommen, dass sie nicht vollständig war. Dass ein Name auf der Liste fehlte. Nach all der Zeit wäre das ein entschuldbares Versäumnis, aber er hatte den Eindruck, dass sie nichts anderes mehr in der Hand hatte als diese Liste. Sie würde so lange suchen, bis ...

Sie war anders als alle anderen, die er im Verlauf seines Berufslebens kennengelernt hatte. Sie war überzeugt von dem, was sie tat, angetrieben von etwas, das viel stärker als sie war und das etwas mit ihrer Vergangenheit zu tun hatte. Sie würde verdammt noch mal nie aufgeben.

Hammerschmidt sah stier auf das Wasser, und im gleichen Augenblick befand er sich auf der schmalen Straße zwischen Ritterhof und Weiherhof, in Sichtweite des

Steinkopfes, es war 1979, ein verregneter Februartag. Seine Augen starrten genau wie die ihren angestrengt durch den Regenfilm auf der Windschutzscheibe und die Wasserwirbel, die zwischen den kurzen Intervallen der Scheibenwischer wie durchsichtige Blasen in der Luft verschwanden. Er war auf dem Weg zu seinem Bruder. Ein Lidschlag, und die Welt erschien ihm wie ein zerrissener Traum, der in dem allmählichen Schwarz, das die Landschaft um ihn herum zum Verschwinden brachte, seine Schatten vorauswarf.

Das Haus lag von der Straße zurückgesetzt in einem kleinen Wäldchen, ein düsterer Backsteinbau, auf dem der matte Glanz verblichener Farben schimmerte. Vor einem zersplitterten Felsvorsprung, der aus dem Waldstreifen ragte, stand ein Autowrack. Himmel, dachte Hammerschmidt, wie kann man nur so leben. Das Blut pochte ihm in den Schläfen, als er ausstieg und auf das Haus zuging. *Hammerschmidt. Metallobjekte* war auf einem kleinen Messingschild zu lesen. Er musste lange warten. Eine klinische Stille lag über dem Vorplatz, alle Geräusche schienen ausgemerzt, während er dort stand und wartete.

„Endlich“, sagte er mürrisch, als sich die Tür öffnete. Ein untersetzter, südländisch aussehender Mann mit feinen, blassen Gesichtszügen stand vor ihm und versuchte ein schiefes Lächeln. Seine grauen, im Nacken zu einem Zopf gebundenen Haare standen in einem merkwürdigen Kontrast zu seinem jugendlich wirkenden Gesicht.

„Ungeduldig wie immer“, kommentierte er Hammerschmidts Äußerung und folgte ihm durch einen schmalen Flur in ein Labyrinth aus Regalen, die mit Werkzeugen und Metallteilen aller Art vollgestopft waren, als hätte ein Maulwurf eine Fabriklandschaft umgeschaufelt, in den hinteren Teil des Hauses. Plötzlich stand man in einem großen Raum aus verchromtem Stahl, eine Art Atelier, in der die wenigen Möbel wie sterile Apparaturen umherstanden. An den Wänden hingen Bilder, Unräume in einer Welt, in der sonst alles Lebendige ausgelöscht schien, doch wenn man die Bilder näher betrachtete, waren sie nur Spiegel ihrer Umgebung. Blöcke grüner und roter Farbe, gesichtslose Menschen in einer verzerrten Welt, deren steil ansteigende Perspektive den Eindruck von Nähe entstehen ließ, eine gespenstische Täuschung in einer Welt disproportional zu ihrer Umgebung platzierter Objekte, die den Betrachter verwirrten.

„Ich weiß nicht, was du an *Chirico* so magst", sagte Hammerschmidt, wendete den Blick von der Wand und setzte sich an einen Holztisch, der wie ein Fremdkörper mitten im Raum stand. „Sehen aus wie die Bilder von jemandem, der sich ins Hirn gepisst hat." Sein Bruder schwieg.

„Wir müssen reden", sagte Hammerschmidt.

„Wozu?", fragte sein Bruder.

„Halt die Fresse und setz dich. Diesmal geht es nicht um dein beschissenes Leben, deine Künstlerexistenz, die du dir auf Kosten unseres Erbes erschnorrt hast, oder um deine Weibergeschichten, die das ganze Dorf runterbeten kann. Obwohl ..." Er machte eine Pause. „Genau betrachtet, geht es auch darum."

Hammerschmidt beugte sich vor.

„Setz dich endlich hin", sagte er.

Sein Bruder setzte sich zögerlich. Unvermutet richtete er seinen Oberkörper auf und wies mit dem Zeigefinger auf Hammerschmidt.

„In. Diesem. Ton. Redest. Du. Nicht. Mehr. Mit. Mir", sagte er langsam, jedes Wort einzeln betonend, was ihn offenbar große Kraft kostete. Erschöpft lehnte er sich zurück.

Blitzschnell griff Hammerschmidt nach seinem Zeigefinger, presste die Hand seines Bruders auf den Tisch und zog ein Taschenmesser aus der Brusttasche seiner Jacke. Die Klinge schnappte auf und glänzte im Neonlicht.

„Ich werde dich lehren, mit dem Finger auf andere Leute zu weisen, du miese Beutelratte!“, zischte er wutentbrannt.

Das Messer fuhr durch die Luft und bohrte sich mit einem unangenehm saugenden Geräusch durch den Finger in die Tischplatte. Sein Bruder schrie vor Schmerz, wagte aber nicht, sich zu bewegen, und hielt sich mit der anderen Hand fest. Hammerschmidt wartete, bis die Schmerzensschreie einem leisen Röcheln wichen.

„Ich frage dich das nur einmal und dann nie wieder: Hast du mit einem Mädchen namens Sylvie Claasen geschlafen?“

Sein Bruder nickte mit zitterndem Oberkörper. Das Nicken wich einem krampfartigen Zucken seines Kopfes.

„Das Mädchen ist seit dem 21. Januar verschwunden. Hast du sie umgebracht?“

Sein Bruder schüttelte langsam den Kopf.

„Nnnein“, presste er hervor.

„Das hätte mich auch sehr gewundert“, sagte Hammerschmidt. „War dir doch sonst auch immer egal, was danach passiert. Du fickst doch alles, was nicht bei drei auf den Bäumen ist, ist es nicht so? Wusstest du übrigens, dass die Kleine schwanger war?“

Sein Bruder begegnete einen kurzen Moment seinem Blick.

„Nein, das wusstest du nicht. Das nehme ich dir sogar ab. Und wahrscheinlich wusstest du auch nicht, dass ich gottverdammt noch mal kurz vor meiner Beförderung stehe.“

Hammerschmidt legte seine Hand auf den Messerknauf.

„Ist dir eigentlich klar, was passiert, wenn diese Geschichte rauskommt? Es reicht, dass dich einer ihrer Freunde mit ihr in deiner Karre gesehen hat. Du kannst nur von Glück sagen, dass er nur deine Karre gesehen hat und nicht deine dämliche Visage."

Sein Bruder wimmerte vor Schmerz.

„Und falls du glaubst", fuhr Hammerschmidt unbeirrt fort, „ich hätte jetzt ein bisschen überreagiert, so wie du, wenn du mich in aller Öffentlichkeit als psychopathisches Bullenschwein bezeichnest, dann überlege dir gut, wie du reagieren würdest, wenn du gerade erfahren hättest, dass dein eigener Bruder seit über einem Jahr deine Frau fickt."

Hammerschmidt drückte die Hand seines Gegenübers auf die Tischplatte und zog das Messer mit einem Ruck aus der tiefen Wunde. Blut schoss aus dem oberen Glied des Fingers. Sein Bruder presste die Hand unter einem Schmerzensschrei an seinen Körper. Auf seinem Hemd bildeten sich dunkle Flecken.

„Und genau das passiert mit jemandem, der mit der Frau seines eigenen Bruders dessen Bett zur Fickwiese macht."

Er wischte das Messer mit einem Papiertaschentuch ab, nahm ein Feuerzeug und sah zu, wie die Flammen den rotgetränkten Papierstoff fraßen und zu flockigem Aschestaub zerwirbelten.

„Vergessen wir den kleinen Zwischenfall. Die Aussage, die ich vorhin beiläufig erwähnte, hat es nie gegeben. Und du weißt, von wem du künftig deine Finger lässt. Entschuldige den kleinen Kalauer. Ich war schon immer für faire Abmachungen."

Hammerschmidt stand auf. Er beförderte ein Röhrchen Tabletten aus seiner Hosentasche und legte es zusammen mit einer schmalen Packung auf den Tisch.

„Das sind blutgerinnende Mittel. Das andere schmerzstillende Tabletten."

Ohne noch einmal in das vor Schmerz verzerrte Gesicht seines Bruders zu sehen, verließ Hammerschmidt den Raum, durchquerte den im Halbdämmer liegenden Flur und atmete tief durch, als er wieder auf dem Hof stand.

Der See lag schwarz wie ein Tintenfass vor ihm, wie etwas, dem man nicht entfliehen konnte. Die Fäden seiner Erinnerung verloren sich in einem wortlosen Labyrinth unter einem Horizont aus Pergament.

Glaub mir, ich wollte dich retten, dachte er. In seinem Körper fühlte er eine tödliche Leere.

Der Kurzwellenbereich war noch eingestellt, als Anna Lewin beim Hinausfahren aus der Tiefgarage das Radio anschaltete. Das sirrende Geräusch erinnerte sie an den lang gezogenen zischenden Ton, mit dem die Angel jedes Mal die Stille der Luft durchschnitt.

Sie nahm sich immer vor, früh genug loszufahren, aber etwas hielt sie zurück. Winzige Beschäftigungen und Verrichtungen, ohne deren Erledigung sie nicht aus der Wohnung zu gehen wagte, als wäre die logische Reihenfolge der Dinge dann auch im Ablauf des Tages gestört und alle noch folgenden Stunden auf eine irreparable Weise unvollkommen. So gelang es ihr auch nie, vor Bub im Kommissariat zu sein.

„Der Weg zur Hölle ist mit guten Vorsätzen gepflastert", empfing er sie über seinen Schreibtisch gebeugt. „Du bist wahrhaftig eine halbe Stunde früher als sonst."

„Haha. Wer den Ruf des Frühaufstehers hat, kann ja getrost im Bett bleiben", gab sie schnippisch zurück.

„Die Hutter hat dir eine Liste auf deinen Schreibtisch gelegt. Ich glaube, sie hat jetzt alle ehemaligen Klassenkameradinnen abtelefoniert. Aber mit der Liste stimmt etwas nicht, sagt sie."

„Was stimmt nicht?", fragte sie.

Bub zuckte mit den Schultern.

„Wo ist sie?"

„Mal wieder auf einem Lehrgang", gab er zurück.

Die Kommissarin setzte sich an ihren Schreibtisch. Sie ging die Liste durch, die Hammerschmidt von der Schule erhalten hatte.

24 Namen. Zwei der ehemaligen Schülerinnen waren verstorben. Alle anderen hatte Imogen Hutter kontaktiert. Der Liste beigefügt waren die Gesprächsprotokolle der Telefongespräche, die sie mit den meisten geführt hatte. In einigen Fällen hatte sie die Frauen persönlich aufgesucht. Über die Hälfte konnten gar keine oder nur vage Angaben zu ihrer ehemaligen Mitschülerin machen. Man durfte dabei nicht außer Acht lassen, dass Sylvie Claasen die Internatsschule nur relativ kurze Zeit besucht hatte. Niemand wollte etwas von einer Schwangerschaft der Claasen bemerkt haben. Und dann bemerkte sie hinter einem der Namen einen Pfeil bis zum Seitenrand. Sie drehte die Liste um. Dort stand eine handschriftliche Notiz von Imogen Hutter:

Marcia Wehle. Name fehlt auf der Liste. Laut Frau Sziegoleit handelt es sich ebenfalls um eine ehemalige Schülerin. An Sylvie Claasen kann sie sich nicht erinnern, aber die ist ihr im Gedächtnis geblieben. Selber Jahrgang. Sagt, sie hätte sie ihr eine Zeit lang Unterschlupf gewähnt. Nach dem Abitur hätte sie Kunstgeschichte studiert. Ihre Anschrift habe ich bislang noch nicht ausfindig machen können. I. H.

„Und?", fragte Bub.

„Nichts", entgegnete sie. „Außer einem auf der Liste fehlendem Namen. Das ist alles."

„Wenn es der Richtige ist, spielt es keine Rolle. Du weißt ja, wer Glück hat, dem kalbt ein Ochs."

„Bei dir merkt man wirklich, dass deine Eltern einen Bauernhof in der Rhön hatten", bemerkte sie.

„Du hast Zeit bis neun. Danach müssen wir zu dieser Brandsache", sagte er, während er fast schon aus der Tür war.

Und sie hatte wirklich Glück. Eine halbe Stunde, nachdem sie den Suchauftrag aufgegeben hatte, erhielt sie einen Anruf von der Dienststelle.

„Marcia Wehle. Zurzeit wohnhaft in Gießen im Stadtteil *Alte Buseck*. Wissmarer Weg."

Sie notierte sich die Anschrift. Es gab keinen Telefoneintrag. Keine Hausnummer. Noch 25 Minuten Zeit. Bub war immer pünktlich. Sie setzte ein Schreiben auf. *Freundlich, möglichst freundlich*, dachte sie fluchend. Der Briefkopf mit dem Dienstsiegel reichte nicht.

Drei Tage später, es war der 20. Dezember, lag eine Karte auf ihrem Schreibtisch. Die Vorderansicht der Postkarte zeigte ein Bild. Die Rückansicht einer Gestalt, eines aufrecht stehenden Mannes mit einer Melone auf dem Kopf, war von Wolken überlagert. Im Hintergrund zeichnete sich sein Schatten vor einer holzgemaserten Textur ab. In dem Schattenbild des Mannes sah man ein vom Mond beschienenes Gebäude, in seinem Körper Wellen, die sich an einer Küstenlinie brachen. Sie drehte die Karte um. *Der sehende Gedanke* stand unten links auf der Postkarte. Die Schrift darüber verschwamm ihr vor den Augen. Verschnörkelte, ineinander gewundene Buchstaben in einer blassblauen Kinderhandschrift, allerdings in einer fehlerlosen Orthografie.

Sehr geehrte Frau Kommissarin,

bezüglich Ihrer Bitte muss ich Ihnen mitteilen, dass ich keine Telefonapparatur besitze. Ich telefoniere auch nicht. Das, was Sie zu wissen wünschen, kann ich Ihnen aber sagen. Sylvie war meine beste Freundin. Sie können mich immer besuchen. Ich gehe niemals fort. Ich bin immer da.

Mit vorzüglicher Hochachtung ...

Die Unterschrift war gänzlich unleserlich. Sie ließ die Karte sinken.

Was dachte sich diese Person dabei? Gießen lag über sechzig Autominuten von hier entfernt. Sie drehte die Karte wieder um. Im gleichen Augenblick stand ihr Entschluss fest. Vaupel musste ja nichts davon erfahren. Also lief dieser Besuch zwangsläufig auf ein dienstfreies Wochenende hinaus.

Das, was Sie zu wissen wünschen, kann ich Ihnen aber sagen.

Sie las diesen Satz wieder und wieder. Nüchtern betrachtet, war dieser Satz zu diesem Zeitpunkt der einzige, der letzte ihr verbliebene Anhaltspunkt in der Vermisstensache Sylvie Claasen. Sie verscheuchte den Gedanken daran, dass Hammerschmidt letztendlich recht behielt, wenn sich auch diese Spur als falsch herausstellte. In diesem Fall konnte sie noch Jahre an der B 284 stehen oder die Nacht im Moor verbringen. Aber keine Stunde würde sie näher an das Geheimnis des Verschwindens Sylvie Claasens bringen.

Sie schrieb Marcia Wehle. Dieses Schreiben trug keinen offiziellen Briefkopf. Sie wollte sicher gehen, dass die Frau auch da war, wenn sie sie, so hatte sie entschieden, zwischen Weihnachten und Neujahr in diesem Kaff bei Gießen aufsuchte.

Weihnachten verbrachte sie mit ihrer Freundin Ulrike an der holländischen Nordseeküste. Dort gab es einige kleinere Hotels, in denen man von diesen Feiertagen wenig behelligt wurde. Die Landschaft um Den Helder war ideal für lange Spaziergänge und Angelausflüge, während es Ulrike liebte, auf ihren Skatern über die schmalen Radwege hinter dem Dünensaum zu gleiten.

„Auf das siebte Jahr“, hob Ulrike ihr Weinglas und prostete ihr zu. Silbern und dunkel leuchtete das Meer hinter den Fenstern des Strandpavillons. Die weiße Schrift der Gischtkämme zersprang irgendwo im betäubenden Gesang der Wellen.

„Ja, das siebte Jahr“, sagte sie verhalten und aß etwas von den mit Languste gefüllten Avocados, etwas, das sie nur hier bestellte, weil es zu diesem Tag, zu diesem Blick aus dem Fenster und zu ihrem Leben passte.

Vor sieben Jahren, am 7. Dezember, war ihre Tochter Marie auf die Welt gekommen. Nur kurze Zeit blieb ihr, um sich später ihr ganzes Leben an ihr Lächeln, ihr Atmen, ihr Weinen und Strampeln erinnern zu können. Einen Tag vor Weihnachten war sie mitten auf einer belebten Straße in der Fuldaer Innenstadt aus dem Kinderwagen verschwunden. Seitdem wusste sie, was es hieß, in der Ungewissheit zu leben. Ihr eigener Fall war der traurigste.

„Hey, Pierette, schau nicht so traurig“, munterte ihre Freundin sie auf.

„Wir werden uns die ganze Nacht lieben, morgen früh in die Nordsee springen, uns mit den Wellen des Meeres füllen und den ganzen Tag angeln und skaten und Balzac lesen.“

Anna lächelte.

„Sieh deine Gefühle einfach an wie eine Entzündung, wie eine vorübergehende Schwellung. Betrachte sie einfach von außen, und wenn du schon drin bist, verschaff dir einen Ausgang. Und dann lass es einfach vorbeigehen“, sagte Ulrike.

„Es ist seltsam, dass du das mit dem Meer sagst“, antwortete Anna.

„Ich habe vor ein paar Tagen eine Postkarte bekommen, da sieht man eine Figur und ihr Schattenbild und links unten in dem Schatten ein beleuchtetes Haus und den Mond. Es ist Nacht. Und in der Figur rechts unten das Meer, die Wellen, wie sie auf eine unsichtbare Küste zulaufen. Es muss Tag sein. Das Bild heißt *Der sehende Gedanke*."

„Wer schickt dir so ein Motiv?", fragte Ulrike.

„Das Bild ist von Margritte. Das bemerkenswerte an dem Bild ist nicht nur, dass die Tageszeiten miteinander verschmelzen, sondern der Hinweis darin."

„Was für ein Hinweis, Frau Kunsthistorikerin?"

„Der Hinweis auf lange unterdrückte Erinnerungen, die Wellen. Margritte hat gesagt, dass er nicht daran glaubt, dass der Mensch irgendetwas entscheidet. Dass er den merkwürdigen Umständen machtlos ausgesetzt ist."

Ulrike lachte.

„Das gilt aber nicht für uns und nicht heute Abend."

Anna nickte.

Sie konnte den Himmel über dem Meer sehen und die Lichter im dunklen Blau, das große dunkle Blau, das langsam auf sie zufiel.

7
Das dürre Mädchen

Als die Kommissarin den großen weißen Umschlag auf ihrem Schreibtisch sah, beschlich sie ein ungutes Gefühl. Das Briefkuvert trug den Absender des Instituts für Zoologie und Anthropologie der Universität Frankfurt. Sie hatte das Gutachten nicht so früh erwartet. Einen Augenblick gönnte sie sich noch, wie immer, wenn sie das Gefühl hatte, etwas Unausweichlichem zu begegnen, etwas, das sich ihrer Kontrolle entzog, weil es längst geschehen war.

Sie sah auf die Fotos an der Wand, die Kartenausschnitte und die vielen Aufnahmen vom Roten Moor. Einen Augenblick lang spielte sie mit dem Gedanken, Alexander Bub anzurufen, einfach so, aber sie erinnerte sich, dass er zwischen den Jahren seine Eltern in Hofbieber besuchen wollte. Es war kaum zu glauben, aber er stammte wirklich aus einer Familie von Wanderschäfern, und seine Eltern hielten heute noch Rhön-Schafe. Sie mochte ihn nicht stören aus einem Grund, den sie ihm und auch sich selbst gegenüber nicht zu benennen wüsste.

Auf einem der Fotos sah der Himmel aus wie über dem flachen Horizont, der in Nordholland als glänzende Spiegelung über dem Meer gelegen hatte, immer wenn sie und Ulrike in diesen drei Tagen abends im Strandpavillon auf die Nordsee blickten. Nichts hatte sich verändert, als sie zurückgefahren war. Nichts, das man an Dingen, die ebenso unverändert geblieben waren, hätte messen können. Nur die Fotografien schienen sich unter ihrem Blick oder dem Einfluss der Zeit zu verändern.

Eines der Fotos zog ihren Blick immer wieder in den Bann. Winterhell schimmerte das Licht über dem Moor. In den Fußspuren, die als schattenlose Wurzeln in der weichen Membran des Bodens zurückgeblieben waren, hatte sich Wasser gesammelt. Grasfäden schimmerten in den Mulden. Wenn sie ihren Blick darauf konzentrierte, dann war es, als ob sie in ein von Eiswimpern umwuchertes Auge sah. Es war wie ein tiefes Loch in ihrem Gedächtnis.

Wieder an ihrem Schreibtisch stehend, hatte sie plötzlich das Gefühl, in eine Welt zurückgekehrt zu sein, die ihr fremd war. Sie öffnete das Kuvert, überflog das Anschreiben und las das Gutachten. Sie las es immer wieder, bis sie endlich verstand.

„Nach Vergleich der Nukleotidpositionen in den Fragmenten A, B und C scheint es überaus unwahrscheinlich, dass es sich bei der im Moor aufgefundenen Leiche um die leibliche Tochter der Birgit Claasen handelt (siehe den angefügten Untersuchungsbericht).

Zugleich habe ich mir zusammen mit meinen Mitarbeitern noch einmal den morphologischen Befund der Gerichtsmedizin in Gießen angesehen. Diesem Befund haben wir eine intensive Untersuchung der Moorleiche folgen lassen. Dabei sind uns einige Unstimmigkeiten aufgefallen, die wir im Folgenden auflisten.

1. Im Befund sind die Schädelfragmente nicht erwähnt, obwohl der Schädel nahezu vollständig vorliegt (siehe Anlage).

2. Im Befund wird erwähnt, dass die Hände nicht vorhanden sind. Dies ist zwar nicht falsch, aber es bleibt unerwähnt, dass einzelne Handknochen, ein Mittelknochen sowie zwei Fingerknochen jedoch vorhanden sind.

3. Das zahnärztliche Gutachten stellt die Behauptung auf, dass nur ein Weisheitszahn vorhanden ist. Dies ist allerdings unzutreffend. Drei Weisheitszähne waren bereits vollständig durchgebrochen."

Es folgten weitere akribisch aufgelistete Untersuchungsdetails, die sie beim ersten Lesen nur kursorisch überflog. Die Gutachterin schloss ihren Untersuchungsbericht mit den Worten:

„Ich möchte Ihnen abschließend eine wichtige Frage stellen: Konnte eigentlich zu irgendeinem Zeitpunkt jemals ausgeschlossen werden, dass es sich bei der im Moor aufgefundenen Leiche um einen archäologischen Fund handelt?"

Die Kommissarin fluchte leise. Je öfter sie den Bericht auch las, es änderte nichts an dem Befund, der, wenn sie jetzt nicht das Richtige entschied, die ganze Arbeit der letzten Monate infrage stellte.

Suchte sie nur ein Phantom? Lebte Sylvie Claasen irgendwo an einem Ort dieser Welt, zufrieden, in eine andere Existenz geschlüpft zu sein? Oder hatte sich das, was von ihr übrig war, atomisiert und war irgendwo in der Dunkelheit der Geschichte verschwunden? Sie schleuderte das Kuvert durch den Raum und versetzte dem vor ihr stehenden Papiereimer einen kräftigen Tritt.

Einen archäologischen Fund ... An diese Möglichkeit hatte sie in der Tat niemals gedacht. Marcia Wehle fiel ihr ein und die geplante Fahrt nach Gießen. Sie beschloss, die Frage der Gutachterin vorerst unbeachtet zu lassen. Niemand musste davon erfahren.

Als die Sonne über der A 4 aufging, fächerte der Wind über Schnee und Schmutzhaufen zu beiden Seiten des Asphaltbandes das Licht auf.

So langsam sie auch fuhr, dachte sie an diesem Morgen, das Leben war stets langsamer. Jedes Leben konnte immer nur von Neuem die eigene Geschichte mit eigener Stimme wiederholen, von all dem erzählen, was Anspruch auf einen erhob, wie das Licht, das in diesen Augenblicken den Raum um sie durchflutete und die Landschaft wie einen Schatten aus der Dunkelheit sickern ließ. Hammerschmidt, der sie kurz vor Weihnachten auf der Durchreise im Kommissariat besucht hatte, hatte etwas ganz Ähnliches gesagt.

„Ja“, hatte er gesagt, nachdem sie ihn gefragt hatte, ob es damals einen Zeitpunkt gegeben hatte, an dem man die Akte über das verschwundene Mädchen geschlossen hätte, „ja, wie Sie ja wissen, war die Angelegenheit ziemlich schnell eine Vermisstensache. Ich weiß, dass in den ersten Jahren immer noch Suchbilder in den Zeitungen hier erschienen sind. Am Anfang, ich meine, in den ersten Monaten, auch Plakate.“

„Merkwürdig“, hatte sie sinniert, „davon haben mir die Eltern nichts erzählt.“

Hammerschmidt hatte mit den Achseln gezuckt.

„Sie unterschätzen einfach die Zeit. Man vergisst.“

„Es ist doch ein Unterschied“, hatte sie eingeworfen, „ob ich mein Kind auf dem Friedhof besuchen kann, wenn es gestorben ist, oder ob ich nicht weiß, wo meine Tochter ist.“

„Das Leben geht weiter“, hatte Hammerschmidt unbeirrt entgegnet. Sie war sich sicher, dass er vom Verschwinden ihrer Tochter wusste.

„Und doch ist es langsamer als Sie. Und vermutlich ist es genau das, was Ihnen auch die Eltern gesagt haben: Man muss sich abfinden, und man findet sich ab. Wenn Sie irgendwann feststellen, dass Sie einer falschen Fährte nachgegangen sind, dann werden Sie genauso darüber denken.“

„Schön. Keiner sagt etwas, keiner hört etwas, keiner sucht etwas. Leugnen wir doch den Tag“, hatte sie gesagt.

„Sie sind zynisch“, hatte Hammerschmidt ungewohnt sanftmütig erwidert. „Das war ich auch immer, wenn die Ermittlungen stockten.“

Die Kommissarin hatte seine Bemerkung ignoriert. *Arschloch!*, hatte sie gedacht, nicht zum ersten Mal.

„Ich habe die Eltern gefragt, was sie denken, was ihnen durch den Kopf geht, wenn sie abends vor dem Fernseher sitzen und den *Tatort* sehen oder irgendwelche Krimiserien, und dann ist da der Kommissar und auf der anderen Seite stehen diese durchgeknallten Typen, die Bösen, die irgendein Mädchen entführen, vergewaltigen, foltern und töten."

„Und was haben sie gesagt?"

„Es ist ja nur ein Film. Das ist es, was sie geantwortet haben."

„Sehen Sie."

Hammerschmidt hatte sie betrachtet wie ein Insektenforscher eine neue Spezies.

„Jedenfalls haben sich anfangs viele Leute auf diese Suchanzeigen gemeldet", hatte er fortgefahren. „Viele Spuren, könnte man meinen. Aber das waren alles irgendwelche Spinner oder Hobbydetektive. Demnach müsste das Mädchen zur gleichen Zeit in Amsterdam, in Berlin und in Prag gewesen sein, vor allem im Rotlichtmilieu. Eine ernsthafte Spur ist niemals dabei gewesen. Und später hat es auch keine Bilder mehr in den Zeitungen gegeben."

Hammerschmidt hatte sie noch nach der DNA-Untersuchung gefragt, einige Angleranekdoten zum Besten gegeben und war dann wieder verschwunden.

Seit sie heute Morgen losgefahren war, dachte und fühlte sie nichts. Ihr Empfinden passte sich auf unheimliche Weise den Umständen an. Sie hatte das beständige Gefühl, aus der Gefahrenzone zu fliehen und doch immer tiefer zu versinken, als wäre der Boden, den man versehentlich betreten hatte, aus sickerndem Wasser und kaltem Schlamm. Sie konnte nirgends länger stehen bleiben und fuhr immer weiter, als wäre sie auf der Flucht. Dabei hatte sie dieses Gefühl, sich zu fürchten, niemals gekannt.

Es war zehn Uhr, als sie auf die A 485 abbog und kurz darauf in Gießen Wieseck von der Autobahn abfuhr.

Industriegebiete und öde Häuserzeilen wechselten einander ab, dann fuhr sie über eine Ausfallstraße an mehrgeschossigen funktionalen Bauten vorüber Richtung Buseck. Bachläufe schlängelten sich durch das Tal, das zur einen Seite von dunklem Wald begrenzt wurde. Teiche glänzten wie geborstene Spiegel aus der mit Raureif bedeckten Landschaft.

Sie durchfuhr die kleine Ortschaft, folgte einer winzigen asphaltierten Straße, die auf ein Basaltwerk zulief und an einem aus mehreren Gebäuden bestehenden Gehöft endete. Es gab weder ein Straßenschild noch eine Hausnummer, aber sie war sich sicher, dass dieses Anwesen der Beschreibung entsprach, die Marcia Wehle ihr geschickt hatte.

Ein dunkelhaariger Tervueren kam auf das Auto zugesprungen, als sie in die Hofeinfahrt bog. Die Gebäude waren in einem schlechten Zustand. Der Putz bröckelte von dem einst ockerfarbenen Mauerwerk, Dachziegel fehlten und das Scheunentor hing schief in den Angeln. Der Hund begrüßte sie freundlich.

„He, ist da jemand?"

Vergeblich suchte sie nach einem Eingang.

Und dann sah sie die Frau auf dem verandaartigen Vorsprung in der Front eines Gebäudes, das sich als einziges in einem passablen Zustand zu befinden schien. Trotz der Kälte saß sie in eine blaue Decke gehüllt in einem riesigen Schaukelstuhl hinter der Verandabrüstung. Sie trug eine dunkle Sonnenbrille und schien sie schon eine ganze Weile reglos zu taxieren.

„Hallo? Frau Wehle?"

Auch jetzt, als sie langsam auf die Frau zuging, reagierte sie nicht. Der Hund lief ihr voraus und verschwand im Haus. Sie betrat die Verandastufen. Auf dem oberen Absatz blieb sie stehen. Die Frau hatte sich mit unvermuteter Behändigkeit aus dem Stuhl geschwungen und war auf sie zugegangen. Sie nickte, ein leises Zeichen des Einverständnisses auf die Frage nach ihrem Namen. Die blaue Decke lag auf dem Boden. Ihre Erscheinung wirkte zart und zerbrechlich. Ihr Lächeln wurde dünn und ein wenig traurig, als die Kommissarin sie wieder nach ihrem Namen fragte.

„Marcia Wehle?"

„Hatten Sie eine gute Fahrt?", gab sie mit einer mädchenhaft klingenden Stimme zurück. Einzelne graue Strähnen schimmerten aus ihrem blonden, zu einem Zopf geflochtenen Haar, das sie sich mit einer fahrigen Geste zurückstrich. Ihr magerer Körper steckte in viel zu weiten Hosen. Aus den hageren Gesichtszügen leuchtete ein Paar wasserblauer Augen.

„Wir könnten etwas spazieren gehen, wenn es Ihnen recht ist. Der Hund freut sich immer über Auslauf."

Schweigend liefen sie einen halb von Gestrüpp überwucherten Pfad hinunter zum Bach.

Die Kommissarin drehte sich um. Die Farbe war schon lange von den Gebäuden abgeblättert, Risse zogen sich durch das Mauerwerk und in einer beckenartigen Vertiefung des Bachlaufes schimmerte das Holz eines Mühlrades. Es schien ein Ort, an dem die Zeit langsamer verging.

„Wie lange leben Sie schon hier?", fragte sie die Frau, die ihr mit raschen Schritten vorauseilte.

„Seit 20 Jahren. Seitdem ich aus Gersfeld weg bin", antwortete sie. „Meine Eltern haben mir den Hof vererbt."

Sie blieb plötzlich stehen.

„Wissen Sie", sagte sie zum Bach hin gewandt, „da oben in der Rhön bin ich nie zurechtgekommen. Meine

Eltern sind sehr früh gestorben, und mein Bruder hat den Hof übernommen, während ich bei meinen Großeltern in Gersfeld aufgewachsen bin. Dann wollte er fortgehen, irgendwo was Neues anfangen, und ich habe keine Sekunde gezögert, als er mich gefragt hat, ob ich wieder nach Buseck zurückgehen möchte."

Sie lief weiter und rief den Hund, der bereits am Bachufer streunte. Der Weg verbreiterte sich, und sie konnten jetzt nebeneinander her laufen. Das gefrorene Gras knisterte unter ihren Schritten.

„Was haben Sie nach der Schule auf Schloss Bieberstein gemacht?"

„Kunstgeschichte studiert. Aber das war nichts für mich. Kunst muss man praktizieren, nicht darüber reden. Das hier", sie machte eine weit ausladende Handbewegung und drehte sich wie ein junges Mädchen einmal im Kreis, „das hier ist meine Welt."

„Und können Sie davon leben?", fragte die Kommissarin. Der Tervueren setzte sich vor ihr ins Gras und sah sie erwartungsvoll an.

„Gibt nix. Lauf weiter, Sylvie!", rief Marcia Wehle.

„Sie haben den Hund nach ihr benannt?", stellte die Kommissarin erstaunt fest.

„Ja. Ich sagte ja bereits, oder sagte ich das nicht, sie war die einzige Freundin, die ich je hatte", erwiderte sie. „Was Ihre Frage angeht: Ich komme zurecht."

Sie schlugen einen Weg entlang des Baches ein. Der Himmel war sehr grau und die Bäume zu beiden Seiten des Ufers standen reglos in der Nebelnässe. Zum ersten Mal sah Marcia Wehle ihr direkt ins Gesicht, als sie ihren Schritt verlangsamte und den Kopf hob.

„Freundschaft ist wie Liebe ohne Flügel, hat meine Großmutter immer gesagt. Ich hab mich oft gefragt, was

Sylvie wohl dazu gesagt hätte, dass meine Ehe zerbrochen ist, oder wie sie reagiert hätte, hätte sie mich, wie es oft der Fall gewesen ist, frustriert aus dem Büro kommen sehen. Oder in den vielen Augenblicken, in denen ich mir einfach nur einen Freund an meiner Seite gewünscht habe. Jemanden, der einem zuhört, der einfach da ist, wenn man ihn braucht, jemanden, der sich immer ein Lächeln für dich aufgehoben hat, egal was du ihm erzählst. Verstehen Sie, was ich meine?"

Die Kommissarin nickte. Sie schlang sich den Schal um ihren Hals und ließ Marcia Wehle neben ihr einfach weiterreden.

Sie hatte gelernt, dass das manchmal besser war, als Fragen zu stellen, denen es in manchen Situationen an der nötigen Wärme und Authentizität fehlte und denen es selten gelang, einem Menschen mehr zu entlocken, als er eigentlich preisgeben wollte. Zudem konnte sie sich vorstellen, dass diese Frau nur wenig Kontakt zu anderen Menschen hatte und dass sie sie möglicherweise in einem Augenblick angetroffen hatte, in dem sie mit jemandem reden wollte.

„Wo haben Sie Sylvie kennengelernt?"

„Im Internat. Aber so richtig eigentlich erst im Roten Moor."

„Wo?"

Die Kommissarin war bemüht, sich ihre Überraschung nicht anmerken zu lassen.

„Ja, das sollte ich vielleicht erklären", gab Marcia Wehle zurück. „Wir haben Hunde ausgeführt, zwei bis drei Nachmittage in der Woche. Die Leute haben uns 5 Mark die Stunde gegeben. Und im Moor konnte man sie wirklich laufen lassen, auf den Dämmen und in den Wiesen. Auch wenn das verboten war. Außerdem", fügte sie leiser hinzu, „hat Sylvie das Moor sehr gemocht. Sie hat gesagt, dass es dort so still sei und die

Wolken und das Licht ganz anders aussähen. Da haben wir uns viel unterhalten. Da war sie irgendwie anders."

„Wie anders?", hakte die Kommissarin nach.

„Anders als mit ihren Freunden. Die mochte ich nicht. Vor allem Jan nicht. Oder diesen Kai. Die waren in irgendwelche krummen Geschichten verwickelt. Nur wenn wir im Moor waren, hat sie wirklich über ihre Gefühle gesprochen. Dass sie das nicht mehr aushält, dieses Leben, und dass sie fort wollte." Sie pfiff nach dem Hund, der oben im Wald verschwunden war.

„Was hat sie denn nicht mehr ausgehalten?"

„Das Leben."

Marcia Wehle erzählte ihr, dass Sylvies Eltern sie geschlagen hätten und dass ihre Mutter niemals mit dem Tod von Hans zurechtgekommen wäre. Im Internat hätte sie das Zimmer mit Sylvie geteilt, mit deren Freunden sie allerdings nicht so gut klar gekommen wäre, auch wenn Sylvie sich Mühe gegeben hätte, sie ins *Blue Shell* mitnahm und zu Jan, den Marcia als Angeber bezeichnete. Und Kai und Anke, die doch nichts anderes als Spaß vom Leben hätten haben wollen.

„Und Sylvie war anders?"

Die Kommissarin blieb stehen. Eine schmale Holzbrücke führte über den Bach in den Wald. Die Hündin saß auf der anderen Seite und sah sie erwartungsvoll an. Marcia Wehle starrte in den dunklen Fichtenwald. Die Kommissarin folgte ihrem Blick.

„Ist etwas?"

„Nein. Nein ... Es ist alles in Ordnung." Die Hündin drehte sich um und lief in den Wald, als sie den Brückensteg betraten.

„Ich hatte immer das Gefühl, dass sie den anderen genügen wollte. Dass sie etwas lebte, das sie gar nicht war. Dass sie Angst davor hatte, irgendwann so zu werden wie die anderen. Den ganzen Tag vor der Glotze zu hängen, mit irgendetwas, das nichts mit einem zu tun hat, sein Geld zu verdienen und zu warten, bis dich ein Kerl heiratet, der dich irgendwann, wenn das Haus gebaut ist und die Kinder gezeugt worden sind, zu lieben aufhört. Und wenn du dich dann mal in den Ruinen deiner Gewohnheiten eingerichtet hast, bleibt dir nur eins: zu warten, bis es vorbei ist."

Marcia Wehle hatte, während sie dem Fahrweg in den Wald hinauf gefolgt waren, ganz leise gesprochen, aber jetzt hatte ihre Stimme einen hasserfüllten Unterton bekommen, und die Kommissarin sah, wie sie die schmalen Lippen beim Gehen aufeinander presste.

„Über so etwas haben Sie mit ihr gesprochen?"

„Ja. Natürlich nicht so. Wir waren 16. Und irgendwie waren wir beide Außenseiter, da war es leichter, über solche Dinge zu sprechen. Und als Kinder haben wir auch schon mitbekommen, dass in den Siebzigern nicht alles so toll gewesen ist, wie das unsere Eltern immer dargestellt haben. Das mit der Freiheit und dem Frieden und dem Kapitalismus waren eben nur Parolen. Alle haben wieder ihr Glück im Privaten gesucht."

Sie lachte bitter.

„Na ja, für die hier im Dorf bin ich eine Ökotrine, eine Aussteigerin. Weil ich keinen Mann und keine Kinder habe und ganz allein auf einem verfallenen Hof lebe, ohne einer geregelten Arbeit nachzugehen."

Sie blieb plötzlich stehen. „Haben Sie mal *Fürsorgliche Belagerung* von Heinrich Böll gelesen?"

Die Kommissarin schüttelte den Kopf.

„Na ja, ist kein doller Roman, aber wenn Sie wissen wollen, wie das war in dieser Zeit, dann sollten sie ihn lesen." Sie stutzte. „Der Roman ist in dem Jahr erschienen, in dem Sylvie verschwunden ist."

Sie folgten dem Weg in enger werdenden Serpentinen die Anhöhe hinauf. Die Häuser des Dorfes schimmerten durch die Wipfel der Bäume. Auf die vorsichtig eingestreuten Fragen der Kommissarin hin erzählte Marcia Wehle ihr von dem, was Sylvie bewegt hatte, wovon sie geträumt hatte, was sie ihr auf den langen Spaziergängen im Moor oder abends, wenn sie im Bett lagen, anvertraut hatte. Sie hatten unterdessen den Hügelkamm erreicht. Mauerreste ragten aus dem Gestrüpp und zogen sich die Felswand entlang. Sie standen auf den Überresten einer Terrasse und sahen weit in die unter einer grauen Dunstglocke liegende Talebene hinaus.

„Schön hier", sagte die Kommissarin.

Marcia Wehle lächelte. Für einen Moment wirkte sie wie das junge Mädchen, das sie vor 27 Jahren gewesen sein musste, das dürre Mädchen, wie sie gesagt hatte. Wie sie alle nur genannt hatten. Weil sie so dünn und zerbrechlich gewirkt hatte. Und aufgrund der weiten Kleidung, die sie schon damals gerne getragen hatte und die ihr das Aussehen einer Vogelscheuche verliehen hatte.

„Da unten, das war der Garten", begann sie auf einmal zu erzählen, während sie mit ihrer knochigen Hand auf den jäh abfallenden, von terrassenförmigen Absätzen unterbrochenen Hang unter ihnen zeigte. „Das der Pool, und hinter Ihnen das Wohnzimmer, dort befanden sich die Schlafräume und hier die Küche." Sie drehte sich um und wies auf die Felswand, aus der abgebrochene Mauerreste und Stahlträger ragten. „Und hier", sie setzte sich auf einen Mauervorsprung am Rande der Terrasse und legte die rechte Hand auf den Torso einer unförmigen Statue, „ist Josua in den Tod gestürzt."

„Wer ist Josua?" Die Kommissarin spürte eine zunehmende Ungeduld. Feuchte Kälte kroch allmählich durch ihre Jacke und ihre Zehenspitzen fingen an, taub zu werden. Himmel, war das kalt in diesem Mittelhessen.

Marcia Wehle sah in die Ferne.

„Mein Cousin. Mein Onkel hat das Haus hier gebaut. Er hatte keine Genehmigung dafür, und als dieser Unfall passierte, kam alles raus. Das war vor 15 Jahren. Sie mussten das Haus abreißen. Für die Leute aus dem Dorf hier ist das ein beliebtes Wanderziel. Wenn die Sonne scheint, kann man bis in alle Ewigkeit schauen und hier auf der Terrasse sitzen. Mein Onkel hat sich den schönsten Platz in der ganzen Gegend dafür ausgesucht. Wenn man ..."

„Ehrlich gesagt, bin ich den weiten Weg nicht gefahren, um Familiengeschichten zu hören", unterbrach sie die Kommissarin. „Bleiben wir also bei Sylvie. Nach all dem, was Sie mir jetzt erzählt haben ..."

Die Hündin knurrte und schlug an. Im Unterholz knackte es. Der Tervueren machte einen Satz und rannte los. Zwischen den Bäumen tauchte ein Mann auf. Marcia Wehle pfiff. Der Mann lief auf den Weg zurück und verschwand hinter der Biegung. Die Kommissarin sah sie an.

„Wer war das? Kannten Sie den Mann?"

Marcia Wehle nickte.

„Flüchtig. Er ist wirr im Kopf. Rennt den Spaziergängern hier nach. Aber so lange Sylvie bei mir ist, habe ich nichts zu befürchten. Der Dreckskerl hat Angst vor Hunden."

„Lassen Sie uns zurückgehen."

Die Kommissarin machte eine ungeduldige Handbewegung und bedeutete Marcia Wehle, ihr zu folgen. Eine Bemerkung, die einer ihrer Ausbilder in Zusammenhang mit Vernehmungstaktiken einmal gemacht hatte, fuhr ihr durch den Kopf: *Geduld hat Grenzen.* Wenn man sie übertreibt, wird sie zur Feigheit.

„Also", setzte sie erneut an, als sie dem Forstweg abwärts folgten, „nach all dem, was Sie mir erzählt haben, könnte man zu der Ansicht gelangen, Sylvie Claasen wäre vorsätzlich verschwunden. Vielleicht hat sie irgendwo ein neues Leben begonnen. Halten Sie das für möglich?“

Sie sah Marcia Wehle aufmerksam an.

Die Wehle schüttelte den Kopf.

„Nein. Das hätte sie mir erzählt. Nein, sie ist nicht freiwillig verschwunden.“

„Was macht Sie da so sicher?“ Die Kommissarin versuchte, den ungeduldigen Tonfall in ihrer Stimme zu verbergen.

„Ich weiß es einfach“, entgegnete Marcia Wehle. „Ich weiß, dass ihr etwas zugestoßen ist. Etwas Schreckliches. Und ich habe es nicht verhindern können.“

„Das wissen Sie nicht. Dann wüssten Sie mehr als wir. Was wissen Sie über ihre Schwangerschaft?“

Anstatt zu antworten, fragte die Wehle: „Werden Sie noch etwas bleiben?“

Der Tervueren schlug wieder an, blieb aber diesmal auf dem Weg sitzen.

„Das hatte ich eigentlich nicht vor. Wieso?“, fragte die Kommissarin zurück. Allmählich verlor sie die Geduld.

„Ich rede nicht viel mit Menschen. Es strengt mich an, wenn ich über Sylvie rede. Das ist alles schon so lange her und ...“

Sie verstummte.

„In Ordnung. Reden wir also morgen weiter. Ich verlass mich darauf, Frau Wehle.“

Innerlich fluchend, fuhr sie kurz darauf vom Hof.

Sie musste sich beherrschen, dass sie nicht ins Lenkrad biss. *Vogelscheuche!*, dachte sie.

Allerdings war da auch eine ungeheure Müdigkeit, die sie etwas versöhnlicher mit der Situation stimmte.

Anderthalb Stunden später schloss sie die Vorhänge ihrer Fuldaer Wohnung und fiel in einen unruhigen Halbschlaf ... Sie starrte mit offenen Augen in die Dunkelheit. Das

Geräusch, das sie hörte, schwieg und wuchs dann langsam wieder in die Stille. Ihre Hände tasteten blind in der Finsternis, die sie wie sickerndes Wasser umgab. Etwas stieß an die Wände und bewegte sich langsam über den Fußboden auf sie zu. Sie suchte nach ihrer Dienstwaffe und spürte das Kabel der Nachttischlampe zwischen ihren Fingern. Während das Geräusch langsam auf sie zukam, tasteten ihre Finger sich am Kabel entlang bis zum Schalter. Ihr Zeigefinger drückte den Schalter durch.

Eine gleißende Helligkeit durchfuhr den Raum. Sie richtete sich auf. Das Zimmer war leer. Ihr Atem ging schwer, wie unter einem unsichtbaren Albdruck. Sie wollte sich zurücklehnen, als sie das Geräusch erneut hörte. Es kam vom Fenster.

Jäh wandte sie den Kopf zur Seite. Mit einem entsetzten Schrei fuhr sie zurück. Ein kleines Mädchen stand reglos am Fenster. Ihr Gesicht sah aus wie das einer Wachsfigur. Hände, die sich flehend zum Bett streckten. Aus ihren leeren Augenhöhlen rannen Tränen. In einem unaufhörlichen Tasten raschelten ihre Füße über den Fußboden, ohne dass sie sich auch nur einen Schritt vorwärts bewegte.

Ein anderes Geräusch drang aus weiter Ferne in das Zimmer, sein Echo verklang fast bis zur Unkenntlichkeit, bis sie endlich begriff: das Telefon. Aus allen Richtungen läutete es, ein endloses Echo, das in der Luft zerplatzte.

Sie erwachte. Das Handy lag auf dem Nachttisch. Durch die Vorhänge fiel abendgerötetes Licht.

„Ja?"

„Hallo, Marianne. Alexander hier. Klingst wie kalt gewordener Tee."

Sie brauchte eine Weile, um zu antworten.

„Sehr witzig. Ich hab nur etwas ... geschlafen."

„Ein Bulle schläft doch nicht", frotzelte er.

„Herr Bub, wollen Sie wirklich wissen, wie oft ich Sie schon nach dem Mittagessen dösend am Schreibtisch vorgefunden habe?“

„Tja, mögen wir auch noch so viele gute Eigenschaften haben: Die Welt achtet vor allem auf unsere schlechten“, gab er zurück. „Wie war Weihnachten? Du arbeitest doch nicht etwa schon wieder?“

Sie erzählte ihm von den Weihnachtstagen am Meer und ihrem Gespräch mit Marcia Wehle.

„Du klingst frustriert“, stellte Alexander Bub fest.

„Sagen wir so: Ich hatte mir mehr erhofft. Und nun sitze ich hier und warte auf des Pudels Kern. Ich denke aber, dass sie es vielleicht genießt, etwas zu wissen, von dem sie weiß, dass ich es auch gern wüsste. Und diesen Augenblick zögert sie eben gern noch ein bisschen heraus. Auf jeden Fall verschweigt sie mir etwas. – Wie war deine Zeit?“, wechselte sie das Thema.

„Na ja, das Übliche. Die Schafe. Die Kinder, *O Tannenbaum*, Familienbesuche und schweres Essen. Familie ist eben Zwangsbekanntschaft, auch in der Rhön.“

Sie lachte.

„Klingt verdammt schön, dein Lachen. Hör ich leider nur zu selten.“

„Wird schon wieder“, raunte sie. Auf einmal fiel ihr der Traum wieder ein.

„Du, ich muss jetzt auflegen, muss mal für kleine Mädchen.“

„Nur keine Umstände, hätte nichts gegen eine Liveschaltung“, antwortete er und begann zu singen: „Es klappert die Mühle am rauschenden Bach, klipp-klapp, klipp-klapp ...“

„Ferkel“, raunzte sie in die Sprechmuschel und beendete die Verbindung.

Sie legte sich zurück auf das Bett und starrte an die Decke.

Ihr Vater hatte einmal gesagt, Allein-sein-müssen ist das Schwerste, Allein-sein-können das schönste, als sie ihn gefragt hatte, wie er nach dem Tod ihrer Mutter mit der Einsamkeit zurechtkam.

Der Traum hatte ihr ihre eigene Einsamkeit vor Augen geführt, er rüttelte an ihrer Kindheit, einer Kindheit, für die man zeitlebens bezahlte, auch wenn die Erinnerungen sich in Wände verwandelten und die Füße im Vergessen raschelten. Und dann spürte sie irgendwann, dass sich in all den Schatten um sie herum etwas noch Dunkleres bewegte.

Der Traum, das wusste sie, war nur der Anfang gewesen. Sie schloss die Augen und wartete auf die Dunkelheit.

Als sie am nächsten Morgen in den Hof fuhr, machte das Haus einen noch verlasseneren Eindruck als am Tag zuvor.

Sie stieg aus und ging langsam auf die Treppe zu, die zur Eingangstür führte. In der Ferne hörte sie einen Hund anschlagen. Auf ihr Klopfen hin öffnete niemand.

Als sie um das Haus herum den auf der Rückseite des Hofes liegenden Garten betrat, sah sie zuerst einen Bretterhaufen. Daneben zwei lange und schmale Kisten. Und dann sah sie den Tervueren. Die Hündin saß am Rand der beckenartigen Vertiefung, die von einem schmalen, vom Fluss abgeleiteten Kanal gespeist wurde. Ein nackter, lebloser Frauenkörper trieb rücklings auf dem Wasser.

Nein, dachte sie, nein! Sie rannte zum Wasser hinab. Der Hund betrachtete sie aufmerksam, reagierte aber nicht. Das Rauschen des Flusses hing wie eine verkehrte Melodie in der Luft, die sich abrupt auflöste und verschwand, so wie etwas, das immer da gewesen ist und das man irgendwann nicht mehr wahrnimmt, als sie plötzlich am Beckenrand stehen blieb.

„Guten Morgen", sagte Marcia Wehle, tauchte auf den Grund des Beckens und zog sich am Beckenrand empor aus dem kalten Wasser. Ihre Gestalt bestand aus weißer Haut und hervorstehenden Knochen.

Das dürre Mädchen, dachte die Kommissarin.

Marcia Wehle schlüpfte in einen Bademantel und die am Beckenrand stehenden Badeschuhe. Ihr Atem stand als blasse Rauchfahne in der Luft.

„Gehen wir", sagte sie, wobei nicht klar war, ob sie den Hund oder die Kommissarin meinte.

Nur wenige Minuten später saßen sie sich an einem großen Tisch in einem atelierartigen Raum gegenüber. Die Wehle hatte sich umgezogen. Sie trug jetzt eine Art Kittel von undefinierbarer Farbe. Zwischen sie hatte sie ein Tablett mit einer Teekanne und chinesischem Porzellan gestellt. An den Wänden hingen verfremdete Porträts und Bilder von Moorlandschaften im Abendlicht.

Anna schaltete ihr Aufnahmegerät ein. „Sie malen?"

„Manchmal", entgegnete die Wehle. Es schien, als wäre ihr unangenehm, darüber zu sprechen.

„Deshalb auch die Postkarte von Margritte. *Der sehende Gedanke* ... Der Titel scheint mir nicht ganz zufällig gewählt?"

Marcia Wehle zuckte mit den Schultern. „Ich mag die Kunst."

„Warum ist es immer Abend?", fragte die Kommissarin.

„Weil es da schöner ist. Man sieht Dinge, die man sonst nicht sieht", antwortete die Wehle und fuhr ansatzlos fort: „Gestern haben sie mich gefragt, was ich über Sylvies Schwangerschaft weiß."

Vorsichtig schenkte sie ihnen ein.

„Sie kam zu mir. War ganz blass im Gesicht und verheult. Es war nachmittags und ich hatte mich mit einem Buch ins Bett gelegt. Sie hat sich zu mir auf die Bettkante gesetzt und lange geschwiegen. ‚Ich bin schwanger‘, hat sie dann tonlos gesagt. Und das hat sie dann noch ein paar Mal wiederholt. Wir haben dann erst mal nicht geredet. Ich hab sie nur gehalten und ihr die Tränen aus dem Gesicht gewischt."

„Haben Sie Sylvie gefragt, von wem sie schwanger sein könnte?"

„Natürlich. Ich hab sie gefragt, ob Jan ... Aber da hat sie gleich den Kopf geschüttelt. Und dann habe ich Kai im Verdacht gehabt. Aber ich hab sie nicht gefragt, und sie hat dann auch nur von dem Besuch beim Arzt erzählt und der Reaktion ihrer Mutter, wenn das raus käme."

„Im wievielten Monat war sie?"

Die Wehle schenkte ihr nach. „Im dritten", sagte sie. „Wir sind dann mit den Hunden raus. Ins Moor. Da hat sie es mir dann erzählt."

„Was hat sie Ihnen erzählt?", hakte die Kommissarin nach.

Marcia Wehle schwieg.

8.
Die Hand im Moor

Fröstelnd sah Anna Lewin auf den sternenklaren Himmel.

Ohne ihre Kleidung abzulegen, warf sie sich aufs Bett. Sie löschte das Licht und schaltete die Fernbedienung der Stereoanlage ein. Das Band hatte sie schon ein Dutzend Mal gehört, aber ihre eigene Stimme und die der Wehle klang für sie jedes Mal noch fremder, noch weiter entfernt, und mit zunehmender Entfernung glaubte sie, besser hören zu können.

Sie war das Gefühl nicht losgeworden, dass die Wehle eine ihr zugedachte Rolle spielte. Dass sie nach einem Drehbuch agierte, das ihr jeden ihrer Sätze diktierte. Als Marcia Wehle sie für einen Augenblick allein gelassen hatte, war ihr ein beschriebener Block ins Auge gefallen ...

Es hatte den Anschein, als wären die in krakeliger Kinderschrift verfassten Aufzeichnungen eine Art Gesprächsnotiz oder Gedächtnisstütze. Als Datum stand aber darüber der 24. Dezember. Das konnte ein Schreibfehler sein, aber daran glaubte sie in diesem Moment nicht.

Sie konzentrierte sich. Vielleicht war ihr nur eine winzige Kleinigkeit entgangen.

„Warum schweigen Sie?"

Auf dem Hof schlug der Hund an. Im Hintergrund hörte man das leise Summen der Heizkörper und das Ticken einer Uhr.

„Es, es ist nur, dass ... Wenn man auf einmal diese ganzen Bilder da sieht und dann, dann soll ich das irgendwie in Worte fassen, das ist schwer ..."

„Was hat Sylvie Ihnen erzählt?“

Das Atmen der Wehle.

„Wir liefen an diesem Tag sehr weit ins Rote Moor. Vermutlich haben wir nicht auf den Weg geachtet; sie hat nonstop geredet. Sie hat so merkwürdig angefangen. Ob ich mir das vorstellen könnte, Kinder zu kriegen und so was. Ausgerechnet ich! Ich hatte bis dahin ja noch nie mit einem Jungen geschlafen. Sie hat noch eine ganze Weile so geredet, dann hat sie plötzlich aufgehört, weil sie dem Hund hinterher ist. Der war im Unterholz verschwunden. Und als sie zurückkam, habe ich sie direkt gefragt. Gefragt, ob sie schwanger wäre.“

Wieder das Ticken der Uhr. Das Geräusch einer Flüssigkeit, die in eine Tasse gegossen wird.

„Was hat sie geantwortet?“

„Sie hat Ja gesagt. Ein leises, tonloses Ja. Und dabei hat sie von mir weggesehen, irgendwo auf den Horizont über dem Roten Moor, aber da war ja nichts. Ich hab sie gar nicht weiter gefragt, da fing sie auf einmal zu erzählen an. Manchmal weinte sie, und dann sagte sie wieder etwas. Das war alles ziemlich zusammenhangslos, und ich hatte Mühe, mir daraus etwas zusammenzureimen. Sie sagte, dass sie im dritten Monat wäre, und die in dem Blumenladen hätten sie zum Arzt geschickt und ihr auch etwas gegeben, damit es weggeht. Das Kind, meine ich. Und sie hatte schreckliche Angst, dass ihre Mutter davon erfahren könnte, oder Jan, oder die in der Schule. Sie ist auf einmal völlig aufgelöst gewesen. So habe ich sie gar nicht gekannt.“

„Sie haben mir aber gestern erzählt, dass sie Ihnen das alles schon im Internat, auf ihrem gemeinsamen Zimmer gesagt hat. Frau Wehle, haben Sie vielleicht Schwierigkeiten mit Ihrem Gedächtnis?“

„Nein, wie kommen Sie darauf?"

„Gut, weiter. Haben Sie Sylvie gefragt, von wem das Kind ist?"

Schweigen.

„Haben Sie gefragt?"

„Zuerst nicht. Ich glaube, ich habe mich nicht getraut. Sie soll es wegmachen lassen, habe ich ihr gesagt, weil sie ja noch so jung gewesen ist. Sonst könnte sie ihren Schulabschluss vergessen. All solche Sachen habe ich gesagt. Sie hat mir nur ruhig zugehört und dabei so merkwürdig gelächelt. Da wusste ich, dass sie noch etwas anderes vor mir verborgen hält. Sie hat mir sonst immer alles erzählt."

Pause.

„Muss das Gerät da wirklich mitlaufen?"

„Ich hatte Sie gefragt, Frau Wehle. Sie hatten keine Einwände."

„Schon gut. Und dann habe ich sie gefragt, ob sie wüsste, von wem das Kind wäre. Ja, hat sie gesagt, ja, da bin ich mir sicher. Aber sie hat mir den Namen nicht genannt. Wir sind dann stehen geblieben. Die Hunde haben sich auf den Damm gelegt. Ich weiß noch, dass der Himmel in diesem Augenblick aufgerissen ist und dass das Licht überall in den Wassergräben und auf dem Gras getanzt hat und dass Sylvie den Kopf in den Nacken gelegt hat und ich auch. Wir haben eine Weile geschwiegen. Dann hat sie mir erzählt, dass sie vor einem halben Jahr jemanden kennengelernt hätte."

„Wen?"

„Das hat sie mir nicht gesagt. Sie hat ihn ja kaum beschrieben. Ich meine, wie er aussieht, was sie zusammen gemacht haben. Nur, dass sie ihn liebt."

„Kein Name, keine Anschrift, Automarke, Beruf, irgendwas?"

„Ich versuche ja, mich zu erinnern. Aber da ist nichts. Wenn ich Sylvie nicht so gut gekannt hätte, dann hätte ich geglaubt, dass sie das alles nur erfunden hat. Ich hatte das Gefühl, dass sie sich davor fürchtete, zu viel zu erzählen. So wie wenn man sich etwas bewahren will, das einem wirklich etwas bedeutet. Man spricht dann nicht darüber."

Schweigen. Seufzen. Ein Löffel schlug gegen den Porzellanrand einer Tasse.

„Gut. Dann erzählen Sie mir das, was sie Ihnen damals gesagt hat."

Das Atmen der Wehle. Oder war es ihres?

Wie deutlich man hörte, was man nicht mehr sah, dachte sie in diesem Augenblick. Ihre Erinnerungen waren wie ein Tier, das sich in ihrem Innern zusammengerollt hatte. Aber für die Wehle lag ihre Erinnerung an das damalige Geschehen noch viel weiter zurück.

Das hatte sie sich nach jedem Verhör gefragt: Wann hatten die Wörter endlich ihr wahres Gewicht? Nach vierundzwanzig Stunden? Nach dreißig Jahren?

Sie starrte auf die im Flackern ihrer müden Augenlider wechselnde Tönung der Zimmerdecke. Das Band lief weiter, während sie in einen unruhigen Halbschlaf fiel und das Zimmer um sie herum schwarz und immer schwärzer wurde.

Am frühen Morgen wachte sie auf. Das Band hatte gestoppt. Die Leuchtdiode des Telefons blinkte. Jemand hatte angerufen. *Unbekannt* zeigte das Display, das sie auf dem Weg zum Bad mit einem flüchtigen Blick bedachte.

Sie hatte noch zwanzig Minuten. Eine Dose Cola in der einen Hand, *Pierrette* in der anderen, hockte Anna Lewin im Schneidersitz auf dem Sofa.

Die alte Jungfer, die sich vor Eifersucht verzehrte, versuchte, Pierrette einzuschüchtern. Pierrette tat, was alle Menschen tun, die über ihre Kräfte leiden, sie schwieg. Schweigen ist für alle Bedrängten das einzige Mittel, sich zu behaupten; es bezwingt die grausamen Angriffe der Neider, die unmenschlichen Scharmützel der Feinde; es verleiht einen vernichtenden, vollständigen Sieg. Gibt es etwas Vollkommeneres als das Schweigen? Es ist absolut, ist es somit nicht eine Wesensart des Unendlichen? Sylvie musterte Pierrette verstohlen. Das Kind errötete, doch nicht im ganzen Gesicht, sondern die Röte verteilte sich in unterschiedlich großen Papeln ...

Das Telefon summte. *Dienststelle* zeigte das Display an.

„Ja?"

„Anna? Alexander hier. Ich war heute schon etwas früher im Büro. Und der Anruf, den ich gerade bekommen habe, dürfte auch dich sehr interessieren. Besser, du kommst gleich."

„Bin sozusagen auf dem Weg. Bis gleich."

Mit dem Telefon in der einen und dem Balzac in der anderen Hand ging sie ins Schlafzimmer. Ärgerlich registrierte sie, dass ihr heute nach gar nichts war, aber im Bademantel konnte sie schlecht zum Dienst fahren. Minuten später saß sie im Auto. In solchen Situationen war sie immer ruhig. Auch wenn Alexander Bubs Geheimniskrämerei durchaus ungewöhnlich für ihn war, verschwendete sie keinen Gedanken an das, was sie erwartete.

Bub empfing sie mit einem Lächeln.

„Das ging schnell. Gute Belohnung macht willige Arbeiter", sagte er und grinste sie an.

„Was für eine Belohnung? Davon hast du nichts gesagt", entgegnete sie. „Schieß los."

„Dieser Torfarbeiter, Tomic hieß er, hat heute Morgen ganz früh angerufen. Er hat erzählt, dass sie eine Hand gefunden haben. Direkt neben der Stelle, wo wir das Skelett aus dem Moor geholt haben. Die Hand sollten wir uns mal ansehen, meinte er. Sähe irgendwie merkwürdig aus. Ich hab gesagt, er soll da bleiben, wo er ist, wir würden sofort jemanden schicken."

Bub wandte sich zum Gehen.

„Du weißt noch, wo das ist? Ich muss zu Vaupel."

Sie ignorierte seine Frage.

„Wie lange ist der Anruf her?"

„Er hat angerufen, unmittelbar bevor ich dich aus dem Bett geholt habe. Also vielleicht 25 Minuten."

Er musterte ihren Blazer und das schwarze eng anliegende Shirt darunter.

„Du wirst dich einsauen. Unten in der Kammer hängen die Stiefel und die Friesennerze."

„Halb so wild. Wer die Dornen scheut, kommt nicht in den Busch. Ist übrigens von dir. Bin schon weg."

Sie drehte sich auf dem Absatz um und verließ das Büro.

Auf der Fahrt zum Roten Moor fiel ihr der letzte Satz der Wehle ein, als sie schon in der Tür gestanden hatte: „Das gibt es gar nicht, dass ein Mensch verschwindet, als wäre er vom Erdboden verschluckt worden." Dabei hatte ein merkwürdiges Lächeln um ihre Lippen gespielt.

Am frühen Morgen, als sich die Schatten der Dämmerung noch über den Wiesen hielten, machte das Moor einen noch einsameren Eindruck als sonst. Bereits aus der Ferne sah sie die dunkle Gestalt des ehemaligen Torfarbeiters Adrian Tomic. Er lehnte an dem Schaufelbagger und wandte ihr den Rücken zu. Kurz bevor sie ihn erreichte, drehte er sich langsam um. In seinen harten Zügen erschien so etwas wie ein Lächeln. Sie gaben sich die Hand. Sein Atem roch nach Ingwer. Er schaute an ihr vorbei in die Richtung, aus der sie gekommen war.

„Ist lang her", begrüßte er sie.

„Ja", antwortete sie, „und ich schätze mal, dass der Anlass damals der gleiche wie heute sein dürfte."

Tomic nickte.

„Dass da hat ein Kollege von mir gestern Nachmittag gefunden." Er wies auf eine *Lidl*-Einkaufstüte, die von einem der Ausleger der Maschine hing. Vorsichtig legte er sie auf einen Schlammhaufen und zog etwas heraus.

Eine braune, zierliche Hand kam zum Vorschein.

„Sieht merkwürdig aus", kommentierte Tomic. Er spie einen Bonbon aus.

„So neu. So, als könnte man noch die Fingernägel lackieren."

Die Kommissarin betrachtete die Hand aufmerksam. Was sie sah, erinnerte sie an ägyptische Mumien.

„Wieso rufen Sie erst jetzt an?"

„Weil der Kollege mir das erst heute Morgen gezeigt hat. Die Tüte lag die ganze Nacht da im Führerhaus", entgegnete Tomic mürrisch.

„Und die Fundstelle?", hakte die Kommissarin nach.

„Da, der Stab."

Tomic wies auf einen rot bewimpelten Eisenstab am Rand der Furche, die die Maschine gezogen hatte.

Sie holte die Fotos von der alten Fundstelle aus ihrer Jackentasche. Der Stab befand sich nur wenige Meter von dem damaligen Fundort des Skeletts entfernt. Das war am 16.10. gewesen.

„Wie lange arbeiten Sie in so einem Abschnitt?"

„Kommt ganz drauf an", erwiderte Tomic. „Manchmal ein paar Wochen, manchmal Monate. Die Maschine gräbt sich immer tiefer, und irgendwann kommen wir zum nächsten Graben. Bis die Torfwände abgedichtet sind. So ist das."

Er vergrub die Hände in den Taschen und sah sie abwartend an.

„Gut. Wir müssen an der Stelle weitersuchen", sagte sie.

„Gleich wird jemand kommen. Ich glaube nicht, dass sie hier heute noch weiterarbeiten können. Sagen Sie das Ihrer Firma. Und schicken Sie Ihren Kollegen, der gestern am Fundort war."

Tomic nickte.

„Und? Wissen Sie schon, ob es das Mädchen war, wie es in der Zeitung stand, oder jemand anders?"

„Nein, das wissen wir noch nicht", antwortete die Kommissarin.

„Ist schwer, wenn jemand lange hier gelegen hat, nicht?"

Tomic trat einen Schritt näher und starrte auf die Hand.

„Wissen Sie, ich denke oft daran, seit damals."

„Woran?", fragte die Kommissarin.

„Na, an die Knochen, die mir da entgegengewirbelt sind. Daran, wie sie hergekommen sind. Da gehen einem viele Sachen durch den Kopf. Und am Anfang denkt man, das passiert dir wieder. Jeden Tag denkst du daran."

„Ja. Ich weiß", sagte die Kommissarin, streifte ihre Handschuhe über und legte die Hand vorsichtig in eine Plastikfolie. Sie fror. Feuchte Kälte kroch unter ihre Haut, ganz so wie auf dem Spaziergang mit der Wehle.

Auf dem Damm tauchten zwei Gestalten auf. Die Koffer in ihren Händen ließen darauf schließen, dass es die Beamten von der Spurensicherung waren. Die Kommissarin wartete schweigend, bis sie den Schaufelbagger erreicht hatten. Sie zeigte ihnen die Fundstelle. Tomic wartete auf sie. Schweigend gingen sie in Richtung der Straße.

„Macht Ihnen das Spaß, all diese Toten?", fragte Tomic unvermittelt, vielleicht auch nur, um das Schweigen zu beenden.

„Ich mache meinen Beruf gern", erwiderte die Kommissarin. "Und seien Sie unbesorgt: Wir finden nicht jeden Tag

Leichen. Es geht nur darum, der Wahrheit zu ihrem Recht zu verhelfen. Das ist alles."

„Hm", machte Tomic. „Die Wahrheit hat ein schönes Gesicht, aber zerrissene Kleider. Das war das Motto meines Vaters. Ich weiß nicht, was das ist, die Wahrheit, aber danach zu suchen, stelle ich mir schwer vor, vor allem, wenn so verdammt viel Zeit vergangen ist."

Sie hatten die kleine Holzbrücke erreicht, die über den Bach zum Zufahrtsweg führte.

„Die Zeit ist nicht immer das Problem. Die Wahrheit wird nur zu oft verdunkelt, aber sie erlischt nie. Wenn Sie daran glauben, reicht das manchmal schon", sagte die Kommissarin.

„Und die Hand? Glauben Sie, die gehört zu dem Mädchen?", fragte Tomic.

„Der Fundort lässt darauf schließen. Mehr kann ich Ihnen wirklich nicht sagen."

Sie öffnete die Wagentür und nickte ihm kurz zu. Tomic ging in den angrenzenden Wald. Ohne in den Wagen zu steigen, sah sie ihm nach, wie seine Gestalt zwischen den kahlen Bäumen verschwand.

Seine Bemerkung über die lackierten Fingernägel ging ihr durch den Kopf.

Es war nur eine Eingebung, der sie folgte, als sie im Büro die Telefonnummer des Landesamtes für Denkmalpflege in Wiesbaden heraussuchte. Sie zögerte einen kurzen Augenblick, dann ließ sie sich mit dem Landesarchäologen verbinden.

„Simon Bisterbosch", meldete sich die Stimme eines Mannes.

„Kripo Fulda, Lewin am Apparat. Wir haben hier eine Hand. Die hat ein Torfarbeiter gestern im Roten Moor in der Hessischen Rhön gefunden. Die Fundstelle lag direkt neben einer Stelle, wo wir im Oktober letzten Jahres bereits ein Skelett im Moor gefunden haben. Bislang sind wir von einem Mordfall ausgegangen."

Sie machte eine kurze Pause. „Die Sache ist nur die, dass diese Hand ... Nun, sie erinnert mich irgendwie an ägyptische Mumien."

„Verstehe. Wir könnten heute Mittag bei Ihnen sein. Geben Sie mir die Adresse."

Nebenan saßen Alexander Bub und Imogen Hutter an ihren Schreibtischen. Die Kommissarin legte den Plastikbeutel mit der Hand wortlos auf den Besprechungstisch in der Mitte. Vorsichtig wickelte sie die Folie auf und legte die Hand auf den Tisch.

„Unglaublich", sagte Imogen Hutter.

Alexander Bub schwieg lange. Dann sprach er aus, was die Kommissarin dachte.

„Ich denke, dass wir jetzt kein Opfer und keinen Mörder mehr suchen, wenn diese Hand wirklich zum Skelett gehört. Wir sollten einfach nur herausfinden, wie lange diese Hand schon im Moor gelegen hat."

Schräg schimmerte der Tag durch die Fenster. Als Bub beiseite trat, fiel das Licht auf die Hand. Ein Echo von Röte zerstreute sich über dem braunen Handrücken.

Nur zwei Stunden nach dem Anruf saßen der Landesarchäologe Bisterbosch und sein Kollege, der Paläoökologe Rüdiger Damek, im Besprechungsraum der Fuldaer Kripo.

„Unglaublich", sagte Bisterbosch.

Seine Hände zeichneten die Umrisse der Hand in der Luft nach. Er lachte.

„Schätze, die ist mindestens 2000 Jahre alt. Haben Sie Fotos von der Fundstelle?"

Die Kommissarin nickte. Sie gingen zu der Stellwand in ihrem Büro. Kommissar Bub erläuterte den beiden den Fall.

„Hm. Die Hand dürfte aber nicht älter als 3000 Jahre sein", sagte Damek nach eingehender Betrachtung der Fotos vom Fundort.

„Das können Sie an den Torfschichten sehen. Natürlich brauchen wir dann noch die Skelettteile. Sie sagten doch, dass die Hände bei dem Skelett fehlten?"

Die Kommissarin nickte.

„Und wie können Sie da ganz sicher gehen, mit dem Alter, meine ich?", fragte die Kommissarin.

„Radiokarbondatierung", erwiderte Bisterbosch. „Damit können Sie die Liegezeit eines Toten zweifelsfrei bestimmen."

Die Kommissarin und Bub wechselten einen raschen Blick.

„Wir rufen Sie an", verabschiedete sich Damek. Bisterbosch stand vor der Wand und sah auf die Zeichnungen und Fotos.

„Diese Hand", sagte er langsam, „das bedeutet doch für Sie und Ihre Kollegen, dass sie die ganze Zeit einer falschen Fährte nachgegangen sind. Dass Sie gar kein Mordopfer aus dem Moor geborgen haben. Dass dieser Fundort gar kein Tatort war."

Die Kommissarin antwortete nicht. Er sah sie an. Er kniff seine graubraunen Augen abwechselnd zusammen oder riss sie weit auf. Manchmal blickten sie wie von verhaltenem Zorn, und dann wieder schienen sie müder und dunkler zu werden und tiefer in die Höhlen einzusinken, während er sprach.

„Wussten Sie, dass die Moore das Geschichtsbuch der Erde sind?"

„Und dann sind Sie so etwas wie die Detektive der Archäologie?", fragte sie ihn lächelnd.

„Schön gesagt. Nur dass wir mit Mikroskop, Pinsel und Isotopenanalyse bewaffnet sind. Immer auf den Spuren der Vergangenheit. 400 Millionen Jahre sind eine Menge Zeit", antwortete er.

„Und damit sind die Moore die ältesten belebten Landschaften der Erde", platzte Imogen Hutter hinein.

„Oh, wir haben aber gut aufgepasst in der Schule", bemerkte Bisterbosch und grinste spöttisch. Sein schmales, hageres Gesicht mit dem energischen Kinn und den dunklen, nur an den Schläfen leicht angegrauten Haaren ließ keine Regung erkennen. Nur seine Augen verrieten, was in ihm vorging.

„Simon, kommst du?", rief ihn sein Kollege Damek.

„Hier ist meine Karte. Die Radiokarbondatierung dürfte in ein paar Tagen vorliegen."

Er deutete eine Verbeugung an und verließ das Büro.

„Der Mann hat Stil. Und er sieht gut aus", bemerkte die Hutter.

„Imogen, würden Sie uns bitte einen Moment allein lassen?", bat sie Alexander Bub, der in das Büro getreten war. Die Kommissarin spürte Bubs Hand auf ihrer Schulter.

„Ich weiß, wie du dich fühlen musst", sagte er leise.

„Verdammt, Sander, die Radiokarbondatierung hätte 580 Euro gekostet. Du warst derjenige, der das abgelehnt hat." Sie verschwieg ihm den Brief der Rechtsmedizin.

„Vaupel fährt den Sparkurs, das weißt du doch, Anna ..."

„Scheiß auf den Sparkurs. Wir hätten uns die ganze Arbeit erspart!"

Sie schlug sich mit der Hand an die Stirn.

„Himmel, jeder Vollidiot weiß, dass man einer Moorleiche nicht ansieht, ob sie 20, 200 oder 2000 Jahre da gelegen hat."

„Hör auf, dir Vorwürfe zu machen. Es passte eben alles so gut zu einem Kriminalfall, das war doch für uns alle klar. Ein Fundort im Moor ist immer verführerisch", versuchte Kommissar Bub sie zu beschwichtigen.

„Ich wusste es sofort, als ich die Hand gesehen habe. Scheiße, ich hab es gewusst", sagte sie.

Bub seufzte.

„Dir ist hoffentlich klar, dass du deine Extratouren einstellen musst. Ich hab das bisher gedeckt, aber jetzt ... Du kannst die Vermisstenakte Sylvie Claasen wieder schließen. Du musst sie sogar wieder schließen. Und hör auf, dir Vorwürfe zu machen. Es war den Versuch wert, Anna."

Es war den Versuch wert ... Sie stieß sich ab. Das Boot tauchte in die kühlen Wellen. In der Mitte des Rothsees warf sie die Angel aus. Die Abendsonne legte ihr rotes Licht auf die Strömung. Licht, das zwischen ihren Fingern brach, wenn sie sich bewegte oder ein Fisch den Köder entdeckt hatte. Sie schloss die Augen, bereit, an gar nichts zu denken, durch das Schweigen auf diesem See zu gehen, und doch sah sie immer nur die Hand auf dem Tisch, während sie spürte, dass sie sich mit jedem Schluck mehr aus der Wodkaflasche wie ein betrunkener Engel in alle Himmelsrichtungen drehte. Die Wolken, die wie eingerissene Flügel am Himmel standen, waren unerreichbar weit fort, genau wie die Möglichkeit, das Verschwinden Sylvie Claasens jemals aufzuklären. Nach einer Stunde und drei oder vier Schleien, die sie in hohem Bogen wieder ins Wasser geworfen hatte, brach sie die Angeltour ab.

Das Atmen der Wehle. Oder war es ihres?

Sie lag im Bett, eine Flasche Wodka an die Brust gepresst und ließ das Band laufen. Ihr war aufgefallen, dass sie fast immer an der gleichen Stelle die Konzentration verlor, ja, fast eine Art Bewusstseinstrübung erlitt, sodass sie die Aufnahme jetzt erst in der Mitte zu starten begann.

Im Schlafzimmer war es dunkel. Nur die Leuchtdioden der Anlage sendeten ein schwaches Schimmern aus.

„Schießen Sie los", hörte sie ihre eigene Stimme.

„Auf diesem Spaziergang im Moor, da hat Sylvie mir erzählt, dass sie so vor einem halben Jahr im *Blue Shell* jemand angesprochen hat. Nicht so dumm wie sonst, der ist wirklich an ihr interessiert gewesen, an dem, was man nicht sehen kann, hat sie gesagt."

„Hat sie irgendetwas über sein Aussehen gesagt?"

„Nein, nur dass er gut aussah. Und dass er älter war. Ja, das hat sie gesagt. ‚Er ist schon älter' oder so etwas in der Richtung. Und dass er gut roch, nach einem bestimmten Parfum."

„Was für ein Parfüm? Hat sie einen Namen erwähnt?"

„Ich erinnere mich nicht. Sie hat dann erzählt, dass sie sich öfter getroffen haben, in Fulda. Er hatte da eine Wohnung, aber es war gar nicht seine richtige Wohnung. Nur so eine Art Büro, hat sie gesagt. Da war viel Kunst. Er hat Bilder gesammelt, und das hat Sylvie begeistert. Sie hat ja selbst viel gemalt."

„Das wusste ich nicht. Die Mutter hat davon nichts erwähnt. Wo hat sie das gelernt?"

„Bei so einem Typen, mit dem sie was hatte. Der hatte ne Metallwerkstatt. Zwei Bilder hat sie mir geschenkt. Die hängen oben im Schlafzimmer."

„Ich würde die Bilder nachher gern sehen."

Motorengeräusche. Der Hund schlug an.

„Die Post", sagte die Wehle.

„Versuchen Sie, sich zu erinnern. Sie hat doch bestimmt öfter von diesem Mann erzählt bis zu ihrem Verschwinden."

„Sie ist niemand gewesen, der viel erzählt hat. Ich hab das nur an ihrem Gesicht gesehen, wenn sie etwas bedrückt hat oder wenn sie glücklich gewesen ist. Aber ich persönlich glaube, dass ihre Schwangerschaft mit diesem Mann zu tun gehabt hat. Sie hat immer gelächelt, wenn ich sie darauf angesprochen habe."

Schweigen.

„Ach, da fällt mir ein, sie erwähnte mal ein Auto. Einen großen Alfa Romeo. Ja, das erwähnte sie, weil Jan sie in diesem Auto gesehen hatte und sie ihm damals irgendetwas erzählt hat, weswegen sie mich um Rat gefragt hat."

„Einen großen Alfa ... Was glauben Sie, wie oft sie sich getroffen haben?"

„Schwer zu sagen. Sie hat das ja nur so im Vorübergehen gesagt oder wenn wir abends im Waschraum gewesen sind oder kurz vor dem Einschlafen. ‚Ich hab ihn getroffen', oder: ‚Wir waren heute zusammen.' Mehr nicht. Einmal in der Woche haben sie sich auf jeden Fall getroffen, vielleicht häufiger, ich weiß es nicht."

„Und kurz vor ihrem Verschwinden? War sie irgendwie verändert oder ist Ihnen etwas Ungewöhnliches aufgefallen?"

„Nein, da war nichts. Absolut nichts. Sie schien mir glücklich. Das ist sie vorher nicht gewesen. Und das hat mich für sie gefreut. Da hab ich ihr nicht viele Fragen gestellt. Am Anfang, als sie verschwunden ist, da habe ich diesen Mann suchen wollen, aber dann ist mir klar geworden, dass ich ja nichts über ihn gewusst habe. Wenn ein Mensch so einfach verschwindet, das ist schwer zu verstehen. Als hätte die Zeit ein Loch. Es erschien mir sinnlos, irgendwo zu suchen."

Rauschen. Dann knackte es und das Band verstummte.

Sie starrte in die Dunkelheit.

In diesem Augenblick war sie sich nicht mehr sicher, ob die Wehle ihr wirklich alles erzählt hatte. Aber was ergab es für einen Sinn, wenn sie ihr etwas verschwieg?

Nachdem sie das Aufnahmegerät gestoppt hatte, hatte sie noch eine halbe Stunde mit der Wehle am Tisch gesessen. Die Kommissarin war in Gedanken ein wiederholtes Mal den letzten Tag Sylvies durchgegangen. Über den Tag davor wussten sie nicht viel. Sie hatte die Wehle gefragt, ob es möglicherweise auch an diesem Tag ein Treffen mit dem unbekannten Mann gegeben hätte. Aber die Wehle hatte das verneint. An diesem Tag wären sie beide den ganzen Tag im Internat gewesen. Und am Tag zuvor mit den Hunden im Moor. Je weiter die Kommissarin mit ihren Fragen vom Tag des Verschwindens an zurückging, desto deutlicher wurde, dass Sylvie den Unbekannten offenbar vor ihrem Verschwinden längere Zeit nicht gesehen hatte. Auch Marcia Wehle schien das in diesem Augenblick klar geworden zu sein.

Während ihre Augen irgendeinen Anhaltspunkt in der undurchdringlichen Finsternis um sie herum suchten, wusste sie, dass der Fund der Hand im Moor einen endgültigen Wendepunkt in der Vermisstensache Sylvie Claasen bedeutete. Vaupel hatte bereits am Nachmittag mit ihr gesprochen. Danach hatte sie die Fotos, Karten und Zeichnungen von der Stellwand in ihrem Büro genommen, sie in einen Karton gepackt und die Wand in ihrem Wohnzimmer zur Pinnwand umfunktioniert. In der Mitte hatte sie die Bilder von Sylvie befestigt, die die Wehle ihr für die Ermittlungen überlassen hatte. Irgendwie würde es weitergehen. Sie wusste nur noch nicht, wie.

Drei Tage später rief Bisterbosch an.

„Frau Lewin? Den Titel lasse ich weg, wenn Sie einverstanden sind."

Er räusperte sich.

„Was?"

„Nun, die Radiokarbondatierung hat Folgendes zweifelsfrei ergeben: Die Hand, die der Arbeiter Ihnen da gebracht hat, gehört zu der Leiche der jungen Frau aus dem Moor. Und diese Frau dürfte so irgendwann zwischen 746 und

515 vor unserer Zeit ins Moor geraten sein, wie auch immer. Vorrömische Eisenzeit, um genau zu sein. Sind Sie noch da?"

„Ja, ja sicher."

„Nebenbei bemerkt, handelt es sich damit um die älteste aller hier datierten Moorleichen, die jemals in Hessen gefunden worden sind. Mit dem Alter lagen Sie übrigens ziemlich gut: Sie dürfte zwischen 17 und 20 Jahre alt gewesen sein. Leider sind die Knochen und Hautteile inzwischen ziemlich geschrumpft, weil ihnen Trockenheit und Kühle nicht sonderlich gut bekommen. Also genau das Klima in den Asservatenkammern. Tja, unsere Aufgabe wird es nun sein, die ganzen Skelettteile wieder zusammenzuführen."

„Und dann?"

„Nun, dieser Fund dürfte ziemlichen Wirbel verursachen. Ist immerhin der einzige erhaltene menschliche Körper aus der frühen Eisenzeit, den man jemals in Europa diesseits der Alpen entdeckt hat."

„So?"

„Hm, ich kann verstehen, dass Sie das nicht sonderlich begeistert, wenn aus einem Mordfall eine archäologische Sensation wird. Vielleicht kann ich Sie als Entschädigung ja mal ins Institut einladen, dass Sie mal sehen, wie wir das prähistorische Wunder wieder zusammenflicken."

„Danke, nichts lieber als das", erwiderte die Kommissarin und warf das Telefon auf die Tischplatte.

Sylvie, dachte sie. *Sie sollten das Mädchen aus dem Roten Moor Sylvie nennen.*

9
12 Tage

Tag für Tag versuchte sie, sich willentlich und ohne Umschweife auf alles zu konzentrieren, was mit dem Verschwinden Sylvie Claasens zusammenhing. Ein Wort, ein Datum, eine Geste, ein Ort, ein Gesicht. Es gab Dinge, auf die sie sich dann besonders konzentrierte, eine Art Spur, manchmal ein Jahr, ein bestimmter Tag, ein Ort oder ein Gefühl, denen sie als Orientierungshilfe durch die Windungen ihres Gedächtnisses folgte. Niemals beharren, lautete eine der Grundregeln. Sie überließ sich dieser Spur und dem Gang der Ereignisse. Manchmal, wenn sie es am wenigsten erwartete, tauchte irgendwo das Bruchstück eines Vorstellungsbildes auf, ein Laut, ein flüchtiges Bild, ein Geruch. Sie hatte dann das Gefühl, der Fall setzte sich neu in ihrer Erinnerung zusammen, weil alles, was sie bisher zusammengetragen hatten, aus Bruchstücken bestand. Es konnte geschehen, dass ihr auf solchen Reisen Erinnerungen schlagartig und vollständig ins Bewusstsein traten, aber auch, dass sie die Bilder, die sie sah, öffnen, entwickeln musste, wie eine Entdeckung, die man mühsam aus den verstaubten Winkeln eines Dachbodens zog.

Der durchdringende Vibrationsalarm ihres Mobiltelefons zerriss die Stille. Sie nahm den Anruf entgegen, während sie sich auf die Straße zu konzentrieren versuchte.

„Hey, Pierette, wo steckst du? Ich hab schon seit einer Ewigkeit nichts mehr von dir gehört. Zu Hause läuft immer nur dein AB. Muss man sich Sorgen um dich machen?“

„Ulrike. Schön. Ja, du hast ja recht.“ Sie zögerte einen Augenblick. „Ich bin viel unterwegs.“

„Immer noch die Geschichte mit dem verschwundenen Mädchen?"

„Ja und nein." Sie erzählte ihr alles.

Ulrike schwieg.

„Bist du sicher, dass du weitermachen willst?"

„Ich habe keine Wahl, Ulrike. Weißt du, ich hab zu oft in meinem Leben Dinge nicht zu Ende bringen können. Weil ich geglaubt habe, es müsste eben so sein. ‚Schicksal ist alles!' und solche Sprüche. Und jetzt hab ich einfach das verdammte Gefühl, ganz nah dran zu sein."

„Man könnte aber das Gegenteil annehmen", sagte ihre Freundin.

„Eben. Die Geschichte ist für alle zu Ende. Aber ich glaube, dass sie gerade erst beginnt."

„Was macht dich da so sicher?"

Sie erzählte ihr von dem Besuch bei der Wehle.

„Das ist eine wirkliche Spur. Selbst nach 27 Jahren. Nur dass das jetzt niemanden mehr interessiert, weil die Leiche dazu fehlt", schloss sie ihre Erzählung.

„Möglich. Es könnte aber auch sein, dass du dich irrst", bemerkte Ulrike nachdenklich.

„Aber ich denke gerade an das, was du mir Weihnachten in Holland erzählt hast. Du hast manchmal von dem Leben dieses Mädchens gesprochen, als wäre es deins. Wie sie als Anhalterin zwischen diesen ganzen Orten hin und hergependelt ist. Das *Blue Shell*. Diese Träume von der großen Welt. Die Musik. Dass dir auf einmal alles möglich erscheint, wenn du nur ein paar Schiffe auf dem Fluss vorüberziehen siehst. Diese ganze Leichtigkeit des Seins, die dir später nur noch wie eine große Lüge erscheint. He, Anna, denk mal nach: Wir waren doch nicht anders. Wir wollten irgendwann auch einfach nur fort."

„Zu einfach. Das ist zu einfach", antwortete sie bestimmt.

„Vielleicht mischt das Schicksal die Karten, aber wir sind es, die spielen. Das habe ich in diesem Job begriffen. Und ich weiß selbst, dass mein Einsatz hoch ist. Ich …“

„Was ist? Anna?“

„Pst! Ruhig! Hörst du das?“, flüsterte sie in das Telefon.

„Nein. Nein, ich höre nichts. Wo bist du? Was …“

„Ich bin im Auto. Ich muss auflegen. Ich ruf dich zurück.“

Sie blendete die Scheinwerfer auf. Das Licht schlug Narben ins Unterholz, irgendwo zwischen den Stämmen des Waldes löste es sich auf zu flimmerndem Staub und verschwand wie in einem ruhelosen Traum. Sie blickte wieder auf den See. Genau hier hatte sich Sylvie mit dem Unbekannten getroffen oder vielmehr waren sie hier hinaus gefahren. Das gehörte zu den wenigen Details, die sie ihrer Freundin Marcia erzählt hatte. Auch von den merkwürdigen Lauten, die sie mit den Märchenerzählungen aus ihrer Kindheit in Verbindung gebracht hatte. Auch die Kommissarin erinnerte sich an solche Geschichten. Die Bücher, aus denen sie stammten, standen in Kartons verpackt in ihrem Keller. Nach dem Tod ihrer Mutter vor drei Jahren hatte ihr Vater ihr die Bücher geschenkt.

„Du wirst sie einmal selbst brauchen“, hatte er gesagt und dabei gelächelt. Sie verscheuchte diese Gedanken, es war nichts, was sie der Lösung des Rätsels um Sylvies Verschwinden näher brachte, ebenso wenig wie diese Abende am See. Das unbestimmte Gefühl, dass ihr jemand seit geraumer Zeit folgte, konnte sie jedoch nicht loswerden.

Am Tag darauf, dem 25. Februar, hatte sich der Himmel wie ein geborstener Spiegel über das Rote Moor gelegt. Die Linien und Geraden der Wege schienen in alle Himmelsrichtungen zu verlaufen. Die Kommissarin machte Fotos. Sie hielt das Objektiv auf die bleichen, gesprungenen Flächen der

Moorränder und die dunkelbraune, aufgerissene Erde unter einem Streifen Himmelsblau.

Sie hatte Tomic nicht auftauchen sehen. Er stand ganz plötzlich neben ihr, als hätte er schon immer dort gestanden.

„Sie erschrecken gar nicht?"

„Um Ihnen einen Gefallen zu tun?", antwortete sie.

„Sie gehören auch zu denen, die keine Angst kennen. ‚Schau der Furcht nur in die Augen, und sie wird zwinkern!' ist schon immer meine Devise gewesen", sagte Tomic.

„Und was machen Sie am Sonntag hier, furchtloser Mann?", fragte sie ihn.

„Man könnte Sie das Gleiche fragen. Aber gut."

Er nahm eine Pfeife zwischen die Lippen. Ein hoher, durchdringender Ton fiel in den Wind.

„Meine Hunde. Ich gehe immer sonntags hier mit ihnen spazieren."

Sie verstaute die Kamera in ihrer Tasche und sah zum Waldrand hinüber. Zwei Labradore liefen durch den Karpatenbirkenwald auf sie zu.

„Ganz schöner Wirbel das, mit der Moorleiche, meine ich. Aber wir können das hier brauchen."

„Wie meinen Sie das?", fragte sie zurück.

„Die Kassen leer, 8 % Arbeitslosigkeit. Und da sind wir ganz schön froh, dass diese Geschichte jetzt überall im Fernsehen und im Radio ist. Sogar die Zeitungen im Ausland berichten darüber. Wussten Sie, dass die Moorleiche nächste Woche sogar hierher zurückkommt, sozusagen an ihr eigenes Grab? Diesmal aber im klimatisierten Sarg bei 18 °C und 50 % Luftfeuchtigkeit."

„Schön", bemerkte die Kommissarin. „Und was soll das bringen?"

„Der Bürgermeister von Gersfeld hat schon eine geniale Idee: Man könnte eine Moorbahn für die Touristen bauen, einen Eventpark zum Thema Moor, und man könnte zeigen, wie man hier früher den Torf abgebaut hat, und irgendwann vielleicht sogar die Moorleiche ausstellen. Vielleicht kriegen wir Fördermittel. Auf jeden Fall bringt das Besucher."

„Möglich. Es ändert aber nichts an den Problemen. Außerdem haben Sie hier doch schon ein Infozentrum und jede Menge Wanderwege", entgegnete die Kommissarin und wandte sich zum Gehen. Tomic blieb an ihrer Seite.

„Doch, tut es. Ich will Ihnen mal was sagen: Früher sind die Bauern hier noch mit Torfspaten, Haumessern und Stechern ins Moor gezogen. Und das alles nur, um Brennmaterial zu gewinnen. Aber heute, wo wir die Felder für irgendwelche Renaturierungsmaßnahmen wieder in den alten Zustand versetzen, da geht es uns eigentlich schlechter. Und da können wir verdammt froh sein, wenn uns so was hier passiert", ereiferte sich Tomic.

Sie liefen auf dem Hauptweg. Die Hunde trotteten hinterher. Spärlich schien das Licht durch die Wolkendecke. Die leisen Rufe des Wintergoldhähnchens begleiteten sie.

„Schon gut. Ich gönn Ihnen den Spaß ja. Ist ja auch ein Stück Ihrer Geschichte. Aber wir gucken eben nicht so weit in die Vergangenheit. Dafür sind andere zuständig", sagte sie und musste in diesem Augenblick an Bisterbosch denken.

Tomic leinte die Hunde an und verschwand nach einem grußlosen Nicken in Richtung der Bundesstraße. Er hielt sie gewiss für arrogant, dachte die Kommissarin, während sie ihm nachsah und versuchte, dieses Bild von den anderen Bildern, die sie von dem langsam verschwindenden Mann hatte, zu trennen, aber es gelang ihr nicht, so, als wäre dieses Bild ein stetig wiederkehrendes, für das sie keine andere Erinnerung hatte.

Alexander Bub sah und spürte ihre Müdigkeit. Als sie Montagmorgen ihr Büro betrat, wartete er bereits auf sie. Sein voluminöser Oberkörper beugte sich leicht vor, als er sie zur Tür hereinkommen sah.

„He, Dicker, was liegt an?", begrüßte sie ihn.

„Sexualdelikt. Gestern Abend. Die Kollegen haben aber schon aufgenommen. Nur das Opfer war nicht vernehmungsfähig. Wir fahren gleich ins Krankenhaus. Aber das kann warten", wechselte er den Tonfall.

„Was gibt's denn? Du schaust so sorgenvoll", sagte sie und setzte sich neben ihn auf den Schreibtisch. „Wenn uns so jemand sehen würde. Wie zwei Pennäler nach dem ersten Liebeskummer ..."

„Ich mach mir Sorgen um dich, Marianne", sagte Bub.

„Lieb von dir. Aber ich pass schon gut auf mich selbst auf. Außerdem haben wir Neumond. Da schlaf ich immer schlecht."

„Das mein ich nicht, Anna. Ich will mit dir über den Fall reden. Über die Vermisstensache Sylvie Claasen, die es eigentlich gar nicht mehr gibt, womit ich sagen will, dass in dieser Sache eigentlich nicht mehr ermittelt wird. Und dann ist da dieser Brief vom Institut, den du einfach unterschlagen hast." Er wedelte mit einem Umschlag vor ihrem Gesicht.

„Aber du machst einfach weiter, immer weiter, als wäre nichts geschehen. Und verdammt, Mädchen: Man sieht es dir an."

„So?"

„Pro domo. Komm, ich kenn da ein nettes kleines Café auf dem Weg zur Klinik", sagte Bub und nahm sie beim Arm.

Eine Viertelstunde später saßen sie sich in einer schäbigen Imbissbude in einer Art Wintergarten auf fleckigen Korbstühlen gegenüber. Der sogenannte Wintergarten bestand aus Zimmerpflanzen, deren schlimmste Leidenszeit offenbar bald vorüber sein musste, sowie einer Ansammlung nicht näher identifizierbarer ausrangierter Gartenmöbel, die wohl schon eine längere Probezeit im Freien überstanden hatten. Zwischen ihnen standen zwei Pappbecher Kaffee und ein Teller fettiger Donuts.

„Nettes kleines Café“, sagte sie sarkastisch.

„Jedes Schreckbild verschwindet, wenn man es nur fest ins Auge fasst“, entgegnete er mit einem Blick auf den Donutsteller. „Greif doch zu“, lud er sie ein.

„Danke. Und mach nicht so 'ne Show. Sag mir, was du mir zu sagen hast“, forderte sie ihn auf.

„Die entscheidende Frage ist doch“, begann er zwischen einem kräftigen Bissen in den Donut und einem Schluck Kaffee, „wie man einen möglichen Mörder entdecken soll, wenn das Opfer unauffindbar ist. Lange Zeit hatten wir ein Opfer, jetzt haben wir keines mehr. Eine weitere Frage ist, wie soll man eine Spur wieder aufnehmen, wenn unsere lieben Kollegen vor 27 Jahren offensichtlich nicht ganz sauber ermittelt haben. Zu viele Schlüssel, die unbeachtet blieben. Zu viele Leute, die man nicht befragt hat. Hast du das Hammerschmidt eigentlich mal unter seine Kartoffelnase gerieben?“

Sie schüttelte den Kopf.

„Schade. Hättest du mal machen sollen. Alles, was wir jetzt neu ermittelt haben, hat uns der Zufall beschert. Ich schätze kein Spiel, in dem nur der Zufall regiert“, fuhr er fort. „Wir haben also kein Opfer und keinen Mörder. Damit kommt zwangsläufig eine dritte Frage ins Spiel: Ist Sylvie Claasen noch hier oder hat sie sich irgendwo abgesetzt?“

„Sie ist hier. Sie ist niemals freiwillig fortgegangen. Und wenn sie irgendwo im Moor oder in einem Waldstück liegt: Sie ist hier“, sagte die Kommissarin mit Nachdruck.

„Nehmen wir an, du hast recht. Nehmen wir an, es liegt ein Tötungsdelikt vor", sagte Bub.

„Alles in Ordnung bei den Herrschaften?", ließ sich ein rundlicher Mittvierziger mit fettigen langen Haaren im Gastraum sehen.

„Alles bestens, Rico", streckte ihm der Kommissar seinen Pappbecher entgegen.

„Kaffee kommt sofort!", verabschiedete sich der Wirt.

„Und wenn ein Tötungsdelikt vorliegen sollte", fuhr Bub fort, „dann ist alles möglich. Und genau das haben wir ja auch bedacht. Jeder der damals befragten Zeugen kommt als Täter in Betracht. Wäre ja immerhin auch denkbar, dass einer von denen als Mitwisser gern sein Gewissen erleichtert und ausgepackt hätte. Ist aber leider nicht passiert. Und so tasten wir uns immer weiter im Nebel vor. Nur leider ohne Wegmarken. Und dann kommt wieder der Zufall: Das potentielle Mordopfer entpuppt sich als 2650 Jahre alte Moorleiche. Zufällig im gleichen Alter wie unser verschwundenes Opfer. Zufällig in dem Kreis, in dem unser Opfer zuletzt gesehen worden ist. Was mir in den letzten Tagen immer wieder durch meinen verkannten Philosophenschädel ging: Auch das Zufälligste ist nur ein auf entfernterem Wege herangekommenes Notwendiges", sagte er langsam. „Eine philosophische Überlegung, die dir in die Karten spielen dürfte?"

„Es geht nicht darum, ob mir etwas in die Karten spielt oder nicht", erwiderte die Kommissarin.

„Der Kaffee, mein Herr." Ein fleckiger Pappbecher, aus dem eine schwarze Flüssigkeit schwappte, wurde auf den Campingtisch gestellt.

„Ah, der Kaffee", seufzte Bub. „Kaffee muss heiß wie die Hölle, schwarz wie der Teufel, rein wie ein Engel und süß wie die Liebe sein", sagte er, während er den Zuckerspender über den Becher hielt.

„Himmel, Sander, kannst du einmal bei der Sache bleiben?", fuhr sie ihn an.

„Was die Notwendigkeit angeht", redete sie ruhiger weiter, „da hast du recht. Ich war im ersten Augenblick schockiert, aber dann dachte ich: Verdammt, es muss so sein, warum auch immer, und nur so entwickelst du so eine Art Vertrauen, auf deinem Weg immer weiter zu gehen. Scheiße, Sander, das ist mein Fall, und es wird meiner bleiben."

„Schon gut, Kleine. Ich war aber noch nicht fertig. Die Frage, die du dir trotzdem stellen solltest: Hast du bei dieser Suche überhaupt eine zweite Chance? Wem bringen diese Ermittlungen überhaupt etwas?"

„Ermittlungen werden erst dann eingestellt, wenn so viel Zeit vergangen ist, dass ein möglicher Täter nicht mehr leben kann", unterbrach sie ihn brüsk.

„Lehrbuchweisheiten. Du hast vergessen, dass sie bereits eingestellt wurden."

„Sie haben nur geruht. Und was die zweite Chance betrifft: Marcia Wehle."

„Haarspalterei", ließ Bub sich nicht beirren. „Aber zugegeben: Möglicherweise soll uns diese Geschichte im Moor ja etwas sagen. Und du hast deine Antwort darauf gefunden. Aber von der Wehle als Zeugin halte ich nicht viel.

Also, zusammengefasst: Das alles sieht verdammt noch mal aus wie ein Egotrip. Du hast keine Schuld am Verschwinden deines Kindes. Aber du benimmst dich grade so, wenn du weißt, was ich meine. Die aktuellen Ermittlungen haben Vorrang, ganz egal, ob es sich um Brandstiftung oder Sexualdelikte handelt."

Er sah auf die Uhr.

„Und dabei ist es nicht sehr hilfreich, eine völlig ausgepowerte, unausgeschlafene, unzufriedene Kollegin an der

Seite zu haben, die mit ihren Gedanken ganz woanders ist, Anna."

Sie nickte langsam und schob den Pappbecher zur Seite.

„Wenn du eine Auszeit brauchst, dann sag es."

„Okay, Alexander. Gib mir noch 14 Tage. Wenn ich danach nicht einen entscheidenden Schritt vorangekommen bin, bin ich zurück im Team. Nicht nur physisch, meine ich", bot sie ihm an.

„14 Tage und keine Stunde mehr. Die nächsten beiden Tage nehme ich die Hutter unter meine Fittiche. Es reicht mir, wenn du den Bürokram machst, dann hast du etwas Luft. Halt mich auf dem Laufenden, was die Ermittlungen angeht. Suchst du immer noch nach diesem Typen?"

„Er ist meine einzige Spur, meine einzige Verbindung zu ihrem Verschwinden. Und dann sind da noch die Bilder von Sylvie. Ich zeige sie morgen meiner Freundin. Die ist Kunsthistorikerin. Und Kunsttherapeutin", antwortete sie.

„Was ist mit dem Auto, von dem du erzählt hast?"

„1979 waren 84 Fahrzeuge dieser Marke im Kreis gemeldet. Und wer sagt, dass er überhaupt aus dem Kreis stammte. Außerdem war sich die Wehle bei der Farbe nicht sicher."

„Nimm dir die Hutter übers Wochenende. Sie soll die Fummelarbeit machen. Wird Zeit, sie mal an die Wochenenddienste zu gewöhnen. Und sag ihr, sie soll die Klappe halten", sagte Bub und stand auf.

„Danke", sagte die Kommissarin.

Als sie im Auto saßen und auf der Autobahn Richtung Klinikum fuhren, sagte Bub, ohne sie anzusehen, als spräche er mit sich selbst, dass es nicht gut wäre, so viel wie sie allein zu sein, und dass das ja auch ein Grund wäre, warum sie ihre ganze freie Zeit für einen Fall opfere.

„Es ist an der Zeit, die Vergangenheit ruhen zu lassen, Anna."

„Das war früher anders", versuchte sie zu antworten. „Und du weißt, warum es jetzt so ist. Es braucht seine Zeit." Bisterbosch sah sie an wie ein exotisches Insekt, aber im gleichen Augenblick stahl sich ein Lächeln in seine Augen, während der Rest seines Gesichts ohne Regung blieb.

„Schön, dass Sie kommen", begrüßte er die Kommissarin. Er trug einen weißen Kittel und führte sie durch die endlosen, verwinkelten Gänge des Landesamtes für Denkmalpflege im Schloss Biebrich in Wiesbaden.

„Sie haben ja auch nur ein paar Dutzend Mal angerufen", meinte sie sarkastisch.

„Tja, ohne Beharrlichkeit wird man nichts in diesem Beruf. Das gilt doch auch für Sie?"

„Vermutlich. Nur dass eine 2650 Jahre alte Leiche eben nicht mehr ganz in meinen Zuständigkeitsbereich fällt."

„Und doch unterscheidet uns unsere Arbeit nur unwesentlich", sagte er, noch immer lächelnd.

„So?"

Sie standen vor einer breiten Eisentür im Keller des Gebäudes. Bisterbosch öffnete sie umständlich. Ein rötliches Licht empfing sie. In einer Glasvitrine in der Mitte des Raums lag ein menschliches Skelett. Die zusammengefügten Knochen sahen aus, als hätten sie sich zuvor in alle Himmelsrichtungen gedreht und nur der Zufall hätte sie, das Innere auseinanderreißend, wieder an den richtigen Stellen zusammengefügt.

„Sie ist wunderschön, nicht wahr? Früher hätte uns dieser Anblick mit Entsetzen erfüllt. Aber ist es nicht so, dass unsere Angst vor dem Leben heute bereits viel stärker geworden ist als die Angst vor dem Tod?"

Sie sah ihn überrascht an. Sie fragte sich, was sie hier tat, während die Zeit, ihre Frist von noch 12 Tagen, doch unaufhaltsam verrann. Langsam umrundete sie die Vitrine mit dem rot leuchtenden Grund. Das, was sie sah, hatte wenig mit einem Menschen gemeinsam: Schwarze Knochen, die aussahen, als hätte sie jemand zu einem Puzzle geformt, ledrige Hautreste, spindeldürre, zerbrechlich wirkende Knochenteile.

„In zwei Jahren wird sie wieder vollständig sein", sagte Bisterbosch.

„Wie meinen Sie das?"

„Computertomografie. Damit kann man sie in Silikon komplett nachbilden. Sie fügen das ganze Skelett am Computer zusammen und gießen es dann in Plastik. Dann bekommt sie eine Art zweites Gesicht, denn die Farbe der Augen, die Hautfarbe und den Gesichtsausdruck, die kriegen Sie nicht mehr hin."

„Die Knochen ... Lässt das Licht sie so klein wirken", fragte die Kommissarin, „oder waren das die äußeren Umstände? Wo ist überhaupt ihre Haut?"

„Die ist in unserer Restaurationswerkstatt. Dort wird sie zurückgefaltet, gewogen, vermessen. Jeder einzelne Hautfetzen. Aber setzen Sie sich doch. Ich hol uns einen Kaffee", fügte er hastig hinzu.

An der Wand standen, merkwürdig deplatziert wirkend, zwei Korbsessel und ein Bistrotisch unter einer künstlichen Palme.

„Was wissen Sie über sie?", fragte die Kommissarin Bisterbosch, als er mit zwei hohen Tassen, Zuckerstückchen und einer Milchkaraffe jonglierend zu ihr zurückkehrte.

„Sehen Sie, das meinte ich vorhin, als ich davon sprach, dass sich unsere Arbeit gleicht. Wir stehen erst am Anfang, genau wie Sie, als Sie letztes Jahr dieses Skelett hier fanden."

Er setzte sich ihr gegenüber.

„Der Unterschied ist nur, dass wir ihre Identität vermutlich nie klären werden. Wir können nur spekulieren. Und mit

Hilfe radiologischer und röntgenologischer Verfahren in ihre Zeit blicken."

Er rührte mit einem Löffel in seinem Kaffee und sah sie an.

„Wie ist das, baut man im Verlauf der Ermittlungen eigentlich eine Beziehung zum Opfer auf?"

Die Kommissarin zögerte.

„Ja. Wenn Sie herausfinden wollen, was passiert ist, dann müssen Sie sich mit dem Leben des Opfers beschäftigen. Alles über seine Vorlieben, Gewohnheiten, seine Freunde und Familie in Erfahrung bringen. Das lässt einen selten kalt. Wir fühlen mit ihm. Und dann versuchen wir, uns in den Täter hineinzuversetzen. Aber Sie haben mir noch nicht gesagt, was Sie über sie wissen", wechselte die Kommissarin das Thema.

Bisterbosch lehnte sich zurück und sah zur Vitrine.

„Nun, ihr Leben war hart und kurz. So viel oder wenig können wir sagen. Wahrscheinlich hat sie unter Hunger gelitten, möglicherweise Infektionen gehabt. Kommen Sie, ich zeige Ihnen was", sagte er mit einer ausladenden Handbewegung und ging mit der Kommissarin zur Vitrine.

„Sehen Sie, dort."

Er berührte ihren Arm und wies in Richtung der Beine des Skeletts. „Das heißt, Sie können es kaum sehen, aber in Ihrem Beruf haben Sie ja eine gewisse Vorstellungsgabe ... Also, dort, am Ende ihrer Schien- und Wadenbeine, dort finden Sie elf Wachstumsstillstand-Linien. Diese Harris-Linien, wie man sie nennt, finden Sie bei Jugendlichen in den Röhrenknochen, wenn das Längenwachstum gestört ist. So etwas weist immer auf Nahrungsmangel hin oder Entzündungen, die sie gehabt haben."

„Haben Sie Spuren von Gewaltanwendung entdecken können?"

Bisterboschs Gesicht leuchtete.

„Auf diese Frage habe ich gewartet. Wobei ich ja die Ergebnisse ihrer skelettbiologischen Untersuchungen kenne, die wir nur bestätigen können: keine Spuren von Gewaltanwendung. Allerdings werden die Hautreste noch untersucht. Wenn wir dort keine Verletzungen von Stichen finden, ist sie einen anderen Tod gestorben."

„Aber das wäre für eine Moorleiche doch ungewöhnlich? Die meisten Funde hatten doch zerschmetterte Schädel, strangulierte Hälse, Messerstiche oder zertrümmerte Knochen."

„Stimmt genau. Moorleichen scheinen ja auch Ihr Gebiet zu sein", sagte Bisterbosch.

„Weniger", gab sie zurück. „Aber ich habe da die Bekanntschaft eines ehemaligen Torfarbeiters gemacht, der mir die letzten paar hundert Jahre Moorleichengeschichte referiert hat. Und natürlich habe ich selbst etwas recherchiert."

Sie sah ihn an. Seine Gesichtszüge waren völlig reglos.

„Wie weit können Sie zurückschauen?"

Bisterbosch lächelte.

„Wir werden bald sagen können, was mit ihr geschehen ist. Wir arbeiten mit modernsten Verfahren. Mikrocomputer-Tomografie, Magnetresonanz-Tomografie, Kontaktradiografie ... Wenn wir wissen, wovon sie sich ernährt hat, dann werden wir auch wissen, wie ihre Umwelt ausgesehen hat. Hat es auch Felder gegeben oder nur Wald? Ackerbau? Viehzucht? Aus welchen Inhaltsstoffen hat das Wasser bestanden, das sie getrunken hat?"

„Wie wollen Sie so etwas in Erfahrung bringen?", unterbrach sie ihn.

„Über eine Isotopenanalyse ihrer Zähne"

„Aber das ist längst noch nicht alles", redete er sich weiter in Fahrt.

„Gab es im Raum des Roten Moores schon Verhüttung? Hatte sie Schadstoffe im Körper? Das können wir über die Haarreste da am Hirnschädel, sehen Sie“, er zeigte auf ein faseriges Geflecht am Schädel, „klären, auch über eine Isotopenanalyse.“

„Also, Sie wollen die Vergangenheit wieder lebendig machen. Sind Sie so eine Art moderner Alchemist? Um den Menschen ihre Geschichte zurückzugeben?“, fragte sie.

„Das auch, sicher. Das ist nun mal ein Stück ihrer Identität. Aber man sollte sich da keiner falschen Romantik hingeben. Für uns ist ein solches Skelett auch so etwas wie ein Bioarchiv. Wie war das damals mit der Gesundheit, mit der Ernährung, der Lebenssituation? Solche Fragen wollen wir vor allem beantworten“, sagte Bisterbosch.

Das dämmrige Licht und die klimatisierte Luft machten sie benommen. Er betrachtete sie wieder mit diesem merkwürdig sezierenden Blick, legte seine feingliedrigen, schlanken Hände unter das Kinn und führte sie in einen hellen Nebenraum des Foyers. Durch die großen Fenster sah man auf blattlose Sträucher und braunes Gras.

„Letztendlich“, begann die Kommissarin nach einem kurzen Schweigen, „können aber auch Sie trotz all dieser Ansätze nicht die Frage beantworten, warum dieses Mädchen ins Moor geraten ist. Ist sie vor jemandem geflohen? Ist sie im Winter im Eis eingebrochen? Hat sie sich einfach nur verlaufen? Oder ist sie geopfert worden?“

„Möglicherweise nicht. An diesem Punkt treten wir genauso auf der Stelle wie Sie. Wir werden aber viele andere Fragen beantworten können.“

Er blickte sie durchdringend an.

„Und Sie? Werden Sie denn weiterermitteln? Auch wenn wir Ihnen sozusagen das mögliche Opfer vor der Nase weggeschnappt haben?“

„Die Ermittlungen ruhen. Ohne Opfer bleibt es ein Vermisstenfall wie tausend andere auch“, gab sie knapp zurück.

„Ja, ja, ein kleines Irrlicht im Moor“, sagte er.

„Es freut mich, dass Sie damit solche Publicity erzielen konnten“, bemerkte sie sarkastisch. „Das dürfte Ihre Fördergelder aufstocken.“

„Woran Sie keinen ganz unbeträchtlichen Anteil haben.“

Er wechselte plötzlich den Tonfall und legte seine rechte Hand auf den Tisch zwischen ihnen, direkt neben ihren Arm, den sie auf der Tischfläche aufgestützt hatte.

„Es lag nicht in meiner Absicht, mich über Ihre Arbeit lustig zu machen.“ Er räusperte sich.

„Nun, die Meinung eines kleinen Landesarchäologen wird Sie wohl kaum interessieren, aber ich finde, Sie sollten nicht aufhören, dieses Mädchen zu suchen. Ich habe diese Stellwand in Ihrem Büro gesehen. Sie finden das vielleicht merkwürdig, aber in diesem Moment habe ich mich nach dem Sinn meiner eigenen Arbeit gefragt.“

Sie sah ihn überrascht an.

Seine Fingerspitzen trommelten eine unhörbare Melodie auf die Tischplatte.

„Bei dieser Arbeit schaue ich oft in die Ferne, weil ich das muss, aber ich bemerke die Nähe nicht. Ich blicke in den Spiegel und erkenne mich nicht. Ich halte in alle Richtungen Ausschau, um Antworten auf meine Fragen zu bekommen, aber alles, was ich sehe, ist eine Täuschung. Und irgendwann dann erliegt man der Versuchung, den Einzelheiten immer weniger Beachtung zu schenken. Vielleicht könnte man auch sagen, anstatt zu sehen, geben wir uns mit dem Schauen zufrieden.“ Er lächelte versonnen.

„Und dann auf einmal ist nichts mehr sichtbar, nichts mehr deutlich. Verstehen Sie, was ich meine? Wir werden außerstande, die Dinge noch uns selbst wahrzunehmen.

Und wissen Sie, was wir dann tun? Wir brechen jeden Tag neu auf, um jeden Tag neue Irrtümer, neue Verfehlungen zu machen, und alles nur, damit wir der Kopie des Gestern entgehen, damit wir irgendetwas in den Händen halten, von dem wir glauben, es sei neu."

Er hielt einen Augenblick inne.

„Und deshalb glaube ich, dass es Sinn ergibt, wenn Sie weitermachen. Sie haben vermutlich nur etwas übersehen, weil Sie zuviel geschaut haben."

Die Kommissarin verriet mit keiner Miene, wie sehr sie die letzten Sätze Bisterboschs aufgewühlt hatten. Sie sah hinaus. Sie wusste, dass sie jetzt gehen musste.

„Danke für die Zeit, die Sie sich genommen haben", sagte sie, um einen kühlen Tonfall bemüht. „Es war interessant." Das meinte sie ehrlich.

Bisterbosch erhob sich und verabschiedete sie mit einem Handkuss.

Imogen Hutters Arbeitseifer war bemerkenswert. Sie stellte auch keine Fragen, sondern schien die ihr übertragenen Recherchearbeiten als willkommene Herausforderung anzunehmen, die es, als sei das eine olympische Disziplin, in Rekordzeit abzuarbeiten galt.

Niemand von den zum Verschwinden von Sylvie Claasen befragten Zeugen wusste von einem geheimnisvollen Unbekannten in Sylvies Leben. Also konzentrierte sich die Kommissarin auf den einzigen Hinweis der Zeugin Wehle, der wie eine Spur aussah, die auf ein Ergebnis hoffen ließ: das Auto, von dem Sylvie gesprochen hatte. Sie ließ sämtliche Halter der Alfa Romeo-Baureihe von 1979 und davor im Kreis Fulda und der Rhön überprüfen. Erst wenn die Liste erstellt war, machte es Sinn, nach dem zweiten Merkmal zu forschen, ob es irgendjemanden unter den Fahrzeughaltern gab, der

Kunst sammelte. Die Menschen hier in der Gegend hatten anderes im Sinn, als Kunst zu sammeln. Möglicherweise war das der entscheidende Hinweis. Das mutmaßliche Alter des Fahrzeugbesitzers hatte die Kommissarin auf Ende fünfzig, Anfang sechzig bestimmt, wenn er nicht wesentlich älter als das Mädchen zum Zeitpunkt ihres Verschwindens gewesen war.

Es blieben ihr noch neun Tage, als Bisterbosch anrief.

„Keine Sorge, Frau Lewin, ich werde Sie nicht fragen, ob Sie weiter ermitteln. Ich weiß ja, dass Sie mir das nicht sagen dürfen", hörte sie seine tiefe, sonore Stimme am anderen Ende der Leitung. Er räusperte sich, dann sagte er: „Ich kenne da ein vorzügliches kleines Landgasthaus, den *Moorfrosch*. Ob Sie mir die Freude machen würden? Samstag um halb acht? Liegt auf halbem Wege zwischen Gersfeld und Ehrenburg."

„Ich weiß nicht. Ich bin sehr beschäftigt, ich ..." In Wirklichkeit dachte sie, dass sie schon sehr lange nicht mehr mit jemandem ausgegangen war.

„Gut", gab sie zu ihrer eigenen Verwunderung zurück, „einverstanden."

„Das freut mich", sagte Bisterbosch. Er räusperte sich. „Ich halte Sie ungern von der Arbeit ab, aber was ich Ihnen schon das letzte Mal sagen wollte: Als dieses Mädchen verschwunden ist, da war ich genauso alt wie sie, und ich habe in den letzten Tagen oft daran gedacht, dass ich ihr vielleicht begegnet bin, obwohl mir das Gesicht auf dem Foto nichts gesagt hat, aber in der Gegend gab es nun mal nicht viele Orte, an denen Jugendliche sich treffen konnten."

„Sie stammen aus der Gegend? Das haben Sie mir gar nicht gesagt."

„Sie haben mich nicht gefragt. Aber am Samstag können Sie mich ja fragen ..."

„Das werde ich. Bis Samstag", entgegnete sie und legte auf.

10
Übermalungen

„Für einen 28. Februar ist es verdammt warm, findest du nicht?“, sagte Ulrike Weber und riss die Terrassentür auf.

„Daran werden wir uns wohl gewöhnen müssen. Dieser Bisterbosch hat mir erzählt, dass sie früher im Winter nie graben konnten, aber jetzt wäre eine Saison von zwölf Monaten möglich“, rief Anna aus der Küche.

„Was ist das überhaupt so für ein Typ“, fragte ihre Freundin von der Dachterrasse aus durch das Küchenfenster.

„Schwer zu sagen. Ziemlich gebildet. Kultiviert. Ich geh Samstag mit ihm essen.“

„Nee, ist nicht wahr?“, rief Ulrike. „Du verlässt dein Schneckenhaus?“

„Hör auf, sonst sag ich wieder ab“, rief sie zurück. Wenige Augenblicke später kam sie mit einem Tablett zurück, auf dem zwei Fertigsalate und Bruschetta-Schnitten aus dem Backofen standen.

„Du hättest ja wenigstens die Verpackung abmachen können“, maulte ihre Freundin, während sie sich an den Tisch setzte.

„Ich bin nun mal eine beschissene Hausfrau, und von Mogelpackungen halt ich nichts“, sagte sie.

Sie aßen, tranken Wein und unterhielten sich über Ulrikes Arbeit.

„Nun sag schon, was hältst du von den Bildern“, drängte Anna. „Immerhin hattest du eine Stunde Zeit, dir Gedanken zu machen, während ich mich für dich hübsch gemacht und dieses exklusive Menü zubereitet habe.“

„Die Bilder ... Die Kleine hatte Talent, das steht fest.“

Wenig später saßen sie über den Tisch gebeugt. Der helle Schein einer Lampe lag auf ihren Gesichtern und den beiden Zeichnungen im DIN A4-Format.

„Schau, das eine hier."

Sie nahm eine der Zeichnungen in die Hand und hielt sie leicht geneigt über die Tischplatte. „Das ist merkwürdig. Du siehst ein Haus oder vielmehr die Umrisse eines Hauses. Alles ziemlich dunkel und in den Hintergrund gedrängt. Davor diese Figur, vermutlich ein Mann, und dann diese Objekte, alle so eigenartig weiß umrissen. Das hebt sich von dem dunklen Hintergrund ab." Das Bild lag jetzt auf ihrer Handfläche. „Und wenn du genau hinsiehst, dann sind alle Objekte absolut realistisch gemalt. Du kannst sie der Welt unseres Alltags zuordnen. Sieh, dort, ein Schmetterling, hier, ein Schlüssel, ein Buch, das da sieht fast aus wie ein Kinderwagen, und alles ist irgendwie um die Figur herum angeordnet." Sie streckte den Arm und lehnte das Bild gegen eine Obstschale auf der anderen Seite des Tisches. „Und jetzt sieh: Du hast helle Farben und du hast ganz dunkle Farben. Für mich ist das der Schlüssel zum Bild."

„Wieso?", fragte sie.

„Weil zwischen beiden ein ziemlich großes Ungleichgewicht herrscht. Du siehst da auf zwei Welten, ja, es hat fast den Anschein, als würden sie sich versehentlich berühren, als würden sie ineinanderfließen."

„So habe ich die Bilder noch gar nicht gesehen", sagte sie nachdenklich.

„Ich denke, ihr konzentriert euch beim Bilderlesen oft sehr auf Details und natürlich eine realistische Lesart, und wenn ihr nicht mehr weiter wisst, holt ihr eure Psychologen ..."

„Du schaust zu viele Krimiserien, Ulrike."

„Quatsch, das ist doch so. Und weil du diese Frage garantiert gleich stellst: Ja, das Haus und all diese Gegenstände sind so realistisch, die hat die Zeichnerin nicht erfunden. Entweder sie hat sie aus ihrem Gedächtnis gemalt oder direkt abgezeichnet. Das Haus, hm, könnte vom Stil her aus der Gegend sein, Anfang des Jahrhunderts, wohl eher nicht direkt an einer Straße gelegen."

„Mehr als ich erwartet habe. Und diese Figur? Ein Mann, meinst du?"

„Auf jeden Fall handelt es sich um eine männliche Figur. Etwas älter, vielleicht Mitte dreißig. Aber das Gesicht kann man nur schemenhaft erkennen."

„Mit Absicht vielleicht?"

„Möglicherweise. Wenn du genau hinsiehst, kannst du erkennen, dass an manchen Stellen Bilder übereinander gemalt wurden." Sie hielt einen Augenblick inne. „Also, das ist schon bemerkenswert, mit diesen transparenten Bildern zu arbeiten, rein technisch, meine ich, aber das beantwortet auch deine Frage. Das Bild zeigt zwar etwas, aber noch viel mehr möchte es etwas verbergen." Sie biss sich auf die Unterlippe. „Ich würde es mal so formulieren: Da begegnen sich zwei Welten, und die Malerin drückt ihr Erschrecken darüber aus, wenn du diese Gegenstände, diese Farben siehst."

„Auf mich hat das Bild von Anfang an einen unheimlichen Eindruck gemacht", sagte sie und beugte sich weit über den Tisch. „Als ob du in einen Spiegel siehst und dann erschrickst über das, was du da siehst. Das Haus steht da irgendwo, und diesen Mann gibt es auch, da bin ich mir sicher. Die Frage ist nur, ob uns das im Moment weiterhilft."

Ulrike setzte sich auf die Tischkante. „Hast du eine Ahnung, wann diese Bilder entstanden sein könnten?"

„Die Wehle hat gesagt, dass Sylvie ihr diese Bilder zum Geburtstag geschenkt hat. Die Wehle hat im Dezember Geburtstag, also kurz vor Sylvies Verschwinden", antwortete sie. „Wenn man davon ausgeht, dass der Mann auf diesem Bild derjenige ist, mit dem sie ungefähr von Oktober an eine wie auch immer geartete Beziehung hatte, dann ist dieses Bild fast eine Art Beweisstück."

„Wussten die Eltern von der Begabung ihrer Tochter?"

„Sie haben nichts erwähnt. Aber die Mutter hat zu vielem nichts gesagt. So ungewöhnlich ist das leider nicht." Sie schnellte zurück. „Lass uns weitermachen. Das zweite Bild."

Zwei Tage später, auf dem Weg zum *Moorfrosch*, dachte sie an die Zeit, die ihr noch blieb: sieben Tage. Alexander Bub ließ sie wie versprochen arbeiten. Die Hutter konnte ihr zumindest für einige Stunden immer wieder helfen, aber die Liste blieb vorerst eine Liste mit Namen, die keine Geschichte preisgaben. Wenn sie früher ungeduldig gewesen war, hatte sie auf den Nägeln gekaut oder sich die Brauenhärchen herausgezupft. Heute trank sie.

Der Wagen raste die spärlich befahrene Landstraße entlang. Sie überquerte die Ulster, den Grumbach und das Herrenwasser. Die Rhön war voller kleiner Flussläufe und Bäche. Manchmal hatte sie das Gefühl, als wären die Straßen und Wege hier nur trügerisch zerbrechliche Linien, auf denen man sich über einer Welt fortbewegte, die nur aus Wasser bestand. Genau wie in dieser Sage über die Entstehung der Rhönmoore.

Natürlich war sie zu spät, wie immer. Bisterbosch war sicher einer der Typen, die stets pünktlich waren, auch wenn gerade die Welt unterging.

Als sie um Viertel vor acht das von einer kleinen Parklandschaft umgebene Restaurant betrat, spürte sie eine Ruhe in sich, die nichts mit dem zu tun hatte, was sie gerade fühlte.

Bisterbosch saß in einem braunen Samtanzug, dessen Stoff sie an die Farbe bestimmter Pilze erinnerte, an einem Tisch am Fenster. Verstohlen sah er zu ihr. Als sie ihm gegenüber Platz nahm, veränderte sich sein Gesicht ein wenig.

„Was macht Lucy?", fragte sie, nachdem sie einige belanglose Sätze gewechselt und die Speisekarte betrachtet hatten. „So haben Sie sie doch genannt, Ihre Moorleiche?"

„Oh, Lucy. Nun, sie wird immer schöner."

Er sah sie aufmerksam an.

„Das dunkle Geheimnis ihrer Augen werden wir ihr wohl nicht mehr entlocken können, aber wenn sie bald auf Reisen geht, wird sie niemandem Schande machen. Sie wird sogar zum Weltkongress für Rechtsmedizin fahren."

„Beachtlich", entgegnete sie. Ein Kellner trat an ihren Tisch. Sie gaben ihre Bestellung auf.

„Sie sehen blass aus. Aber nicht ungesund", sagte Bisterbosch. „Ich habe mir erlaubt, schon einmal einen Likör für uns zu bestellen: Kräuter der Vorderrhön. Ist so eine Art Spezialität hier."

Sie beobachtete ihn dabei, während sie sich zuprosteten, wie er ihr Gesicht in Gedanken nachzuzeichnen schien, ein vollendet regelmäßiges Gesicht mit blauen, lächelnden, ein wenig weit auseinanderliegenden Augen, mit kleinen dicht anliegenden Ohren und einer blonden Locke, die in die niedrige Stirn fiel. Oder war dies alles, was er sah, für ihn nicht so scharf umrissen, war es nur eine Andeutung, eine Einzelheit, die so stark auf ihn gewirkt hatte und ihn so anzog? Jedenfalls schien es ihn nicht wieder loslassen zu wollen.

„Woran denken Sie?", fragte sie ihn, während ihre rechte Hand mit der Serviette spielte.

„Ach nichts", antwortete er rasch. „Sie erinnern sich, ich wollte Ihnen doch erzählen, dass ich hier aus der Gegend stamme."

Sie nickte. Langsam lehnte sie sich zurück und hörte ihm zu.

„Ein Leben in elf Sätzen", resümierte sie, als er seine Geschichte beendet hatte.

„Ich wollte Sie nicht langweilen", gab er zurück.

Der Kellner stellte eine Karaffe Wasser auf den Tisch sowie zwei Gläschen Rhöner Schlehengeists.

„1979. Wie haben Sie dieses Jahr erlebt? Erinnern Sie sich an etwas Besonderes", fragte sie.

„Das Geschäft ruft", kommentierte er ihre Frage. „1979? Also, wenn Sie auf das Verschwinden dieses Mädchens anspielen, daran habe ich keine Erinnerung. Ich war sechzehn, wie dieses Mädchen. Ich war nicht wie die anderen, dass ich mich selbst und die ganze Welt zum Kotzen fand. Ich wollte nicht einmal raus, so wie meine Mitschüler. 1979 ..."

Er starrte gedankenverloren auf die Tischplatte.

„Es sind mehr so Bilder, Einzelheiten. An ein Bild in den Zeitungen kann ich mich erinnern. Hunderte von Leichen auf einem Feld. Dieser Massensuizid einer Sekte irgendwo in Amerika. Kann aber auch sein, dass das schon früher gewesen ist. Hm, John Wayne ist gestorben. Den habe ich als Junge sehr gemocht. Es hat sensationelle Fotos vom Jupiter gegeben. Die habe ich mir immer wieder angeschaut. Und an den Absturz einer DC 10 in Amerika erinnere ich mich. Aber nur deshalb, weil eine Nichte unserer Nachbarn unter den Absturzopfern gewesen ist. Merkwürdig, aber an irgendetwas, das mit mir selbst zu tun hatte, kann ich mich einfach nicht erinnern. Kennen Sie dieses Gefühl, so ganz von den eigenen Erinnerungen abgeschnitten zu sein?"

„Ja, das kenne ich. Sie sollten aber nicht so streng mit sich sein. Es ist lang her. Ich kann mich nicht einmal an einen Bruchteil von dem erinnern, was Sie gerade erwähnt haben.

Was dieses Jahr angeht, weiß ich, wovon ich spreche", sagte sie.

„Wir sprechen gerade über Identität, denke ich. Das war doch auch das letzte Mal unser Thema", warf Bisterbosch ein.

„Das müssen Sie mir erklären", lächelte sie ihn unvermittelt an.

„Nun ja, über die Erinnerungen kann man auch so etwas wie Identität bilden. Das ist doch ganz einfach. Stellen Sie sich vor, ein unbekannter Toter wird gefunden. Oder nur die Reste von dem, was einmal ein Mensch gewesen ist. So wie im Moor. Und jetzt stehen Sie und ich doch vor den gleichen Fragen: Wird sich jemals ermitteln lassen, wer dieser Mensch war? Und: Zeigt er mir den Weg zu seinem Mörder?"

„Und das ganz gleich, ob es nun 2650 Jahre oder nur 30 gewesen sind", warf sie ein.

„Also haben wir am Anfang die Aufgabe, dieses unbekannte Opfer und den noch unbekannten Täter zu identifizieren. Das Letzte ist natürlich mehr Ihre Aufgabe."

„Richtig. Aber Zeugen können sich irren. Bedenken Sie, dass unsere Sinne alles andere als vollkommen sind. Denken Sie daran, dass die Erinnerung ihr Spiel mit uns treibt", warf sie ein. „Und das bedeutet, dass Sie objektive, verwertbare Beweise für die Identität eines Menschen nur durch ihn selbst finden können."

„Was im Prinzip nur möglich ist", ergänzte er, „weil die Individualität des Menschen, und damit seine Identität, ein biologisches Gesetz ist. Jeder Mensch ist einmalig. Jeder Mensch hat individuelle körperliche Merkmale. Um auf den unbekannten Toten zurückzukommen: Wenn Sie dessen Merkmale mit denen einer bekannten Person vergleichen, können Sie damit entweder die Identität der beiden ausschließen oder beweisen. Das meinte ich übrigens auch damit, dass unsere Berufe sich ja gewissermaßen ähneln."

„Was die Suche nach der Identität angeht, mögen Sie recht haben, aber was den Toten selbst betrifft", sagte sie, während ihre Finger mit dem Rand des Weinglases spielten, „diese ganze Mikrowelt scheinbar unsichtbarer Spuren, die Sie durch den Fortschritt der Technik sichtbar machen können, die sind eben nicht alles. Auch wenn eine Stichverletzung, eine Schusswunde oder eine Blutspur nicht lügen können, Menschen können es. Um herauszufinden, was Ihre Lucy ins Moor trieb, ob sie umgebracht wurde, was ja ganz offensichtlich nicht der Fall gewesen ist, genügt Ihnen die objektive Beweiskraft Ihrer Technik."

Sie sah einen Augenblick lang an ihm vorbei aus dem Fenster in die Dunkelheit.

„Wenn ein Mensch verschwindet, ist das etwas anderes."

Bisterbosch nickte. Sein Weinglas stand noch immer unangetastet vor ihm.

„Finden Sie es nicht eigenartig, dass sich die Schicksale zweier Mädchen, die zu ganz unterschiedlichen Zeiten, durch Jahrtausende voneinander getrennt gelebt haben, auf diese Weise kreuzen?"

„Daran habe ich oft denken müssen", sagte sie, „auch wenn es mit der Lösung dieses Falles vermutlich wenig zu tun hat."

Sie aßen schweigend. Das schätzte sie sehr an ihm, dass Bisterbosch es verstand, im richtigen Augenblick zu schweigen. Dennoch wurde sie das Gefühl nicht los, dass er ihr etwas sagen wollte. In Bisterboschs Wesen lag etwas Fremdartiges, Ungebändigtes, das gar nicht zu seinem korrekten, vielleicht sogar etwas steifen Auftreten passen wollte. Vielleicht, dachte sie, war es das, was sie anzog, wie die Angst vor einer Macht, die stärker sein würde als ihr Wille.

Es war schon nach Mitternacht, als sie sich verabschiedeten.

Imogen Hutters triumphierendes Lächeln wischte alle Montagmorgengedanken in ihr augenblicklich fort.

„Sie werden mir verraten, was Sie zu diesem Lächeln veranlasst", ging die Kommissarin auf die junge Anwärterin zu, nachdem sie die Bürotür hinter sich zugeworfen hatte.

„Die Liste", legte Imogen Hutter los. „Wir hatten einen Volltreffer, denke ich."

Sie setzten sich vor den Bildschirm. Imogen Hutter rief die Datei mit den Fahrzeugbesitzern auf. Die Kommissarin versuchte, gelassen zu wirken.

„Sehen Sie: dieser Name hier. Ich habe die Adresse überprüft. Sie stimmt noch immer. Der Typ arbeitet im Metallhandwerk, stellt irgendwelche Skulpturen und Objekte aus Metall her. Ich hab mich im Dorf nach ihm erkundigt: Der sammelt wirklich Kunst. Ich denke, das ist der, den wir suchen."

Imogen Hutter blickte sie erwartungsvoll an, wippte nervös mit den Beinen.

Die Kommissarin war einen Augenblick sprachlos. Der Name ... Warum sagte die Hutter denn nichts? Sie starrte auf den Namen: Jörg Hammerschmidt. Andererseits konnte das auch ein Zufall sein, schließlich gab es diesen Namen öfter.

„Die anderen Daten", sagte sie. Auf dem Bildschirm erschien die Anschrift, eine Adresse in Wüstensachsen und die Zulassungsdaten: ein Alfa Romeo, Baujahr 72. Nach diesen Daten war das Fahrzeug noch immer auf seinen Besitzer zugelassen: Jörg Hammerschmidt.

„Gute Arbeit", lobte sie.

„Soll ich aufhören?", fragte Imogen Hutter.

„Nein, auf keinen Fall. Wer sagt uns, dass es nicht noch einen Alfa-Besitzer mit kunstsammlerischen Ambitionen gibt? Sie wissen ja, dem Zufall ist nur bedingt zu vertrauen. Wie viele Namen haben Sie noch?"

„72“, gab die Hutter zurück.

„Überschaubar“, entschied die Kommissarin. „Was kritzeln Sie da eigentlich?“

„Ich schreib mir Ihre Sätze auf. Ich meine, manche. Sie und der Herr Bub haben manchmal so coole Sprüche drauf.“ Sie blätterte in ihrem Notizheft. „Heute Morgen zum Beispiel, als er mich gefragt hat, was ich am Wochenende gemacht habe, da hat er mir erst zugehört und dann gesagt: ‚Wer sich unter die Kleie mengt, den fressen die Schweine.‘“

„Dann möchte ich aber lieber nicht wissen, was Sie am Wochenende gemacht haben. Gut“, sagte sie nach einer Pause, „wenn niemand anderes Sie braucht, gehen Sie die Liste weiter durch und geben mir Bescheid, sobald Sie etwas gefunden haben. Wo ist eigentlich Kommissar Bub?“

„Bei Vaupel“, antwortete sie, als die Tür aufging und Alexander Bub das Büro betrat. Imogen Hutter wurde rot und wandte sich wieder dem Bildschirm zu.

„Alexander, kann ich dich einen Augenblick sprechen?“

„Hast du einen Termin?“, grinste er sie an.

„Klopft die Not an, tut die Liebe die Tür auf.“

„Denkst du“, sagte er und hielt ihr die Bürotür auf. Sie traten auf den Gang. Aus einem angrenzenden Zimmer waren leise Stimmen zu hören.

“Sander, wusstest du, dass Hammerschmidt einen Bruder oder sonst einen Verwandten hier in der Gegend hat?“ Sie erzählte ihm von Hutters Rechercheergebnis.

Der Kommissar schüttelte den Kopf. „Ich weiß nicht viel von Hammerschmidts Familienverhältnissen. Der Name, das kann ein Zufall sein. Prüf das vorher nach, ruf ihn einfach an.“

„Nein, das werde ich nicht tun“, entgegnete sie. „Ich hatte die ganze Zeit den Eindruck, dass er mir etwas verschwiegen hat. Im Fall Claasen war er jedenfalls nicht offen zu uns.“

Der Kommissar zuckte die Achseln.

„Wer räumt schon gerne Ermittlungspannen ein? Ich würde das nicht überbewerten. Fahr hin, und du weißt mehr."

„Das werde ich. Du sagst mir, wenn du mich brauchst?"

Der Kommissar nickte und verschwand wieder im Büro.

Im Licht zwischen Asphalt und Himmel waren blasse Abendschatten über der Rhön aufgehängt wie Spiegelungen ferner Berge. Sie stoppte den Wagen vor einer Einfahrt. Ein verwittertes Schild mit einer Hausnummer wies auf ein zurückliegendes Haus. Nach wenigen Metern blieb sie in der Einfahrt stehen. Sie sah auf das Bild von Sylvie und dann auf das Haus, bis sich Bild und Wirklichkeit überlagerten. Es war dieses Haus, das Sylvie gemalt hatte. Winzige Details nur, die sich glichen, während andere verschwanden. Sie stieg aus und ging auf den geduckt unter hohen Bäumen liegenden Backsteinbau zu. Ein von Efeu überwuchertes Autowrack stand am Waldrand.

Hammerschmidt. Metallobjekte las sie auf einem verwitterten Messingschild. Sie wartete einen Augenblick und sah auf den Vorplatz. Es war sehr still. Einige Vögel saßen regungslos in den kahlen Kronen der Bäume; erst, als sie direkt unter ihnen stand, bemerkte sie, dass die Tiere aus Metall waren.

Ihre Freundin hatte richtig vermutet: Das Haus lag weit ab von der Straße. Sie drehte sich um. Es gab keine Klingel. Sie schlug mit den Fingerknöcheln kurz und heftig gegen die Tür. Einen Schritt zurücktretend, sah sie auf die dunklen Fenster. Nur aus den Dachluken drang ein schwacher Lichtschein. Sie musste lange warten. Ein gedrungen wirkender Mann mit südeuropäischen Gesichtszügen öffnete die Tür. Er sah sie aus seinen wasserblauen Augen misstrauisch an, sagte aber nichts.

„Kripo Fulda. Lewin mein Name. Herr Hammerschmidt, ich würde Ihnen gern ein paar Fragen stellen. Oder komme ich sehr ungelegen?“

Hammerschmidt zögerte und wischte sich einige Strähnen seines grauen Haares aus der hohen Stirn. Eine längliche Narbe zog sich über seinen Zeigefinger.

„Nein, nein. Was wollen Sie denn?“, fragte er.

„Es geht um einen Vermisstenfall. Ich möchte nur ein paar Auskünfte von Ihnen. Vielleicht könnten wir das im Haus besprechen?“ Ihr Tonfall war höflich, aber bestimmend.

Hammerschmidt machte einen Schritt zur Seite und schloss dann die Tür hinter ihr. Sie folgte ihm durch ein Labyrinth aus Hochregalen, eine Art Vorratslager für Werkzeuge und Metallteile aller Art, in einen großen Atelierraum. Der Raum wurde von kubistisch verformten Metallobjekten beherrscht. An den Wänden hingen Gemälde. Surrealismus, tippte die Kommissarin. Sie setzten sich an den Holztisch, der etwas verloren in der Mitte des Raumes stand.

„Also, was wollen Sie?“, kam ihr Hammerschmidt barsch zuvor.

„Das ist *Giorgio di Chiricio* dort, nicht wahr?“ Sie wies auf ein Bild, das in der Verlängerung des Tisches an der Wand hing.

„Sie brauchen Ihre Kunstkenntnisse hier nicht unter Beweis zu stellen“, sagte ihr Gegenüber.

Sieh an, dachte die Kommissarin, *nicht nur ein Namensvetter, sondern genau so ein Arschloch wie unser angelnder Kommissar!* Lächelnd legte sie ihr Aufnahmegerät auf den Tisch.

„Ich darf doch?“

„Ist mir egal“, murmelte Hammerschmidt. „Sagen Sie endlich, was Sie von mir wollen.“

Fahrig strich er sich durch das im Nacken zu einem Zopf gebundene graue Haar.

„Sie sind Jörg Hammerschmidt, geboren am 16.10.1949 in Gersfeld?"

Er nickte ungeduldig.

„Und das Fahrzeug mit dem amtlichen Kennzeichen FD-SC 207, ein Alfa Romeo, ist seit dem 01.02.1978 auf Sie zugelassen?"

„Ja. Und?", fragte er. „Habe ich falsch geparkt?"

„Glauben Sie, dann wäre ich hier?", gab die Kommissarin in scharfem Tonfall zurück. Sie sah ihn aufmerksam an.

„Sagt Ihnen der Name Sylvie Claasen etwas?"

Hammerschmidt schlug die Augen nieder.

„Ja", sagte er gedehnt. „Ja, da war mal was."

„Was war wann, Herr Hammerschmidt?"

„Ich hab der Zeichenunterricht gegeben. War talentiert", sagte er, ohne sie anzusehen.

„Hatten Sie vielleicht auch eine Beziehung? Oder Sex?"

„Warum fragen Sie mich das alles? Das ist doch ewig her!", wurde er unwirsch.

„Einigen wir uns darauf, dass ich die Fragen stelle. Warum, sage ich Ihnen schon noch, aber wenn Sie weiter so unkooperativ bleiben, sitzen wir noch heute Nacht hier", sagte die Kommissarin. „Also, ist das Liebe gewesen oder nur so ein Flirt?"

„Himmel, das ist alles so lange her", seufzte Hammerschmidt.

„Schon eine richtige Sache, würde ich sagen", gab er nach kurzem Schweigen zurück. „Ja, wir waren ein Paar. Aber offiziell ging das nicht, wegen ihrem Alter."

„Und wie ging es zu Ende?", fragte sie, ohne den Blick von ihrem Gegenüber zu wenden.

Er hob den Kopf.

„Sie ist verschwunden. War eines Tages weg. Wie vom Erdboden verschluckt."

„Haben Sie mal darüber nachgedacht warum? Hat sie Andeutungen gemacht? Hatte sie vielleicht Probleme?"

Hammerschmidt schüttelte den Kopf. „Ich hab mir Tag und Nacht den Kopf zerbrochen. Ich hab sie auch gesucht. Ich mein, da wo wir halt öfter mal zusammen waren, aber ich war ja nicht der Einzige, der sie gesucht hat."

„Merkwürdig nur, dass Sie bis zum heutigen Tag niemand dazu befragt hat, finden Sie nicht?"

Hammerschmidt schwieg.

„Wo haben Sie gesucht?", fragte die Kommissarin.

„Na, da, wo ich sie kennengelernt habe, im *Blue Shell*. In Gersfeld überhaupt. Sogar in Fulda. Bei dem Typen, mit dem sie damals noch zusammen gewesen ist. Hab vor dem Haus gestanden und gewartet." Er dachte nach. „Und am See, so einem See im Wald. Und im Roten Moor."

„Im Roten Moor?"

„Ja", sagte Hammerschmidt. „Ich wusste, dass sie gern dort war, im Moor. Deshalb."

„Herr Hammerschmidt, wo waren Sie am 16. Januar 1979?" Die Kommissarin hob den Kopf. Der dumpfe Glockenschlag einer Uhr ertönte aus einem Nebenraum.

„Wo ich an diesem Tag genau war, kann ich Ihnen nicht sagen. Ich war auf jeden Fall den ganzen Januar in Kuba", gab er gelassen zurück.

„In Kuba", stellte sie fest. „Sind Sie sicher?"

„Sie können das nachprüfen, wenn's Ihnen Spaß macht."

Sie ignorierte seine Bemerkung. *Arschloch!*, dachte sie wieder und versuchte, sich ihre Enttäuschung nicht anmerken zu lassen.

„So. Sie kommen also aus ... Kuba zurück, und Ihre Freundin ist verschwunden. Und Sie sagen zu niemandem ein Wort?"

„Wie sollte ich denn? Von dieser Beziehung durfte niemand wissen“, antwortete er.

„Aber Sie werden sich Ihre Gedanken gemacht haben. Was denkt man, wenn der Mensch, den man liebt, auf einmal verschwindet, ohne ein Wort, ohne eine Nachricht?“

Er zuckte die Achseln.

„Dass ihr etwas zugestoßen sein könnte, das denkt man. Und dann immer wieder, dass sie einfach weggelaufen ist. Fort, weg von allem. Haben wir doch alle mal dran gedacht in dem Alter.“

„Wussten Sie, dass Sylvie Claasen schwanger war, Herr Hammerschmidt?“

Er sah sie ungläubig an. „Nein. Nein, das wusste ich nicht. Sie ... Sie hat nie etwas gesagt. Oder sich was anmerken lassen. Woher wissen Sie das?“

„Wir wissen es“, gab sie zurück. Sie stand auf und beobachtete ihn aus den Augenwinkeln.

„War sie hier bei Ihnen?“

„Ja, schon. Wieso?“

„Öfter?“

„Was weiß ich“, entgegnete er. „Das ist fast 30 Jahre her. Ja, sie wird schon einige Male hier gewesen sein. Ich hab Ihnen doch gesagt, dass ich ihr Zeichnen beigebracht hab.“

Die Kommissarin betrachtete die Bilder an der Wand. „Malen Sie selbst auch? Haben Sie sie jemals gemalt?“

„Nein. Ich sammle Bilder nur. Ich stelle Metallobjekte her. Ist das Verhör bald beendet?“, fragte er unwirsch.

„Eine letzte Frage noch.“

Sie ging langsam auf ihn zu.

„Einer meiner Vorgänger hier hieß Hammerschmidt. Hans-Jörg Hammerschmidt. Stehen Sie in irgendeiner verwandtschaftlichen Beziehung zu ihm?“

„Das war mein Bruder“, antwortete er, stand auf und machte Anstalten, sie wieder zur Tür zu bringen.

„Wieso ‚war‘?“

„Weil ich keinen Kontakt mehr zu ihm habe. Ehrlich gesagt, weiß ich nicht mal, ob der Drecksack noch lebt.“

„Keine weiteren Fragen mehr. Danke.“

Sie ging mit ihm zur Tür.

„Warum fragen Sie mich das alles, nach so langer Zeit?“

Sie drehte sich um. Seine blauen Augen sahen trüb aus. In seine Mundwinkel hatten sich tiefe Furchen gegraben. Das war ihr vorhin noch nicht aufgefallen.

„Weil wir im Roten Moor ein Mädchen gefunden haben, auf das die Beschreibung gepasst hat. Aber sie ist es nicht gewesen“, antwortete sie. „Auf Wiedersehen.“

Sie war schon auf dem Vorplatz, der in völliger Dunkelheit lag, als er plötzlich neben ihr auftauchte. Es war so dunkel, dass sie sein Gesicht nicht sah, aber sie roch seinen Atem.

„Wer hat Ihnen das gesagt, das mit mir und Sylvie? Hat sie es doch jemandem erzählt?“

„Das kann ich Ihnen nicht sagen.“

Als sie ihr Auto erreichte, stand er noch immer dort und sah ihr nach.

Sie nippte gerade an einem großen Glas mit Rum und Eis und starte auf den Balzac-Einband vor sich, als das Summen des Telefons sie aus ihren Gedanken riss. Sie nahm an.

„Alexander hier. Halt dich gut fest, Marianne. Ich hab grad einen Anruf von der Kripo Gießen für dich entgegengenommen. Stell dir vor, deine Zeugin, diese Wehle, ist verschwunden. Nach dem, was man in ihrem Haus gefunden hat, dürfte sie nicht mehr am Leben sein. Natürlich wollten die wissen, wie deine Visitenkarte dahin gekommen ist. Die rufen morgen früh wieder an. He, bist du noch da?“

Sie schluckte und hielt das Glas umklammert. *Scheiße, Scheiße, Scheiße!*

„Klar, immer doch. Aber was ist da passiert? Wie meinst du das, ‚nicht mehr am Leben'? Was haben sie dort gefunden?"

„Lass dir das morgen lieber selbst erklären. Ich wollte dich nur vorwarnen, mehr nicht."

Er schwieg.

„Dieser Fall scheint eine ziemlich merkwürdige Entwicklung zu nehmen", sagte er.

„Ja", sagte sie.

Anna Lewin zog es vor, nichts mehr zu sagen, damit ihr Gesprächspartner nicht merkte, wie betrunken sie war. Sie legte auf. Ihr Blick folgte dem Pfad aus weißem Licht, der durch das Fenster auf den Boden fiel. Sie durfte nicht zu lange darauf schauen, sonst würde ihre Höhenangst unweigerlich zurückkehren. Alles kehrt irgendwann zu einem zurück.

11
Die zerrinnende Zeit

Alexander Bub bedachte sie mit einem Blick, der in etwa sagte: So kann es nicht weitergehen, ließ sie aber in Ruhe. Sie sagte sich, dass es nicht den allerschlechtesten Eindruck machen würde, wenn sie dem Anruf der Kripo aus Gießen zuvorkam. Ihre Hände bewegten sich zitternd über die Tastatur. *Himmel!*, dachte sie. Wie spät war es gestern Nacht bloß geworden? Aber sie wusste, dass das nicht die Frage war.

„Polizeidirektion Gießen. Luther. Guten Tag, was kann ich für Sie tun?"

„Wehl ... äh ... Lewin, Kripo Fulda. Verbinden Sie mich bitte mit dem ermittelnden Beamten in der Vermisstensache Wehle." Ihre Stimme klang eine ganze Oktave tiefer, registrierte sie mit Unbehagen.

„Ich verbinde Sie mit der Kripo. Da wird man Ihnen weiterhelfen."

Die Leitung rauschte. Keine Warteschleifenmusik.

„Dümmler."

Das Gespräch dauerte nicht lange. Dümmler, leitender Kriminalkommissar, war am gestrigen Tag selbst am Tatort, womit er das Haus der Wehle meinte, gewesen. Er bot ihr an, den Bericht und die Fotos per Mail zu versenden. Zuvor hatte er nach ihrer Verwicklung in diesen Fall gefragt und seinem Erstaunen darüber Ausdruck verliehen, dass man in dieser Angelegenheit keinen Kontakt zu den örtlichen Behörden gesucht hatte. Die Kommissarin konnte ihm jedoch ihren Alleingang plausibel machen und versprach umgehende Akteneinsicht, nachdem sie ihm die Rolle der Wehle in der Vermisstensache Claasen erläutert hatte.

Er fragte sie nach den Lebensverhältnissen der Wehle. Die Kommissarin versprach ihm das Tonbandprotokoll ihres Besuchs bei Marcia Wehle. Sie verabredeten sich für den morgigen Tag telefonisch zur gleichen Zeit, um den Ermittlungsstand zu überprüfen und noch offene Fragen zu klären. Sie legte das Telefon auf. Hammerschmidt. Sie musste Hammerschmidt anrufen.

„Hi."

Die Kommissarin drehte sich um.

Imogen Hutter war geräuschlos in das Büro gekommen. Sie starrte auf den unfassbar kurzen Rock der jungen Frau. Der Rolli, den sie trug, war zwar eng, bedeckte heute aber immerhin den Bauchnabel.

„Das Alibi", sagte die Hutter. „Hammerschmidts Angaben. Er war zu der Zeit wirklich in Kuba. Ist erst eine Woche nach dem Verschwinden des Mädchens wiedergekommen."

„Ist in Ordnung. Danke für die Arbeit", erwiderte die Kommissarin.

Sie gab sich keine Mühe, ihr Desinteresse zu verbergen. Imogen Hutter zog einen Schmollmund und machte auf dem Absatz kehrt.

Plötzlich sah sie deutlich das zweite Bild Sylvies vor sich, das sie an dem Abend, als ihre Freundin bei ihr war, noch eingehend analysiert hatten, ohne wirklich zu einem Ergebnis zu kommen. Sie hatte die ganze Zeit über nicht daran gedacht.

Das Bild stellte eine verwirrende Komposition von Formen und dunklen Farbtönen dar, aber nur auf den ersten Blick, wie ihre Freundin Ulrike ihr gezeigt hatte. Auf den zweiten Blick entdeckte der Betrachter die perspektivische Tiefe des Bildes, ohne die alles andere verloren gehen würde, so, als wäre es niemals gezeichnet worden. Und diese Tiefe entstand durch den schmalen Ausschnitt eines blauen

Himmels im Hintergrund des Bildes. Es war nicht klar, ob es Tag oder Nacht war.

Sie hätte jetzt gern die Augen geschlossen, um das Bild so zu sehen, wie sie es in Erinnerung hatte, und nicht so wie jetzt, in farbig gestaffelten Flächen unter der Oberfläche der Wirklichkeit.

Das Bild hatte eine Familie gezeigt. Im Vordergrund ein glücklich lächelndes Elternpaar. Nur ihr Blick hatte nicht zu diesem harmonischen Eindruck passen wollen; er war irgendwo auf einen Punkt außerhalb des Bildes gerichtet gewesen. Hinter dem Paar hatte ein Blüten tragender Baum aufgeragt, irritierend in seinen cremefarbenen Pastelltönen. An den weit ausragenden Ästen des Baumes hatten die leblosen Körper zweier Kinder gehangen. Ihre Körper hatten auf eine verstörende Weise die Farben der Blüten reflektiert, des Himmels, der Kleidung der Eltern im Vordergrund. Alles hatte wie ein gespenstischer Traumraum gewirkt, und wenn man nur einen Augenblick die Konzentration verloren hatte, hatte sich das ganze Bild mit unidentifizierbaren Objekten zu füllen begonnen, die sich einer realen Interpretation entzogen hatten.

„Sylvie hätte jemand werden können“, hatte ihre Freundin nachdenklich gesagt. Und dann hatte sie noch gesagt: „Hast du mal an die Möglichkeit gedacht, dass diese Bilder gar nicht von dem Mädchen sind?“

„Wie meinst du das?“, hatte sie zurückgefragt.

„Na ja, vielleicht hat diese Bilder jemand anderes gemalt. Zum Beispiel deine wunderbare Zeugin.“

Sie hatten an diesem Abend noch lange zusammen gesessen und versucht, das, was sie über Sylvies Biografie bis zu ihrem Verschwinden wussten, auf das Bild zu beziehen. Vieles davon tauchte in dem verstörenden Motiv auf. Aber das hatte nicht viel zu sagen, das wusste sie. Marcia Wehle oder Hammerschmidt hatten dieses Wissen ebenso haben können. Aber was hätte es für einen Sinn ergeben, hätte die Wehle ihr diese Bilder überlassen?

Je länger sie das Bild betrachtet hatte, desto deutlicher hatte sie das Gefühl gehabt, dass die Zeit unaufhörlich zerrann, nicht nur in dem unruhigen, das Auge des Betrachters fliehenden Blick der Eltern. Aber letztendlich hatte das Bild nur neue Fragen aufgeworfen, anstatt sie zu beantworten.

Sie schloss für einen Moment die Augen, bis es verschwand.

Vaupel stand im Foyer, umringt von einer Schar Polizeischüler und zwei Journalisten. Alexander Bub schien etwas bessere Laune zu haben, als er sie auf dem Treppenabsatz abfing.

„Manche Hähne glauben, dass die Sonne ihretwegen aufgeht", meinte er mit einem abschätzigen Blick auf den Trubel. „Hammerschmidt hat angerufen. Den ollen Angler meine ich, nicht seinen Bruder."

„Was wollte er?"

„Hat er nicht gesagt. Der kann in sieben Sprachen schweigen, weißt du doch", rief Bub ihr hinterher, während er die Treppe hinab lief.

Hammerschmidt konnte warten. Sie streifte sich den orangefarbenen Sweater vom Leib, holte sich eine Automatencola und setzte sich vor den Bildschirm. Sie öffnete den Anhang der Mail vom Gießener Kommissariat und druckte ihn aus. Das Lesen am Bildschirm hasste sie.

Vorläufiger Bericht in der Vermisstensache Marcia Wehle, geb. am 19.01.1962

Sie stutzte. Himmel! Wieso war ihr das nicht aufgefallen? Die Wehle war am gleichen Tag geboren wie Sylvie Claasen?

Am 4. März 2007 ging um 11 Uhr 37 bei uns durch den Postbeamten Hannes Kaiserhof, geb. am 16.03.1955, wohnhaft in Gießen, die Mitteilung ein, dass mit dem Wohnhaus Wissmarer Weg in Alten-Buseck, Besitzerin: Marcia Wehle, „etwas nicht stimmt". Auf die Nachfrage des diensthabenden Beamten erklärte Herr K., dass die Post der letzten beiden Tage unangetastet vor der Türe gelegen habe. Er habe daraufhin einen Blick durch das Fenster geworfen und dabei festgestellt, dass der Fernseher lief, habe aber niemanden im Raum bemerkt. Da auch der Hund nicht wie sonst immer auf dem Hof zu sehen war, Frau Wehle zwar immer wieder mal für längere Zeit irgendwohin fuhr, die Post dann aber an ein Postfach ging, sei ihm das merkwürdig vorgekommen. Daraufhin schickten wir eine Streife mit zwei Beamten zu dem Haus. Die Beamten trafen um 12 Uhr 07 dort ein. Auf ihr Klopfen und Rufen hin öffnete niemand. Auf der Rückseite des Hauses bemerkte einer der Beamten beim Blick durch die im Erdgeschoss befindlichen Fenster, dass ein Teil des Mobiliars umgestürzt war, Schubladen herausgerissen waren und dass sich die im Sichtfeld befindlichen Wohnräume in großer Unordnung befanden. Die Beamten beschlossen daraufhin, die Wohnungstür, die von außen verriegelt war, zu öffnen.

Im Innern des Hauses bot sich ihnen folgendes Bild: Die meisten Wohnräume im Erdgeschoss und im Obergeschoss wiesen keine Besonderheiten auf. Sie machten größtenteils den Eindruck, als wären sie lange Zeit nicht genutzt worden. In dem auf der Rückseite des Hauses befindlichen Wohnraum, der offenbar als Atelier o. ä. genutzt wurde, waren jedoch alle Schränke und Schubladen durchwühlt worden, Stühle und anderes Mobiliar lagen umgestürzt auf dem Boden. Auf demselben waren Blutspuren im ganzen Raum verteilt und bis in die Küche zurückzuverfolgen.

An der rückwärtigen Wand des Ateliers machten die Beamten folgende Entdeckung: Sie bemerkten mehrere auf eine blaue Leinwand drapierte Holzrahmen, eine Art Bildkästen, in denen sich verschiedene Objekte befanden (siehe auch das angefügte Bildmaterial), darunter eine menschliche Hand und die sterblichen Überreste eines Tieres, offenbar eines größeren Hundes. Die beiden Beamten forderten die Spurensicherung an. Die Untersuchungen im Haus begannen noch am frühen Nachmittag. Da die Wohnungsinhaberin nirgends aufzufinden war und auch die Befragungen der Nachbarn und im Dorf keinerlei Anhaltspunkte für ihren Aufenthaltsort ergaben, wurde eine Vermisstenmeldung herausgegeben.

Zum jetzigen Zeitpunkt kann nur festgestellt werden, dass es sich bei der menschlichen Hand um eine weibliche Hand einer ungefähr fünfzigjährigen Person handelt. Bei den Überresten des Tieres handelt es sich mit einiger Sicherheit um den Hund der Hausbesitzerin, da sich Haare dieses Tieres im gesamten Haus fanden. Die Spuren deuten bislang auf einen Einbruch. Das an der Wand befindliche Objekt wird zurzeit untersucht. Außerdem wird das weitläufige Grundstück nach Spuren der vermissten Person abgesucht. Bislang ohne Ergebnis.

gez. Luther

Sie legte das Blatt auf die Seite und betrachtete aufmerksam die zwei Dutzend Fotos vom Tatort.

Da waren die riesige blaue Leinwand im Atelier, die Detailaufnahmen der zerstückelten Gliedmaßen des Hundes, die jemand zu einem von Gewalt und düsteren Fantasien beherrschten Objekt zusammengefügt hatte.

Sie legte die Aufnahmen nebeneinander.

In dem mittleren Holzrahmen war der Kopf des Hundes mit langen Nägeln aufgespießt, das Gesicht nach unten gewendet und die Augen wie im Schlaf geschlossen. In dem linken, kleineren Rahmen war ein Mann in einem Trenchcoat zu sehen, vermutlich handelte es sich um einen Bildausschnitt aus einer Zeitschrift. Der Mann hatte eine Waffe in der Hand und schoss auf ein blutverschmiertes Objekt, das sie beim näheren Hinsehen als ein Herz identifizierte. Das Verstörendste aber war die blutige menschliche Hand, die aus dem Boden der Leinwand ans Licht zu drängen schien, die fünf Finger gespenstisch verkrümmt und in das Blau der Leinwand weisend. Im Vordergrund, zwischen den Holzrahmen, waren zwei Figuren ohne Gesichter aufgemalt. Ihre Gesichter waren mit weißen Tüchern verhüllt, die sich zugleich um ihre Hälse zu wickeln schienen. Rotes, geronnenes Blut deutete ihre Körper an, die sich unmerklich zueinander neigten.

„Darf ich stören?" Die Hutter war ausgerechnet jetzt fast unbemerkt hinter sie getreten. „Wow, was ist das denn für eine abgefahrene Freakshow?" Sie beugte sich über die Bilder. „Das ist ja krank."

„Nennen wir es lieber ein ziemlich extravagantes Kunstwerk", sagte die Kommissarin. „Vermutlich trifft es nicht jedermanns Geschmack, aber was hat das heutzutage schon zu sagen. Hier", sie schob ihr den Bericht zu, „lesen Sie, vielleicht fällt Ihnen ja was dazu ein. Sie sind ja lang genug in den Fall involviert."

Erfreut über die plötzliche Zuwendung begann Imogen Hutter, angestrengt zu lesen. Die Kommissarin wandte sich wieder den Bildern zu.

Trotz der Detailaufnahmen, die sie immer wieder wie zu einem Puzzle zusammensetzen musste, war das, was sich im rechten und letzten Bildkasten befand, am schwierigsten zu erkennen. Musterartig angeordnet fanden sich Fleischfetzen, Muskel- und Sehnenstränge mit Haarbüscheln vermengt, zu einer grotesken Szenerie angeordnet. Aus der Ferne betrachtet, wirkte das Ganze wie eine endlose Steinwüste voller verkrümmter, fliehender Figuren. Der Horizont war von einem diffusen, durchschimmernden Blau, das diese Welt noch unzugänglicher machte. Wer auch immer diese Welt betrat, würde keinen Ausweg mehr aus ihr finden. Sie wandte sich fröstelnd ab. Imogen Hutter sah sie neugierig an, dann betrachtete sie die Bilder.

„Ist wohl zynisch, wenn man dieses perverse Zeug als Kunst bezeichnet. Aber mir geht da gerade so ein Satz durch den Kopf: ‚Das Beste, was der Künstler gibt, ist Abglanz dessen, was er liebt.' Hab ich mal irgendwo gelesen", sagte sie.

„Das ist nicht schlecht", sagte die Kommissarin nachdenklich. Sie sah auf die Bilder. „Abglanz dessen, was er liebt ... Scheiße, ich habe nicht die geringste Ahnung, was passiert sein könnte." Sie verstummte plötzlich, als sie sich dabei ertappte, laut gedacht zu haben.

„Hatte diese Wehle Feinde?"

Die Kommissarin dachte an den Mann im Wald, damals, auf dem Spaziergang mit Marcia Wehle, das aufgeregte Bellen des Hundes.

Achselzucken. „Ich weiß von niemandem." In diesem Augenblick fiel ihr wieder ein, dass die Wehle ihr ein falsches Geburtsdatum genannt hatte.

„Also, da hat jemand ihren Hund zerstückelt, ihr die Hand abgehackt und dann in aller Seelenruhe ein Kunstwerk daraus gemacht? Das ist wirklich total krank", stellte Imogen Hutter fest.

„Wir wissen nicht hundertprozentig, ob das ihre Hand ist. Und wir wissen nicht, wo die Wehle ist. Aber in dem Bild steckt ein Hinweis", sagte die Kommissarin ruhig.

„Aha", gab die Hutter gedehnt zurück.

Zwei Stunden später fragte sie sich, ob sie wirklich an das glaubte, was sie da über einen Hinweis gesagt hatte. Alexander Bub hatte nur flüchtig auf die Bilder und den Bericht gesehen.

„Ekelhaft. Und die merkwürdigen Wendungen in diesem Fall wollen kein Ende nehmen. Wobei dir wahrscheinlich nicht entgangen sein dürfte, dass das ein Fall für die Kripo Gießen ist", sagte er.

„Hab schon verstanden", gab sie zurück. „Noch drei Tage, dann bin ich wieder bei Papa und Mama."

„Tja", seufzte Bub. „Die besten Eltern haben oft ungeratene Kinder."

Im Gehen wandte er sich noch einmal zu ihr. „Was ist mit dieser Vergewaltigungssache?"

„Liegt auf deinem Schreibtisch."

„Braves Kind."

Eine Tafel Schokolade verfehlte ihn nur knapp.

Das Telefon läutete unerbittlich. Sie nahm das Gerät von der Station.

„Bisterbosch. Ich ..."

„Waren wir nicht beim Du?"

„Äh, ja. Simon. Ich wollte fragen ...", räusperte er sich.

„... ob wir mal wieder was zusammen machen?", ergänzte sie. „Samstag?"

„Klar! Gerne!", erwiderte er erfreut. „Was macht der Fall?"

„Nicht ganz so tot wie Lucy. Je näher ich der Sache komme, desto weiter weg rückt sie. Als ob man dir etwas vor die Augen hält, nur um es im nächsten Augenblick wieder fortzureißen, sobald du die Finger danach ausstreckst", sagte sie.

„Ein Scheiß-Gefühl", stellte er fest.

„Ja, so könnte man es sagen", antwortete sie, überrascht über seine Wortwahl.

Die Kommissarin blickte sich nicht um, als sie abends das Gebäude verließ, aber sie fühlte, dass Kommissar Bub und ein anderer Beamter an der Stelle, an der sie sich von ihnen verabschiedet hatte, stehen geblieben und ihr mit den Augen gefolgt waren, bis sie ihr Auto erreicht hatte und vom Parkplatz gefahren war.

Obwohl sie müde war, konnte sie nicht an Schlaf denken. Sie setzte sich auf die Stufen der Galerietreppe und starrte auf die gegenüberliegende Wohnzimmerwand, deren Orange-Ton inzwischen fast vollständig unter einer Landschaft aus Fotografien, Karten, Bildern und Berichten verschwunden schien. Einen Augenblick war ihr Verstand wie gelähmt, aber dann arbeitete er um so lebhafter und klarer.

Die Abendschatten vor dem Fenster tauchten den Raum in ein Zwielicht, das wie angewehter Staub auf der Wand haften blieb. Sie schloss die Augen und glaubte, ihren Namen rufen zu hören, ein Rufen wie die unsichtbaren Linien im Gesicht des Kindes, das sie nie mehr sein würde.

All diese Dinge an der Wand waren wie eine Landkarte zwischen Gestern und Morgen, und sie brauchte nichts anderes tun, als ihre Koordinaten zu bestimmen oder dem Echo, das ihr aus dem Dunkel entgegenraunte, nachzulaufen. War es wirklich so einfach?

Spät in der Nacht schleuderte sie eine halbvolle Flasche Scottish Dunmoor an die Wand. Schwankend erhob sie sich. Ihre Finger folgten den feuchten Rinnsalen auf dem Papier und den Maserungen der Tapete. Sie ließ sich in den Sessel fallen und knipste die Stehlampe an und wieder aus. An und wieder aus. Von flackernden Lichtstreifen gespenstisch erhellt, suchten ihre Augen einzelne Ausschnitte, die sie in die Chronologie der Geschehnisse einzuordnen versuchte. Das Skelett im Roten Moor ... Damit hatte alles begonnen. Die Durchsicht der Vermisstenakten. Es gab ein Foto der Akte mit der Vermisstensache Sylvie Claasen. Daneben hing die Fotografie eines hübschen jungen Mädchens: Sylvie. Aufnahmen vom Roten Moor. Morgengerötete Stille.

Eine rücklings hingestreckte Landschaft. Verschwommene Konturen. Das Reihenhäuschen, in dem Sylvie aufgewachsen war. Eine Visitenkarte des *Blue Shell*. Sie ließ das Licht einen Augenblick länger an: Kartenausschnitte. Die Geometrie des Zufalls hatte sie in alle Himmelsrichtungen verteilt angeordnet, so, wie auch die Landschaft hier in der Rhön keiner Linie folgte. Es schien gar keine andere Möglichkeit zu geben, als Sylvie in diesem Teil der Welt zu vermuten.

Aus. An.

Ihre Augen waren auf die Hand gerichtet. Eine Hand auf einer Torfsode. Daneben die Berichte der Gerichtsmedizin. Sie kannte sie auswendig. Wie an einer Schnur aufgezogen Fotos von der B 284, der letzten Straße, an der entlang Sylvie wie tausend andere Menschen jedes Jahr auch wie durch ein Tor in die Dunkelheit gegangen war. Und viele Jahre später sollte sie, Anna, den Durchgang finden, ihr einfach nachlaufen und eine Erinnerung durchblättern, die niemals die ihre werden würde, obgleich das ein Fall wie dieser verlangte?

Die Glühbirne gab mit einem leisen Knacken auf. Das Zimmer lag im Dunklen. Rechts unten an der Wand hatte sie die Zeitungsausschnitte über den Sensationsfund der Moorleiche drapiert. Sie hörte Tomic von den Plänen der Gemeinde sprechen. In die Mitte der Wand hatte sie mit Leuchtfarbe ein großes Fragezeichen gemalt. Es markierte den Punkt, an den alle Ermittlungen immer wieder zurückzuführen schienen, um dann auf einer neuen Spur wieder an eben jenen Punkt zu gelangen. Irgendwo links unter dem Fragezeichen hingen Sylvies Bilder, darunter, in einem runden Kreis, ein Foto von Marcia Wehle, ihrem Haus sowie eine ganze Fotoserie des skurrilen Gemäldes an der rückseitigen Wand des Atelierraums nach ihrem Verschwinden. Eines der Fotos zeigte die abgetrennte Hand. Warum?

War das eine Anspielung auf die Hand im Roten Moor? An einer Schnur hing der Stick mit den Aufnahmeprotokollen ihrer Gespräche mit der Wehle. Wie oft hatte sie das Band abgehört? Sie kannte es auswendig, genau wie die Karte an der Wand. Von dem ersten Bild Sylvies führte ein Pfeil zu Fotografien von sowohl Hammerschmidts Haus als auch seines Autos. Die Wehle war das bisher letzte Teil in diesem endlosen Puzzle. Aber wohin sie es auch schob, es passte nicht.

Sie tastete nach der Flasche auf dem Boden. Auf dem Grund der Flasche war noch ein Schluck Whiskey, den sie langsam in ihren Mund rinnen ließ.

Und jetzt war dieses Teil verschwunden. Warum ließ sie nicht die Finger von der Sache? Nahm ihre Arbeit wieder auf und schloss die Vermisstensache Claasen für immer?

Es gab einen winzigen Punkt, an den ihre Überlegungen immer wieder zurückkehrten. Einmal hatte sie diesen Anhaltspunkt Kommissar Hammerschmidt gegenüber als Schlüssel zum Verschwinden Sylvies bezeichnet. Auf der Wand hatte sie diesen Punkt mit der Fotografie einer schwangeren Frau, die sie aus irgendeiner Zeitschrift gerissen hatte, bezeichnet und mit Fragezeichen umrahmt. Sie war das Gefühl nie losgeworden, dass Marcia Wehle ihr etwas verschwiegen hatte. So wie wenn man etwas wahrnimmt, aber trotzdem daran vorüber geht, weil man der eigenen Intuition nicht vertraut.

Ohne sich zu entkleiden, legte sie sich auf das Bett. Sie starrte in die Dunkelheit. Eine Polizeisirene durchschnitt die Stille der Nacht. Sie hatte oft versucht, sich an die Nächte ihrer Kindheit oder die Nächte mit ihrem Baby im Bauch zu erinnern. Nie hatte sie mehr erreicht als einen schweigenden Einklang in der Beschäftigung mit dem eigenen Vorstellungsvermögen, etwas, das aus ihr herausging und das sie doch zugleich erzeugte, bis an den Punkt, wo alles wieder in diesen Vorstellungen verschwand. Sie hatte gelernt, die Irritation und Orientierungslosigkeit, mit der ihr die Dinge, die außerhalb der Reichweite ihres Blickes lagen, entgegen traten, durch Konzentration beherrschbar zu machen. In den letzten Wochen war ihr klar geworden, dass das ein Teil ihres beruflichen Erfolges ausmachte. Über den Satz erfahrener Ermittler, dass jeder Mord immer auch ein Anschlag auf den Alltag des Ermittelnden war, hatte sie bis zu diesem Zeitpunkt niemals sonderlich nachgedacht. Seit dem Verschwinden ihrer Tochter hatte es bisher nie einen Fall gegeben, bei dem ihre distanzierte Betrachtungsweise innerer Betroffenheit gewichen wäre. Das war ihre größte Stärke gewesen.

Das Schrillen des Weckers riss sie aus einem unruhigen Halbschlaf. Sie hatte geträumt, dass sie mit Hammerschmidt beim Angeln gewesen war. Er hatte auf der einen Seite des Flusses gesessen, sie auf der anderen. Beide hatten sie ihre Angeln ausgeworfen und auf den unruhigen Fluss gestarrt. Plötzlich war etwas vorübergetrieben, das zuerst wie ein Baumstamm ausgesehen hatte, dann wie ein menschlicher Körper. Hammerschmidt war aufgesprungen und ins Wasser gelaufen, während sie am Ufer stehengeblieben war. Die Angelschnüre hatten sich gespannt. Und dann hatte sie gespürt, dass sie sich nicht mehr bewegen konnte. Der Körper, jetzt hatte sie deutlich sehen können, um wen es sich handelte, war von unsichtbaren Wellen emporgehoben worden. Bevor sie allerdings hatte erkennen können, um wer es war, war er im milchig-trüben Glast des Flusses verschwunden. Als wäre es ein Objekt in einem Bild gewesen, das jemand mit fliehenden Strichen übermalt hätte. Und dann hatte ihr jemand die Angel aus der Hand gerissen. Mit Hammerschmidts schrillem Lachen im Ohr war sie erwacht.

Sie duschte kurz, verzichtete auf ihre allmorgendliche Cola und ging gleich in die Tiefgarage. Der Citroën sprang mit einem merkwürdig würgenden Geräusch an. Kühle Fahrtluft strömte durch die geöffneten Fenster. Die Sonne versprühte einen schimmernden Glanz auf den Häusern, wenn sie zwischen den Wolkengraten hervorsah. Die Fahrtstrecke von ihrer Wohnung bis zum Kommissariat erschien ihr kürzer als sonst. Auf dem Parkplatz der Polizeidirektion gab es eine bleiche, gesprungene Fläche, auf der nie jemand parkte. Als sie ausstieg, bemerkte sie Reifenspuren in der dünnen Schlammkruste.

„Ich wollte dich gerade anrufen", empfing sie Alexander Bub und drückte ihr ein Schreiben in die Hand. „Das war heute Morgen im Briefkasten. In unserem Briefkasten wohlgemerkt."

Sie nahm das Blatt entgegen und versuchte das Zittern ihrer Hand zu verbergen. Das Schreiben war an sie und Bub adressiert.

In einem Abbruchhaus in der Nähe des Parkplatzes Moorwiese finden Sie, was Sie in dem Vermisstenfall Claasen suchen. Es ist das Haus auf der linken Seite einer kleinen Straße, die an dem Parkplatz am Rondell vorbei ins Moor führt. Die Straße endet an einer Schranke. Von dort aus sind es nur noch wenige Meter. Von der Straße aus kann man das Haus nicht sehen. Es gibt ein altes Schild. Wenn man von dieser Stelle aus in den Wald läuft, kann man das Haus nicht verfehlen. Meinen Namen möchte ich nicht nennen. Ich will der Wahrheit zu ihrem Recht verhelfen.

„Was suchen wir denn?", fragte Bub und sah sie grinsend an. Sie starrte auf das Blatt in ihrer Hand. „Keine Angst, ist nur ne Kopie. Das Original habe ich zur Untersuchung gegeben."

„Hm“, machte die Kommissarin.

„Ich könnte stundenlang in dein Gesicht sehen“, sagte Bub. „Dahinter dürfte eine Menge passieren, was du selbst nicht kennst und verstehst. ‚Hm‘ verstehe ich aber als altes texanisches Idiom für ‚Sattelt die Pferde!‘, und das sollten wir wirklich tun, ganz gleich ob wir es hier mit einem abgeschmackten Jungenstreich oder …“

„Oder was?“

Wenige Minuten später saßen sie in Alexander Bubs BMW. Dünne Wolken hatten sich über den Horizont gelegt, versunkene Wälder in der Geometrie des Morgens. Lichtgrünes Moos, um das herum alles zu schweben schien, kroch an den aufgesprungenen Asphalt. Vor ihnen tauchte die Schranke auf. Sie sah auf die Uhr. Es war 8 Uhr 30.

„Hey!“, sagte sie, aber da war Alexander Bub auch schon auf die Bremse getreten. Unmittelbar vor dem Schlagbaum kam der Wagen zum Stehen.

„Knapp, aber was passt, das passt“, bemerkte Bub. Sie stiegen aus. Hinter der Schranke endete die Asphaltstraße. Reifenspuren zogen sich durch den Schlamm. „Links.“ Bubs Hand wies in die Luft. Von den Wipfeln entfernter Bäume stieg ein Vogelschwarm mit einem hohlen Schall in die Luft: Tannenhäher. Bub drehte sich kurz zu ihr um. Sie folgte ihm in geringem Abstand. Als wäre das ein Signal, wirbelte plötzlich die Luft auf und legte Schatten zwischen die hohen Sträucher, durch die hindurch man bald die Umrisse eines Hauses sah.

Auf einmal, hinter ihnen, das hässliche Geräusch einer splitternden Scheibe. Der grelle Ton einer Alarmanlage durchschnitt die Luft.

„Scheiße!“ Alexander Bub war stehen geblieben. Sie waren schon zu tief im Unterholz, als dass sie etwas hätten sehen können.

„Wart hier auf mich“, sagte er. „Geh nicht weiter.“

„Wir sollten zusammen zurückgehen“, entgegnete sie.

Aber da war er bereits auf dem Weg zurück zur Straße. Unschlüssig blieb sie stehen. Vom Haus sah sie nur die Außenmauern und einen Streifen roten Dachfirst.

Aus der Richtung der Hausruine kam ein Geräusch. Unwillkürlich duckte sie sich. In den Knien hockend, starrte sie durch die im Wind flirrenden Zweige eines Holunderstrauchs auf das Gebäude. Zwischen dem Graubraun der Blätter und der farblosen Luft erschien es ihr wie eine Luftspiegelung, die sich unter ihren Blicken hob und senkte. Sie tastete nach ihrem Telefon. Warum war es nur so verdammt still? Die Alarmanlage war verstummt. Sander hätte sich längst melden müssen. Sie drehte sich vorsichtig in Richtung Straße.

Da war es wieder. Das Geräusch. Als ob etwas aus großer Höhe hinab zu Boden fiel. Sie drückte die 1 auf ihrer Telefontastatur. Interne Verbindung. Sie wartete: nichts. Keine Verbindung. Sie überlegte fieberhaft. Es war ausgeschlossen, dass Sander sein Telefon ausgeschaltet hatte. Absolut ausgeschlossen. Warum meldete er sich dann nicht? Plötzlich wurde ihr klar, dass sie jemand ablenken wollte. Sie realisierte das mit einer klaren und kalten Gewissheit.

Ruhig entsicherte sie ihre Dienstwaffe und ging, immer im Schutz der Sträucher, auf das Haus zu. Es war, als ob sie unsichtbare Seile durch den Wald zogen. Keinen Augenblick fragte sie sich, warum sie nicht die andere Richtung, zurück zur Straße, gewählt hatte, und auch ihre Gedanken weigerten sich, sich in eine andere Richtung zu bewegen als auf das Gebäude zu.

Noch ein letztes Mal wählte sie Sanders Nummer. Aber vergebens. Die einzige Reaktion, die sie bekam, erfolgte in Form urplötzlich einsetzenden Regens. Ansonsten war es still. Sie sah auf das hohe, grüne Gras, das sich unter den Regentropfen duckte. Es roch strohig und nach Rinde. Zielsicher näherte sie sich der Lichtung. *Verdammt, Sander, wo bist du?!* Ihre Gedanken zappelten wie in einem Drahtgeflecht, zerteilten sich, hasteten in alle Richtungen und kehrten in rasender Geschwindigkeit zurück. Beide Hände auf der vorgestreckten Waffe, ging sie auf das Haus zu.

Da strauchelte sie. Im Fallen zog sich ein Seil schmerzhaft um ihren Knöchel. Aus ihrer Dienstwaffe löste sich ein Schuss. Tosend durchfuhr der Schall die Luft. Sie schlug hart auf dem Boden auf. Im gleichen Augenblick wurde ihr Körper ruckartig in die Höhe gezogen. Die Waffe fiel ihr aus der Hand. Ihr Sichtfeld verschwamm unter einem gleißenden Weiß. Ein schwarzer Schatten jagte in wilder Geschwindigkeit auf sie zu; sein Aufprall hinterließ ein helles Flimmern auf ihrer Netzhaut.

Dann setzte ihr Atem aus.

12
Sylvie verschwindet

Sylvie stand noch immer in der nebelglänzenden Luft. Müde sah sie auf den schwarzen Peugeot Kastenwagen, der vor ihnen am Straßenrand stand. Der Wagen gehörte ihr, aber das durften ihre Eltern nicht wissen. Zumindest solange sie keinen Führerschein besaß.

„Marcia." Ein flüchtiges Lächeln glitt über ihr Gesicht.

„Steig schon ein. Ich fahr dich."

Als Anke die hintere Tür öffnen wollte, wurde sie angeherrscht: „Du bleibst draußen. Das fehlt mir noch. Bin doch kein Taxi."

„Aber ...", versuchte Sylvie einzuwenden.

„Steig ein oder lass es."

Sylvie wandte sich zu ihr.

„Schon gut", winkte Anke ab. „Wer steigt schon freiwillig zu 'ner Psycho in den Wagen. Ich werd' eh gleich abgeholt."

Sylvie zog die Beifahrertür zu sich heran und stieg ein. Schweigend fuhren sie durch die Nacht. Erst kurz vor Wüstensachsen brach Marcia Wehle ihr Schweigen.

„Wo hast du dich denn wieder rumgetrieben?"

„Blue Shell", antwortete Sylvie einsilbig.

„Ich hab dir schon so oft gesagt, dass die Leute da kein Umgang für dich sind. Komm doch lieber zu mir."

„Du redest wie meine Mutter. Das mag ich nicht."

„Sei doch nicht gleich beleidigt. Ich meine es doch nur gut."

„Siehst du. Genau wie meine Mutter. Woher wusstest du eigentlich, dass ich da in Gersfeld an der Straße stehe? Bist du mir gefolgt?"

Marcia stoppte den Wagen am Ende einer langen, von Reihenhäusern gesäumten Straße. „Wie kommst du denn darauf? Es war Zufall. Sei doch lieber froh, dass ich da gehalten habe. Und nicht irgend so ein Psychopath, der dich jetzt bestimmt schon in den Arsch gefickt und dir mit dem Messer die Nippel abgeschnitten hätte."

„Hör auf! Ich mag es nicht, wenn du so redest. Du bist meine beste Freundin, aber das mag ich nicht. Und hör auf, meine Freunde anzurufen und ihnen zu drohen. Ich weiß nicht, warum du das tust."

„Weil ich dich liebe, Baby. Nur ich kann dich retten vor dieser Welt."

„Blödsinn. Wovor solltest du mich retten müssen? Ich wäre schon froh, wenn ich meine Eltern mal eine Weile los sein könnte."

Marcia zündete sich eine Zigarette an. „Was soll ich denn sagen? Du hast ja keine Ahnung. Die Hölle ist nur ein Wort mit fünf Buchstaben gegen das."

Sylvie sah sie an. „Wie soll ich das wissen? Du erzählst ja nie was."

„Und wenn schon. Erzähl mir lieber von Jan." Sie zeigte auf das Haus, in dem ein schwacher Lichtschein glomm. „Ihr trefft euch da doch nur, damit ihr in Ruhe ficken könnt. Und? Hast du ihm schon den Schwanz gelutscht oder seid ihr noch in der Fummelphase?"

„Du bist ja krank."

Sylvie weinte. Marcia legte den Arm um sie.

„Tut mir leid. Ich weiß auch nicht, warum ich so rede. Ich kann dich eben so schwer mit anderen teilen."

„Marcia, fährst du den Wagen ein paar Häuser weiter? Ich ... Ich muss mit dir reden. Bitte."

Das Auto rollte lautlos die Straße hinab. In einem anderen Haus flammte Licht auf. Und Sylvie redete, während die Kälte langsam in den Wagen kroch. Sie erzählte Marcia alles, so wie immer. Marcias Gesicht lag im Dunkeln. Es blieb vollkommen unbewegt.

„Es tut mir leid", sagte Sylvie, als sie geendet hatte.

„Schon gut", entgegnete sie. „Geh jetzt zu deinem Jan. „Ich hole dich morgen an der Bushaltestelle da drüben ab."

„Du bist lieb", sagte Sylvie. „Niemand ist so lieb zu mir."

„Ach ja?"

„Sei nicht böse. Wir ... Wir können ja morgen wieder im Roten Moor spazieren gehen, wenn du magst?"

„Ich brauch keine Almosen von dir, Sylvie. Bis morgen."

Sylvie sah dem davonfahrenden Wagen nach. Vor der Garage des gegenüberliegenden Hauses stand ein Mann und starrte sie an. Während sie die Straße wieder hinauflief, musste sie daran denken, was sie letzte Woche im Roten Moor erlebt hatte.

Auf ihrem letzten Spaziergang mit Marcia und den Hunden im Moor waren sie einem seltsamen Mann begegnet. Es hatte ausgesehen, als ob er ihnen nachgelaufen wäre. Doch dann hatte er plötzlich vor ihnen gestanden. Sein Atem hatte nach Ingwer gerochen; im Mund hatte er einen Bonbon hin und her geschoben. Er hatte ihnen erzählt, wie das morgige Wetter werden würde. Das Moor, so hatte er erzählt, sei ein Wetterprophet. Liege am Morgen ein schwacher Dunst über dem Moor, so würde es einen schönen Tag geben. Wenn der Dunst aber stärker werde, dann werde auch das Wetter schlecht. Und wenn das Moor rauche, dann könne man Regen erwarten, manchmal sogar Starkregen und Gewitter. Tobe das Moor und tauchten Wellen über dem Moorwasser auf, dann gäbe es starke Stürme, Unwetter und manchmal sogar Erdbeben.

Sylvie hatte sich losreißen wollen, aber Marcia hatte dem Fremden fasziniert gelauscht. Der hatte weitergesprochen und erzählt, dass man an heißen Sommertagen, wenn ein Wetterwechsel bevorstünde, das Kochen des Moores hören könne. An wasserreichen Stellen würde man sehen können, wie der Moorschlamm anschwelle, indem unzählige Gasblasen aufstiegen, zerplatzten und sich ein stinkendes Gasgemisch bilde, das so dicht über den Boden wabern würde, dass man kaum die Hand vor Augen erkennen könne. Das Moor sei unergründlich, hatte der Mann fortgefahren, und täglich stiegen die Nebel aus seinem Innern auf. In heißen Sommernächten sähe es manchmal aus, als würden brennende Lichter auf der Oberfläche des Moores herumirren, Entzündungen brennbarer Materie. *Irrlichter!*, hatte Sylvie gedacht. „Selbstentzündlicher Phosphorwasserstoff", hatte Marcia dem Fremden trocken entgegnet.

„Stimmt", hatte der erwidert und sie lange angesehen. „Und trotzdem solltet ihr aufpassen. Das ist kein Ort für junge Frauen. Das Rote Moor ist ein düsterer Ort. Es geschehen Dinge hier."

Mit diesen Worten hatte er sie stehen lassen und war im angrenzenden Dickicht verschwunden. Sie hatten sich angesehen und gelacht. Aber eigentlich war Sylvie gar nicht zum Lachen zumute gewesen. Sie kannte die Geschichten aus dem Moor. In dieser Nacht war sie froh, bei Jan zu sein.

Am nächsten Morgen las sie Marcia wie verabredet an der Bushaltestelle auf. Kaum waren sie ein paar Meter gefahren, hielt Marcia ihr wieder den gestrigen Besuch im Blue Shell vor. Sylvie war zu müde, um mit ihr zu streiten. Als sie vor einer Ampel standen, merkte sie, wie Marcia sie von der Seite ansah.

„Kennst du die Geschichte von den Moorjungfrauen in Oberelsbach?"

„Nein“, antwortete Sylvie gelangweilt. „Sag mir lieber, warum es hier so seltsam riecht.“

„Es riecht seltsam? Finde ich nicht. Hör dir die Geschichte ruhig an. Ich weiß doch, dass du solche Geschichten magst.“

Marcia reichte Sylvie ein Feuerzeug. Sie beugte sich zu ihr, um sich eine Zigarette anzünden zu lassen.

„Also. Die Jungfrauen aus dem Roten Moor gingen regelmäßig zu den Kirmestänzen in Oberelsbach. Sie brachten wunderschöne Blumensträuße mit. Du kennst ja den Brauch: Wer von den jungen Männern auf der Kirmes einen Blumenstrauß erhalten hatte, wurde innerhalb eines Jahres Bräutigam.“

Der Wagen fuhr an. Marcia fuhr schnell.

„Zu einer bestimmten Zeit während der Kirmes wurden die Jungfrauen durch eine weiße Taube an ihre Heimkehr erinnert. Einmal aber tanzten sie so lustvoll und ausgelassen, dass sie die Taube nicht beachteten. Als sie dann endlich doch vom Tanzen aufbrachen, folgten ihnen einige der jungen Männer. Ein Engel tauchte auf und riet den Männern dringend, umzukehren. Am nächsten Morgen sollten sie nach dem Moorwasser sehen. Wenn das Wasser blutig rot gefärbt sei, käme keine der Jungfrauen je wieder zur Kirmes zum Tanzen. Und so ist es dann auch geschehen.“

„Das muss ich jetzt aber nicht verstehen“, sagte Sylvie nach einer Weile des Schweigens.

„Doch, das solltest du“, entgegnete Marcia kalt.

„Wo fahren wir hin? Warum bist du hier abgebogen?“

Marcia Wehle griff mit einer Hand in das Fach unter dem Lenkrad. Im nächsten Moment drückte sie ihrer Freundin ein mit Chloroform getränktes Tuch auf das Gesicht. Sylvie fing an zu zappeln. Ihr linker Arm traf Marcia an der Schläfe. Ihre Beine zuckten, ihr Oberkörper bäumte sich unter dem Sicherheitsgurt auf. Verzweifelt versuchte sie, das Tuch vom

Gesicht zu ziehen. Marcia verstärkte ihren Druck, während sie den Wagen mit der anderen Hand ruhig auf der Straße hielt. Ein paar Mal noch zuckten Sylvies Glieder, dann war es still.

Teil 2

13.
Lebendig begraben

Benommen schlug sie die Augen auf. Nichts als undurchdringliche Schwärze. Ihre Nase kribbelte. Sie spürte einen starken Druck auf den Schläfen. *Himmel!*

In dem Versuch, aufzustehen, riss sie die Hände nach oben. Schmerzhaft schlugen sie an etwas Hartes. Was war das? Ihre Augen konnten die Dunkelheit um sie herum nicht duchschauen. Als sie sich bewegte, merkte sie, dass ihr ganzer Körper von etwas Festem, Undurchdringlichem umgeben war. Es fühlte sich an wie Holz und roch auch so. Modrig. Moorig.

Plötzlich spürte sie einen stechenden Schmerz in der Herzgegend. Ihre Atmung beschleunigte. *Ganz ruhig bleiben!*, sagte sie sich, aber ihr Herz raste, und ihre Gedanken verloren an Zusammenhang. *Wo bin ich?*, fragte sie sich. *Was mache ich hier?* Als würde sie sich in großer Höhe bewegen. Oder in unendliche Tiefen stürzen ...

Sie schloss die Augen. Winkelte die Beine an, bis sie mit den Knien anstieß. Das Ding, in dem sie lag, räumte ihr keinerlei Bewegungsfreiheit ein. Wenn sie sich bewegte, rieselte Erde auf sie, und auch die große schwarze Wand aus Finsternis, die sie umgab, schien aus Erde, nichts anderem als schwarzer, feucht riechender Erde, zu bestehen.

Was war passiert? Wie war sie hier hergekommen? Ein wahrer Hagel aus Fragen prasselte auf sie ein. *Wie lange liege ich hier schon? Ist das alles nur ein Traum? Ist es möglich, die Welt mit dem Körper zu träumen?*

Den Aufschrei ihrer inneren Stimme ignorierend, zählte sie langsam von 10 rückwärts. Bei 0 öffnete sie die Augen.

Sie fiel. Anna Lewin fiel durch die Zeit, streifte mit Lucy halbnackt durch das dunkle Schweigen des Roten Moores, sah sich an einer Feuerstelle vor einer Lehmhütte sitzen und hörte ein vielstimmiges Rascheln, wie eine Musik aus Wind und Schritten und angehaltenem Atem, sah einen Pfeil, schließlich einen ganzen Pfeilregen in der eisblauen Luft stehen, kurz davor, sich zu senken, und wollte die Pfeile aus der Luft sammeln oder sich zumindest schützend vor Lucy stellen, während Jäger mit schwarzen Gesichtern aus dem Dickicht brachen und die Pfeile durch sie hindurch gingen, als wäre sie nicht da. Ein Pfeil, er zitterte noch in der Luft, stak in Lucys Herzen. Zum ersten Mal konnte sie ihre Augen sehen ...

Sylvie! Ein Tunnel. Sie lief durch einen Tunnel. Vor ihr, in panischer Bewegung, jemand, der ihren Namen rief: *Sylvie!* War sie das? War sie es, die da lief? Sie konnte ihr Gegenüber nicht erkennen. Trotzdem rannte sie, rannte und rannte, bis sie das Gefühl hatte, das Bewusstsein zu verlieren. Wer war sie? Sylvie? Lucy? Sie wusste es nicht mehr. Wie blasse Koloraturen legten sich ihre Gesichter übereinander, während sie selbst versuchte, irgendwo Halt zu finden. *Wer bin ich?*, fragte sie sich wieder und wieder. *Wer bin ich? Wer bin ich? Wer bin ich? Wer bin ich?*

Sie schrie. Der Schrei holte sie in die Realität zurück. Eisige Luft brannte in ihren Lungen. Ihre Glieder schmerzten. Erst jetzt erkannte sie, dass sie nackt war, nackt in einer Zelle schwarzer, sich allmählich verflüchtigender Luft. Mit aller Macht kämpfte sie das asthmatisch aufkeimende Krampfen ihrer Lungen nieder und befahl sich, ruhig zu bleiben. Das half. Sie erinnerte sich.

Einmal hatte sie, angeschnallt, in dem engen Röhrenkanal eines Computertomographen gelegen, das war gewesen, kurz bevor sie von ihrer Schwangerschaft erfahren hatte. Das Gefühl wehrlosen Ausgeliefertseins hatte sie nur ertragen, indem sie die Augen fest geschlossen und sich vorgestellt hatte, sie würde in der Luft schweben, wäre überall, nur nicht hier.

Es funktionierte. Das Dröhnen der Stille in ihren Ohren ließ nach. Ihr Herzschlag beruhigte sich. Sie konnte wieder denken. Auf einmal spürte sie etwas an ihrem Hals. Erneut stieg Panik in ihr hoch, doch gelang es ihr, sie niederzuringen, bevor sie Kontrolle über ihren Verstand erlangte. Leicht schwindlig, analysierte sie: *Metall!* Etwas Kaltes, Metallenes bohrte sich in ihre Haut. Die Tatsache beruhigte sie. Sie war froh, dass es kein Tier war – oder etwas, das früher einmal Mensch gewesen war. Gerne hätte sie es in die Hand genommen. Doch sich in ihrem Gefängnis umzudrehen, war unmöglich. Sie konnte nicht einmal ihren verdammten Arm hinter den Hals bewegen!

Vorsichtig versuchte sie, den Gegenstand über ihre Schulterknochen nach vorne zu bugsieren. Die Bewegung strengte sie an. Immer wieder musste sie, von Schwindelanfällen unterbrochen, Pausen machen, in denen sie versuchte, an nichts zu denken. Die Anstrengung lenkte sie ab. Auch wenn sich das Ding nur millimeterweise zu bewegen schien, irgendwann lag es unter ihrer Achselhöhle. Erschöpft atmete sie aus. Ihr Atem brandete um sie. *Nur noch ein paar Millimeter*, dachte sie, *dann habe ich es geschafft!*

Auf einmal wurde ihr unerträglich heiß. Hatte sie nicht gerade noch gefroren? Sie spürte, wie ihr Schweißtropfen über das Gesicht liefen. *Nicht aufgeben!*, sagte sie sich, während sie gierig die Luft einsog und wartete, bis sich ihr Puls wieder beruhigt hatte. Schließlich lag der Gegenstand auf Höhe ihres Ellbogens. Sie krümmte ihren linken Arm und tastete mit den Fingern über das Metall. Rund, glatt, kühl, längliche Stabform, zwei Einbuchtungen, vorne ein dünnes Glasgehäuse; es war eine Taschenlampe.

Ihr Herz machte einen hoffnungsvollen Sprung. Dennoch zögerte sie, sie anzuschalten. Wer immer sie in diese Lage gebracht hatte, er musste gewollt haben, dass sie sie fand. Entweder, um ihr die Ausweglosigkeit ihrer Lage noch deutlicher vor Augen zu führen oder ... Sie durfte keine Möglichkeit außer Acht lassen. Ihr Finger schob den Schalter nach oben. Nichts. Nicht einmal ein Flackern. Eine unbändige Wut befiel sie. *Sollte ich hier jemals rauskommen, ich bring dich um, ich bring dich um, ich* ... Schluckend presste sie die Hände auf den Bauch und konzentrierte sich darauf, ruhig zu atmen und an nichts zu denken. Nichts zu denken ...

Ein Meer undurchdringlicher Finsternis. Kein Licht. Kein Fenster. Kein Stern. Erde bedeckte ihr Gesicht. Sie lag in einem gottverdammten Sarg! *Nicht denken!*, wies sie sich an. *Nicht denken!*

Finger tasteten über Holz. Hände stemmten sich gegen die Decke. Waren das ihre Finger, ihre Hände? Das Ertastete bewegte sich kein Stück.

Ihr Körper begann zu zittern. Sie zog die Beine an, so weit sie konnte, und schlug die Arme um ihren nackten Körper. Und wenn sie es noch mal probierte? Ihre Augen noch einmal ganz fest zusammenpresste und dann wieder öffnete? Was würde sie sehen? Das Dunkel der Nacht in die tiefe Bläue des Morgens übergehen? Die Gräser im Licht funkeln? Denn das ist das Schlimmste: zu erkennen, dass alles nur ein Traum gewesen ist, wie immer. Dass sich nichts jemals wirklich ändert.

Sie streckte die Beine wieder und nahm die Arme vom Körper. Sie spürte ihre Blase. Nach einer Weile wurde ihr bewusst, wie absurd es war, den Drang zu unterdrücken. *Verdammt!*, dachte sie, während sie den Strahl warm zwischen ihren Beinen rinnen spürte. Die Rückseite ihrer Oberschenkel, ihre Kniekehlen, alles wurde feucht. Ihr Urin folgte einem unsichtbaren Gefälle. Sie lag also nicht eben. Himmel, was hatte das zu bedeuten?! *Nicht!*, widersprach sie sich im Stillen. *Nicht denken, nur nicht denken! Das alles ist nur ein Traum. Ein gottverdammter, abgefahrener Traum!* Sie biss sich auf die Lippen. Schlug die Fingernägel in die Haut ihrer Oberschenkel. *Nicht denken!* War das Blut? *Nicht denken!* Und jetzt? Und jetzt? Und jetzt? Sie kratzte sich, als wollte sie sich tief in ihren Körper graben. Und dann, auf einmal, hörte sie es. Sie presste sich die Hände auf die Augen. Ganz deutlich. Es war nicht ihr Körper, der Geräusche machte. Auch nicht das verdammte Holz, das arbeitete. Es war etwas anderes, etwas, das die Stille um sie herum augenblicklich auslöschte, sie leise kristallisierte.

Regen. Sie hielt den Atem an. Regen. Ihr Körper war eine gefrorene Hülle, in der sich die Angst regte. Etwas in ihr sank tiefer und tiefer und deckte sich mit Erde zu, während ihre Sinne wie halluziniert dem Regen lauschten. Regen. Aber wenn sie den Regen hören konnte, selbst wenn es ein starker Regen war, dann konnte sie nicht so tief unter der Erde liegen, wie sie bisher vermutet hatte. Vielleicht gab es dann doch mehr Luft zum Atmen, als sie geglaubt hatte. Und vielleicht hieß es auch, der Mensch, der sie in diese Lage gebracht hatte, wollte sie gar nicht töten? Aber was wollte er dann? Sie versuchte, sich auf den Regen zu konzentrieren. Jeden Gedanken an irgendeine Zukunft auszuschalten. War der Regen leicht oder stark? Warum konnte sie ihn hören? Fiel er auf die Erde oder etwas anderes, etwas das vielleicht auf ihrem Gefängnis lag? Oder bildete sie sich das alles nur ein?

Irgendwann verstummte der Regen oder das, was sie für Regen gehalten hatte. Sie durchlebte eine Phase tiefster Ruhe, eine Phase, in der es ihr gelang, an nichts zu denken. Zeit spielte keine Rolle mehr. Sie wurde egal. Ob es Nacht war oder Tag? Achselzucken. Sie war wie ein verdammter Leichnam, der zu verwesen begann.

Plötzlich: ein Schrei. Mit einem Mal war sie hellwach. Ihr Herz begann zu rasen. Kratzgeräusche. Laute, weichgezeichnete Schatten, die an ihr vorüberhasteten, sich zu Klangmustern verdichtend. Sylvie? Lucy? Stimmen. Unmöglich!

Jäh rieselte Erde auf sie herab. Sie spürte eine Erschütterung. Für Augenblicke war sie wie gelähmt. Dann holte sie tief Luft, alle Luft, die ihre mutmaßliche letzte Ruhestätte noch enthielt, und schrie.

Sie verschluckte sich. Ihre Stimme brach, schwere Luft klebte ihr auf der Zunge, doch sie würgte sie herab und unternahm noch einen letzten, allerletzten, gequälten Versuch. Weit entfernt nahm sie ihren Körper wahr, der längst nicht mehr ihr Körper war, war nur noch kreisender Schall, der sich durch einen Hohlraum bewegte und einen Weg nach draußen suchte.

Unendlich langsam wurde es heller. Mit einem dumpfen Laut stieß etwas gegen das Holz. Sie riss Beine und Arme hoch. Splitterndes Krachen. Der Sargdeckel explodierte. Himmelweit weg starrte sie in graue Wogen, Blickflächen aus schwankenden Baumwipfeln und Himmelsfetzen und … atmete!

Sie schnappte nach Luft, bis ihr schwindlig wurde. Tränen liefen ihr über die Wangen. Lachen und Schluchzen schüttelte ihren Körper. *Frei! Frei! Endlich!*

Da fiel ein Schatten über ihr Gesicht. Blinzelnd fuhr sie sich über die von Dreck und Tränen verklebten Augen. Aus dem Schemen wurde eine Person. Sie sah von zottigen Haaren bedeckte Schläfen und einen wie zum Schrei weit aufgerissenen Mund, der über einem weit entfernten Körper klaffte. Ein Junge! Seine dunklen Augen blinzelten. Entsetzt starrte er sie an.

Anna Lewin stemmte ihren Körper hoch, hievte sich mit unmenschlichen Anstrengung über den Grubenrand. Und rutschte wieder zurück. Der Junge drehte sich um und rannte los. Die Wirklichkeit fing an zu flimmern. *Nein!* Anna krallte sich fest. *Nein!* Ihr ganzer Körper stand in Flammen.

Zwischen den Bäumen tauchte ein Schatten auf. Ein Schuss krachte. Der Junge stolperte, fiel in einen Busch und verfing sich in den Zweigen, schrie. Sie sah, wie sich sein Körper krümmte. Seine Hände griffen in die Zweige. Einen Augenblick lang wandte er ihr das schmerzverzerrte Gesicht zu. Da traf ihn ein zweiter Schuss. Er warf die Schultern zurück, sein Körper bog sich nach hinten. *Sein Gesicht!* Die Kugel hatte es ihm weggerissen. Ein würgender, glucksender Laut entrang sich seiner Kehle. Sie sah ihn sterben. Wollte schreien. *Tu was, Anna, tu doch was!*, herrschte sie sich an, doch konnte sie sich nicht rühren. Sie hatte keine Kraft mehr. Mit schmerzenden Augen starrte sie angestrengt in die Richtung, aus der der Schuss gekommen war. Nichts. Verzweifelt versuchte sie, die Gewalt über ihren Körper zurückzuerlangen. Die Luft in ihrer Lunge fühlte sich an wie zerstäubtes Blut. Wie sein Blut. Wenn sie doch nur schreien könnte!

Verbissen kämpfte sie sich über den Erdrand. Ihr Körper gehorchte ihr nicht mehr. Dornenranken rissen an ihrer Haut. Ihre Füße waren taub. In ihren Ohren rauschte es.

Einer Landzunge ähnelnd, schob sich die Lichtung, auf der sie sich befand, in den Wald. Sie fühlte den Wechsel von Licht und Dunkelheit auf ihrer Netzhaut brennen. Trotz weit geöffneter Pupillen konnte sie immer wieder nur für Sekundenbruchteile scharf sehen. Kam da jemand auf sie zu? Vor ihrem Gesichtsfeld schwankte alles. Nadeln piksten, Äste bohrten sich in ihren Leib. *Der Junge!*

„Das würde ich lassen."

Die Stimme kam von irgendwo hinter ihr. Sie versuchte, sich aufzurichten, vergeblich. Kraftlos drehte sie sich um. Jemand sah sie reglos an. Sie wollte etwas sagen, doch heraus kam nur ein Husten. Ihr wurde schon wieder schwarz vor Augen. Die Gestalt vor ihr verwandelte sich in einen Schatten. Bis auf ihr eigenes schweres Atmen hörte Anna nichts.

Schließlich ging sie, es war eine Frau, das konnte sie jetzt sehen, an ihr vorüber zu dem Jungen. Kurz darauf hörte sie einen weiteren Schuss. Unwillkürlich zuckte sie zusammen. In der Nähe flog ein Vogelschwarm auf. Sie musste irgendwie zurück in ihren Körper finden! Aus den Augenwinkeln registrierte sie, wie die Frau den Jungen am Arm nahm und zum Erdloch schleifte. Mit einem Tritt stieß sie seinen Körper in die Holzkiste. Schließlich warf sie Anna eine Klappschaufel vor die Füße.

„Na los, das Loch zumachen."

Anna starrte auf den Revolver in der Hand der Frau. Etwas passierte; es kam wieder Leben in sie. Der bekannte Gegenstand erinnerte sie. Anna Lewin nahm die Schaufel und richtete sich auf. Taumelnd ging sie auf die Grube zu. Der Junge lag, mit dem Gesicht nach unten, mit blutverklebten Haaren in der Kiste. Einen Augenblick lang wünschte sie sich an seine Stelle. Schlammige Erdbrocken, die auf den Körper fielen. Ein seltsames Gefühl kroch ihr Rückgrat entlang, in ihren Magen und ihren Kopf. Mechanisch schaufelte sie die Erde in die Tiefe. Ihre Augen blieben dabei auf einen imaginären Punkt irgendwo zwischen dem flirrenden Grün des Laubs gerichtet.

„Schneller!"

Die Frau stand jetzt direkt hinter ihr. Sie hörte ihren Atem, und plötzlich spürte sie die Mündung der Waffe auf ihrer Haut.

Sie fühlte sich in einer gänzlich unwirklichen Welt gefangen. Noch unwirklicher, als anderthalb Meter unter der Erde in einem Holzsarg zu liegen und auf den Tod zu warten.

Während sie arbeitete, versuchte sie, ihre nächsten Schritte zu überlegen. Aber es gelang ihr nicht. Wieder und wieder tauchte das Gesicht des Jungen vor ihr auf. Es war, als würde ihr Verstand zu arbeiten beginnen, nur um kurz darauf wieder in Dunkelheit zu versinken.

„Fertig", beschied die Stimme hinter ihr. „Zieh das an."

„Was?"

Zähneklappern. Sie blutete aus vielen Wunden. Auf dem Boden lag ein Bündel Kleider.

Die Frau war indessen zum Strauch gegangen. Ein merkwürdiges euphorisches Gefühl durchströmte Anna. Sie begann zu zittern, unkontrolliert. *Ich bin frei!*, dachte sie, während sie gleichzeitig neuerliche Panik aufkeimen spürte. *Der Junge!*, hallte eine Stimme in ihr. Noch immer konnte sie sich kaum bewegen.

„Ich sagte, zieh das an!"

Während sie die Kleidung stöhnend über ihren schmutzstarrenden Leib zog, zerrte die Frau einen Baumstamm über die Lichtung. Dort, wo eben noch das Loch gewesen war, ließ sie ihn fallen. Es sah aus, als hätte er schon immer dort gelegen. Die Erde hatte den Jungen verschluckt.

„Los jetzt! Da lang!"

Die Frau wies auf einen schmalen Pfad zwischen den Bäumen.

Anna tat, wie ihr geheißen; ihre Beine schmerzten zwar, aber sie konnte laufen. Dennoch war es mehr ein Stolpern als ein Gehen, das sie an den Tag legte. Sie folgten dem Weg zwischen regenglänzenden Sträuchern und dürren Baumstämmen.

Die Frau blieb dicht hinter ihr.

Büsche, ein Streifen Brachland, Pfützen, ein kleiner Bach, der den Weg querte und zwischen hohem Dickicht unsichtbar wurde. Das Weiß der Birkenstämme, ein von Brombeerranken überwuchertes Baumgerippe, ein ausgetretener, morastiger Pfad, der rechts abzweigte. Jede Einzelheit versuchte Anna sich einzuprägen. Das Licht hing als Zwielicht zwischen den Stämmen. Es hatte wieder zu regnen begonnen.

Sie hätte nicht sagen können, wie lange sie durch den Wald gelaufen waren, als sie plötzlich Motorengeräusche hörte, eine gleichmäßige, immer wieder von Stille unterbrochene Lautfolge; sie schloss daraus, dass sie sich einer Straße näherten. Mit einem einzigen Schritt war die Frau an ihrer Seite.

„Hier. Aufsetzen."

Sie drückte ihr eine Brille mit schwarzen Gläsern in die Hand. Ihre Ränder waren scharf. Als sie sie aufsetzte, verdunkelte sich die Welt um sie. Anna Lewin sah nichts mehr.

Die Frau versetzte ihr einen Stoß. Die nächsten Meter stolperte sie mehr, als dass sie ging. Sie schwitzte; ihr Körper hatte sich bereits an die Kälte gewöhnt gehabt. Dann waren die Geräusche vorbeifahrender Autos deutlicher zu hören. Nach kurzer Zeit blieben sie stehen.

Der Schnapplaut einer sich öffnenden Wagentür schwebte für einen Augenblick in der Luft. Sie spürte die Hand der Frau auf ihrem Kopf, wurde hinuntergedrückt und auf einen Sitz geschoben. Offenbar der Beifahrersitz; mit ihrer linken Hand ertastete sie die Handbremse. Sie wollte die Brille absetzen, konnte sich aber im letzten Moment noch zurückhalten. Sie war sich sicher, dass sie die Frau die ganze Zeit über im Auge behielt. Da öffnete sich auch schon die Tür auf der Fahrerseite. Die Frau stieg ein.

„Anschnallen."

Ihre Stimme war ein Raspeln, heiseres Hundegebell. Als wäre sie erkältet oder starke Raucherin. Im Wageninneren stank es nach Schweiß. Kannte sie diese Stimme nicht? Als hätte die Frau ihre Gedanken erraten, kurbelte die Frau das Seitenfenster herunter. Anschließend wartete sie, bis Anna sich angeschnallt hatte. Dann startete sie den Motor.

Eine französische Automarke, kam es der Kommissarin. Vielleicht ein Renault oder Peugeot; ihr Bruder hatte einen ganz ähnlichen gehabt. *Klammere dich an deine Beobachtungen!*, sagte sie sich. *Fall bloß nicht wieder in diese Dunkelheit!*

Plötzlich spürte sie, wie ein stumpfer Gegenstand auf ihren Oberschenkel gedrückt wurde.

„Du bist fast tot. Wenn du irgendwelche Faxen machst, bist du tot, verstanden?"

Diese Stimme ... Sie kam ihr bekannt vor. Aber wo, zur Hölle, hatte sie sie schon einmal gehört?

Der Druck auf ihren Oberschenkel verstärkte sich. Als hätte sie ihre Gedanken erraten. Anna nickte. Der Wagen fuhr an.

Fahrgeräusche: Der Wagen befand sich auf einer Bundesstraße, einer einspurigen Landstraße. Auf ihrer Seite mussten Bäume und Sträucher mit freier Landschaft wechseln.

Sie fuhren durch verschiedene Ortschaften. Einige Male hielt der Wagen, vielleicht an einer Ampel oder einer Kreuzung. Es war kalt; der Himmel schien bewölkt zu sein. Durch die Klimaanlage des Wagens strömte zusätzliche kühle Luft ins Wageninnere. Anna konzentrierte sich, als hinge ihr Leben davon ab, registrierte jede noch so winzige Kleinigkeit. Nur die Richtung, in die sie fuhren, konnte sie nicht ausmachen. Auch nicht den Ort, von dem aus sie gestartet waren. Sie konnte sich einzig und allein anhand dessen orientieren, was sie wahrnahm.

Was war, wenn sie der Fahrerin auf einmal ins Lenkrad griff, etwas Überraschendes tat, das die ganze Sache beendete? Auch wenn sie sie sah, so spürte sie dennoch, dass es da etwas gab, das sie – zumindest im Augenblick – sicher sein ließ, dass Anna nichts gegen sie unternehmen würde. Und es war nicht nur ihre ausgesprochene Drohung. Es war auch noch etwas anderes.

Plötzlich verlangsamte der Wagen das Tempo und verließ die Straße. Er stoppte. Als sich die Wagentür öffnete, hörte sie ein vibrierendes Geräusch. Benzingeruch schlug ihr entgegen. Eine Tankstelle, vermutete sie.

„Einfach sitzen bleiben. Dann wird dir nichts geschehen."

Die Stimme der Frau hatte einen drohenden Unterton. War sie unsicher? Die Tür schlug zu.

Anna versuchte, sich auf die Geräusche zu konzentrieren. Der Tankdeckel wurde aufgeschraubt und die Zapfpistole eingesetzt. Sie konnte hören, wie der Kraftstoff in den Tank lief. 140 Sekunden. Der Deckel wurde wieder aufgesetzt. Mit einem klackenden Geräusch schlug der Tankverschluss zu. Ein Schlüsselbund klapperte. Schritte. Die Frau musste zur Kasse gehen und zahlen. Weitere Sekunden verstrichen.

Sie riss die Brille von ihrem Gesicht. Die plötzliche Helligkeit blendete sie. In Sekundenbruchteilen versuchte sie, ihre Umgebung zu erfassen, aber alles, was sie sah, war austauschbar: die Front von Werbeplakaten, die Reklame an den Zapfsäulen, der Kassenbereich mit Shop, wie tausend andere auch. Das Nummernschild des Autos auf der anderen Seite der Tanksäule konnte sie nicht erkennen.

Die Frau stand jetzt an der Kasse. Sie war sich sicher, dass sie gleich hinübersehen würde. Das Auto: ein Peugeot. Ablagen und Rückbank waren leer. Nirgends ein Hinweis. Hinter dem Tankstellengelände weites Brachland, der graue Himmel wie eine Fortsetzung der leeren Landschaft.

Sie könnte aus dem Wagen springen und alles wäre vorüber. Einen Augenblick lang lag ihre Hand auf dem Türgriff. Enttäuscht setzte sie die Brille wieder auf und lehnte den Kopf zurück. Kurz darauf startete die Frau den Wagen.

„Man sieht nicht viel, nicht wahr? In ein paar Jahren wird die Welt anders aussehn. Dann werden Sie dankbar für so eine Brille sein."

„Was wollen Sie?", fragte Anna. Ihre eigene Stimme klang fremd, als befände sich ihr Kopf unter Wasser. „Warum haben Sie den Jungen getötet?"

„Wollen Sie das wirklich wissen? Der Tod ist nicht zufällig. Er ist ein grausames Mittel, um die Welt zu ordnen. Wussten Sie das noch nicht? Ich dachte, das wäre Ihr Job. Aber lassen wir das. Ich möchte nicht wirklich mit Ihnen plaudern. Noch nicht. Versuchen Sie, zu schlafen. Wir haben eine lange Fahrt vor uns."

Sie erwachte. Die Motorengeräusche flüsterten geisterhaft in die Stille. Sie spürte das Scheinwerferlicht entgegenkommender Autos auf ihrem Gesicht, ein Gespinst verirrt blinkender Lichtranken, und plötzlich wusste sie, dass es eine Stunde wie diese gegeben hatte, an dem Tag vor 27 Jahren, als Sylvie plötzlich verschwunden war, und dass es kein Zufall sein konnte, dass sie jetzt in diesem Auto, neben dieser Frau saß.

Als sie sich durch die Haare fuhr, war es, als würde sie gestochen. Sie betastete die Stelle. Ihr linker Ohrring fehlte – inklusive Läppchen. Sie wünschte, sie hätte Desinfektionsspray oder Alkohol, es damit abzutupfen ...

Gerade wollte sie sich wieder zurücklehnen, als ein schrilles Hupgeräusch sie aufschreckte. Eine gleißende Helle war plötzlich im Wageninneren, Scheinwerfer, die hinter dem Wagen aufblendeten. Die Frau zog den Wagen auf die rechte Spur. Ihren Lippen entfuhr ein unverständlicher

Fluch. Der Wagen beschleunigte, als hätte sie der Vorfall unruhig gemacht. Die Brille schmerzte, und sie hatte das Gefühl, ihr ganzer Kopf würde nur noch aus großen, dunklen Brillengläsern bestehen. Ihr Körper fühlte sich klebrig und schmutzig an, und sie spürte einen dumpfen Hass in sich aufsteigen.

Als es heller wurde, fuhr der Wagen von der Autobahn ab. Sie schätzte vage, dass sie jetzt zwölf Stunden unterwegs waren. Also war es fast sicher, dass sie nicht mehr in Deutschland waren. Trotzdem hatte sie das merkwürdige Gefühl, sie wären nur im Kreis gefahren. Oder die gleichen Straßen immer wieder vor und zurück. Der Wagen hielt.

„Wir gehen zuerst auf die Toilette. Dann werden wir etwas essen. An den Spielregeln hat sich nichts geändert. Habe ich mich klar ausgedrückt?“ Die Stimme der Frau klang beherrscht, seltsam metallen, wie von einem Band. Anna fuhr zusammen. Sie wusste jetzt, neben wem sie saß. Ihre Entführerin war Marcia Wehle.

„Ja.“

Ihre eigene Stimme klang fremd in ihren Ohren. Sie hörte die vorbeirauschenden Autos, ein trostloses, dröhnendes Geräusch. Mit zitternden Beinen stand sie auf dem Asphalt. Sie war wie gelähmt, als hätte ihr jemand mit dem Hammer auf den Schädel geschlagen.

„Haben Sie Feuer?“ Eine Männerstimme.

Sie versuchte, ruhig zu bleiben. Die Stimme der Frau klang gelassen.

„Einen Moment.“

Man hörte das surrende Geräusch eines sich nähernden Autos.

„Ah, die Polizei“, sagte die männliche Stimme. „Der frühe Vogel fängt den Wurm.“ Das Klacken eines Feuerzeugs unterbrach ihn.

„Man könnte meinen, wir wickeln hier den großen Deal ab, so wie die gucken. Na ja, normalerweise bin ich zu betrunken, um Auto zu fahren, aber heute habe ich mal 'ne Ausnahme gemacht." Der Fremde stieß ein trockenes Lachen aus. „Danke. Und gute Fahrt noch."

Ihre Handflächen rieben aneinander. Sie fühlten sich an wie ein Stück weißglühenden Metalls, das ihre Haut verbrannte. Es war so einfach, so verdammt einfach. Das Auto entfernte sich.

„Gehen wir."

Der Griff der Wehle spannte sich schmerzhaft um ihr Handgelenk. Die Luft war kühl. Der Asphalt roch nach Regen. Sie erreichten eine Treppe, dann eine sich elektrisch öffnende Tür. Sie gingen eine andere Treppe hinab. Kaufhausmusik floss aus den Lautsprechern. Ihre Schritte hallten auf dem Fliesenboden. Es roch nach Desinfektionsmitteln. Im Toilettenraum suchte die Frau nach einer geeigneten Kabine.

„Hier. Da kannst du pissen."

Sie stieß sie in eine der Kabinen. Sie drehte den Verschluss zu. Stöhnend nahm sie die Brille ab und hockte sich auf die Schüssel. Ihre Augen schmerzten. Die Wände der Kabine waren völlig leer. Es gab nicht einmal technische Hinweise. Diese Kabine hätte sich ebenso gut in irgendeinem amerikanischen Bundesstaat oder auf einer spanischen Raststätte befinden können. Von ihrer Entführerin war nichts zu hören. Stand sie vor der Tür oder am Ausgang? Die Stille dehnte sich wie ein Gummiband. Irgendwann klopfte es dumpf an die Tür. Sie drückte die Spülung. Umständlich zog sie sich wieder an.

„Setz die Brille auf, bevor du wieder rausgehst."

Als sie die Tür geöffnet hatte, wurde sie jäh zurückgedrängt.

„Setz dich da auf den Deckel, mit dem Rücken zur Tür. Und dreh dich nicht um."

Die Wehle schob ihr die Brille hoch.

„Okay, sieh dir das gut an."

Sie hielt ihr ein Foto vor die Augen.

„Das ist ein junges Mädchen. Bedauerlicherweise läuft ihr gemütliches kleines Zimmer während meiner Abwesenheit voller Wasser. Jeden Morgen einen halben Meter. Die Deckenhöhe beträgt zwei Meter vierzig. Ich bin seit drei Tagen nicht mehr dort gewesen. Und wenn ich nicht dort bin, kann ich unglücklicherweise gar nichts dagegen unternehmen. Solltest du nun auf die dumme Idee kommen, unsere kleine Spazierfahrt zu unterbrechen, hätten wir es mit einer Wasserleiche zu tun. Ich nehme an, die Dringlichkeit, unsere Fahrt ohne große Unterbrechungen fortzusetzen, ist dir bewusst."

Ihre Stimme klang völlig emotionslos. So, als würde sie einen vorbereiteten Text ablesen. Sie wartete ihre Antwort nicht ab; stattdessen schob sie ihr die Brille wieder auf die Augen.

In der Kürze der Zeit konnte sie nicht beurteilen, ob das Foto echt oder eine Fälschung war, aber die Wehle wirkte zu entschlossen, um zu bluffen. Langsam gingen sie nach oben. Der Geräuschkulisse nach zu urteilen, war es in dem Gästeraum menschenleer. Die Wehle packte sie am Handgelenk. Sie trug noch immer die Handschuhe, die sie vorhin in der Kabine für einen kurzen Augenblick an ihr gesehen hatte.

„Ich bestelle zweimal Frühstück. Rühr dich nicht vom Fleck."

Sie wollte von dem Stuhl aufstehen und davonrennen, aber sie konnte sich nicht bewegen. Und dann hörte sie das Radio. Eine weibliche Stimme, die Deutsch sprach. Sie versuchte, sich zu konzentrieren.

Die Frau schob ihr ein Tablett zu. „Rechts ist Kaffee, in der Mitte ein Brötchen, Butter und Marmelade und ein Messer daneben."

Egal, was sie sagte, ihre Stimme klang unverändert. Während des Essens sprach sie kein Wort mehr. Was sie hörte, reichte, um den Satzfetzen und Ansagen aus dem Radio zu entnehmen, dass es fünf Uhr morgens am achten März war. Ihre Finger tasteten nach der Serviette. Fieberhaft dachte sie nach.

„Denk nicht so viel nach. Das schadet dem Teint."

„Ich kann leider nicht beurteilen, ob es bei Ihnen die gleiche Wirkung gehabt hat", gab sie zurück, während ihre Hand unter dem Tisch versuchte, mit einem Streichholz die Serviette zu beschreiben.

Die Wehle lachte mechanisch. „Du wirst dir noch früh genug wünschen, wirklich ohne Augenlicht zu sein", sagte sie leise. Andere Gäste betraten den Raum. Draußen schien es zu regnen.

Als sie wieder im Auto saßen, erinnerte sie sich an die schlaflose Nacht in ihrer Wohnung, als sie wieder und wieder versucht hatte, alle Teile des Puzzles zusammenzufügen, und nur eines hatte partout nicht passen wollen. Das war am fünften März gewesen. Am sechsten März waren sie morgens zu der Hütte im Wald gefahren. Also hatte sie mindestens eine Nacht und einen halben Tag in der Kiste unter der Erde verbracht. Wenn Alexander unversehrt geblieben war, lief die Fahndung nach ihr bald 48 Stunden. Um 6 Uhr 34 hatten sie die Raststätte verlassen.

Wenn ein Mensch entführt wird, dann hat er zuerst das Gefühl, alles um ihn herum sei bodenlos, ganz wie Sylvie das am 21. Januar 1979 empfunden haben musste. Aber dieses Gefühl trügt. Jeder Mensch hinterlässt Spuren. Die anderen sehen sie sogar, aber für sie sind sie ohne Bedeutung. Sie verschwinden in ihrem Gedächtnis. Jetzt konnte sie nicht mehr tun, als auffallend zu sein, ohne auffällig zu wirken. Die Gewissheit, dass es jetzt auf andere ankam, sie zu finden, war neu für sie. Während sie sich dem Gefühl des Fahrens überließ, wusste sie, dass es jemanden geben würde, der sich an sie erinnerte. Und sie wusste auch, dass sie das fehlende Teil des Puzzles auf einmal in ihren Händen hielt.

14.
Frauen und Vogel im Mondlicht

Was man nicht aufgibt, hat man nicht verloren.
Schiller, Maria Stuart

Kommissar Bub starrte mit zusammengekniffenen Augen auf den nur noch lose an einer Stecknadel in der Wand baumelnden Papierfetzen, der über einem Foto vom Roten Moor hing.

Die ganze Wand vor ihm war ein riesiges Puzzle aus Fotos, Ermittlungsberichten, Kartenausschnitten, Zeichnungen und Anmerkungen. Er war nicht leicht aus der Fassung zu bringen, aber dieser Anblick machte ihn für einen Moment sprachlos.

„Also?“, fragte der neben ihm wartende Beamte nach einer Weile.

„Fotografieren, abhängen und mitnehmen“, fasste sich Bub wieder. „Und schick Stöver und ... Wie heißt der Jungspund da noch gleich?“

„Piepenlocher“, half ihm der Beamte.

„Jedem das Seine“, brummte Bub, „also gehen Sie doch beide hoch, und wenn Ihnen irgendetwas wichtig erscheint, rufen Sie mich. Wichtig ist alles, worüber ich Sie heute Morgen informiert habe. Klar?“

Der Beamte nickte und verschwand.

Alexander Bub war das erste Mal in der Wohnung von Anna Lewin. Sie hatten sich über das Dienstverhältnis hinaus nie privat getroffen. Es fiel ihm schwer, emotionslos durch die Räume gehen zu müssen, auf der Suche nach etwas, das helfen würde, das Verschwinden der Kommissarin zu erklären. Er hielt es für gut möglich, hatte er auf die beharrliche Nachfrage Vaupels erklärt, dass seine Kollegin ihm etwas verschwiegen hatte, zumal sie ja in der letzten Zeit mehr oder minder allein an dem Fall gearbeitet hatte. Es war nur eine Möglichkeit, und er war hier, um nichts auszuschließen.

Sein Blick fiel wieder auf die Wandfläche im Wohnzimmer. Der Fall des verschwundenen Mädchens, das war Annas Leben in den vergangenen Monaten gewesen. Nirgends wurde ihm das klarer als hier. Er trat näher. Sein Fuß stieß gegen eine Whiskeyflasche, die auf dem Boden lag.

Rechts an der Wand befand sich ein abgetrennter Streifen, eine Art Logbuch der Ermittlungen, wie er beim näheren Hinsehen entdeckte.

Der letzte Eintrag stammte vom 5. März: *Marcia Wehle verschweigt etwas. Wer ist sie?*

Ein durchdringender Klingelton schreckte ihn auf. War die Tür vor den Beamten zugefallen? Er trat auf den Flur. Im Eingang stand Klaus-Jürgen Hammerschmidt.

„Auf der Wache hat man mir gesagt, dass ich Sie hier finden kann“, begrüßte er Kommissar Bub.

„Der größte Lump im ganzen Land, das ist und bleibt der Denunziant …“, empfing ihn Bub, ohne ihm die Hand zu geben. „Ich habe übrigens mit Vaupel gesprochen. Er hatte keine Einwände. Er meinte, es böte sich an, da Sie ja gewissermaßen in den Fall involviert seien. Schon merkwürdig, dass Sie gerade an dem Morgen angerufen haben, nicht wahr?“

„Wie man's nimmt“, entgegnete Hammerschmidt.

„Und gut, dass Sie schon hier sind“, sagte Bub, während er mit ihm in den Wohnraum ging.

„Heute soll dem Morgen nichts borgen.“

Kommissar Bub zog eine Grimasse. Hammerschmidt ging ihm schon nach zwei Minuten auf die Nerven. Anna hatte nicht übertrieben, als sie ihn als bornierten Klugscheißer bezeichnet hatte. Vor der Wand, an der Sylvie Claasens Fall dokumentiert war, blieben sie stehen.

„Sehr interessant", befand Hammerschmidt, „ich würde aber lieber am Ende anfangen. Wenn es Ihnen nichts ausmacht und Sie hier abkömmlich wären, würde ich gern die Stelle sehen, an der Frau Lewin verschwunden ist."

„Schon recht. Ich sag nur meinen Mitarbeitern Bescheid."

Kurz darauf saßen sie im Wagen.

„Hm. Riecht merkwürdig", stellte Hammerschmidt fest.

„Ist nicht meiner", erwiderte Bub. „Wie Sie ja bereits wissen, wurden bei meinem Front- und die Heckscheibe eingeschlagen. Wahrscheinlich mit einem Hammer."

„Spuren?"

„Sie meinen, abgesehen von den Scherben? Negativ."

Den Rest der Fahrt verbrachten sie schweigend. Das Geräusch des Motors folgte der Straße, am Parkplatz vorbei in den Wald. Vor dem Schlagbaum hielten sie. Hammerschmidt stieg aus und schnupperte wie ein Spürhund mit der Nase in der Luft. Aufmerksam beobachtete er die Umgebung. „Was ist dort, hinter dem Schlagbaum?"

„Moor. Wald. Einen Kilometer in der Länge und 600 Meter in der Breite. Ich meine, das Moor. Links dann die Bundesstraße, rechts Felder, Wiesen, ein paar Gehöfte. Vor allem aber Naturschutzgebiet."

„Und das ist alles durchkämmt worden?"

Der Kommissar nickte. „Wie ich schon sagte: „Absolut nichts."

„Hm", machte Hammerschmidt. „Ein Fuchs weiß mehr als ein Loch." Er wandte sich zu ihm. „Der Pfad zur Hütte?"

Klugscheißer!, dachte Bub. „Dort entlang." Er ging voraus. Die Erinnerung an den Morgen vor zwei Tagen lähmte seine Schritte. Er blieb stehen. „Hier. Ungefähr hier ist es gewesen.

Als die Alarmanlage losging, ist Anna geblieben, ich bin zum Auto zurückgelaufen."

„Woher wollen Sie wissen, dass sie wirklich geblieben ist? Ist es nicht möglich, dass sie weiter zur Hütte gelaufen ist?" Hammerschmidt wies auf das durch die Zweige am Rande der Lichtung in einiger Entfernung sichtbare Gebäude.

„Natürlich. Wir haben alle Möglichkeiten in Betracht gezogen. Es ist wirklich so, als hätte sie die Erde verschluckt."

„Das ist gut ...", sinnierte Hammerschmidt. „‚Wie vom Erdboden verschluckt', sagt man doch."

Er starrte in die Baumwipfel.

„Und wenn sie der Himmel verschluckt hätte?" Den Kopf zurückgelegt, tastete er sich auf dem schmalen Pfad weiter.

„Wie meinen? Soll meine Kollegin etwa da hochgeklettert sein? Frau Lewin leidet unter Höhenangst."

„Das Blickfeld des Homo sapiens ist nun mal auf die irdische Perspektive beschränkt.", führte Hammerschmidt aus, wobei er den Kopf noch immer in den Nacken gelegt hielt. „In einer Gegend wie dieser hier bietet es sich doch an, sich diese Beschränkung zunutze zu machen."

„Wie denn?" Bub machte aus seiner Skepsis kein Hehl. „Sie sehen doch selbst, dass die meisten Bäume noch kahl sind. Sollen sie die Affenmenschen auf den Baum gezogen haben?"

„Sie stehen aber sehr dicht", beharrte Hammerschmidt. „Sie werden zugeben, die meisten Baumkronen von hier aus gar nicht einsehen zu können. Aber gehen wir doch erst zur Hütte", schlug er vor. „Von der Lichtung aus sieht man möglicherweise mehr."

Hauptkommissar Alexander Bub hasste es, sich wie ein Schuljunge vorzukommen. Aber er musste zugeben, dass Hammerschmidt etwas an sich hatte, das ihn in denkbar positivster Weise von der schläfrigen Art mancher

Provinzkollegen in der Rhön unterschied. *Wer ein großes Maul hat, muss einen breiten Rücken besitzen*, dachte er, während Hammerschmidts massige Gestalt den direkten Weg zur Hütte einschlug.

„Nach unseren Erkenntnissen hat die Hütte zumindest seit dem letzten Sommer niemand mehr betreten", sagte Bub, als sie im Eingang in das von Gerümpel zugestellte Hütteninnere blickten. „Die Tür war komplett von Spinnweben verhangen. Die Fenster sind zugestellt. Das Dach stürzt ein, wenn man nur lange genug drauf schaut. Keine Fußabdrücke oder andere Spuren." Er schüttelte den Kopf. „Nichts, was uns irgendwie weiterbringen würde."

„Gut", stellte Hammerschmidt fest. Er drehte sich um und sah aufmerksam in Richtung des am Rande der Lichtung aufragenden Waldes. „Haben Sie ein Fernglas?"

Bub zog ein Carena 10x25-Glas aus seiner Jackentasche und reichte es Hammerschmidt. Der zog die Stirn in Falten, wahrscheinlich ein Zeichen von Anerkennung. Eine Minute später gab er ihm das Fernglas zurück. „Rechts von der einzigen Fichte weit und breit, sehen Sie die?" Der Hauptkommissar nickte. „Senken Sie das Glas ein wenig zum Boden, nur ein paar Millimeter. Sehen Sie das?"

„Ja, da ist etwas", sagte Bub langsam. „Vielleicht Papier, ein Kinderdrachen, der sich da verfangen hat, so genau kann man das nicht erkennen."

„Eben. Und deshalb brauchen wir Leitern. Und Leute, die auf diese Leitern steigen. Ich bin Angler und kein Alpinist."

„Hm", brummte Bub. „Schwierig. Wir sollten zuerst ..."

„Wollen Sie Ihre Kollegin lebend wiedersehen?"

„Wie meinen Sie das?"

„Später", gab Hammerschmidt zurück und stapfte auf die Lichtung.

Am frühen Nachmittag werteten sie die Spuren ihrer Untersuchung aus. Hammerschmidt lag mehr, als dass er saß auf einem Sessel in Alexander Bubs Büro und sah sich die Fotos an. Bub wertete die Notizen aus. „Dann hatten Sie wirklich recht mit Ihrer Vermutung. Unfassbar", meinte er. „Da hat also wirklich jemand im Baumwipfel gesessen und Anna mit einer Seilfalle nach oben gezogen?"

„Schwer zu sagen", antwortete Hammerschmidt, während er auf die Fotos starrte. „Es gibt eindeutige Spuren vom Abrieb mehrerer Seile an der Rinde. Das heißt, am Seil hing Gewicht. Das heißt aber nicht, dass Frau Lewin nicht möglicherweise vorher bewusstlos gewesen ist. Die Tatsache, dass es keinen Anruf, keinen Schrei, nichts gab, spricht dafür. Sie ist überrascht worden. Und zwar so, dass sie keine Möglichkeit zur Gegenwehr mehr gehabt hat."

„Nehmen wir an, das stimmt. Und dann?"

„Wie lange waren Sie am Wagen?"

„Nun, ich habe die Kollegen alarmiert, aber dann bin ich gleich zurück ... Vielleicht sieben Minuten, mit Hin- und Rückweg", sagte Bub nachdenklich.

„Das würde reichen, um einen Menschen verschwinden zu lassen."

„Aber wohin?", fragte Bub ungläubig.

„Das ist natürlich nur spekulativ", sagte Hammerschmidt gedehnt, „aber kann sein, dass der Täter sein Opfer mit Hilfe dieser Seilfalle, quasi einer Art Flaschenzug, nach oben gezogen hat und sich die ganze Aufregung hier in Ruhe angesehen hat, bevor er dann mit seinem Opfer, wahrscheinlich im Schutz der Dunkelheit, wieder verschwunden ist. Wenn man sich diese Aufnahmen genau betrachtet", er hielt sie dem hinzugetretenen Kommissar unter die Nase, „dann werden Sie feststellen, dass die Baumgruppe in der Höhe, wo wir die Spuren gefunden haben, von unten nicht einsehbar ist.

Wenn sich jemand still verhält, bleibt er dort ein Leben lang unentdeckt."

„Unfassbar", wiederholte Bub. „Und dieses Stück Kleidung hier stammt eindeutig von dem Parka, den Anna an dem Morgen getragen hat." Er legte Hammerschmidt ein in Plastikfolie eingeschweißtes dunkelgrünes Stück Stoff vor. „Das hing an einer Astgabel. Dürfte kaum Absicht gewesen sein."

„Jede erfolgreiche Suche beginnt mit einem Fehler des Täters", bemerkte Hammerschmidt. „An den Federn erkennt man den Vogel."

„Mich interessiert vielmehr der Grund ihres Verschwindens", entgegnete Bub. „Ein Motiv könnte zumindest den Täterkreis etwas einengen."

„An welchen Fällen hat Frau Lewin zuletzt gearbeitet? Können wir das rasch durchgehen? Haben Sie noch jemanden, der uns helfen kann?"

„Sie unterschätzen uns." Der Kommissar wirkte gereizt. „Wenn ein Beamter verschwindet, ist das keine Kleinigkeit. Wir haben eine Sonderkommission gebildet. Alles Weitere werden Sie dort erfahren. Übrigens sind Sie mir noch eine Antwort schuldig. Was meinten Sie mit ‚lebend wiedersehen'?"

„Nun, ich weiß ja", entgegnete Hammerschmidt betont langsam, „dass die Uhren hier in der Rhön etwas langsamer gehen. Wenn ein Mensch verschwindet, sind die ersten 72 Stunden entscheidend."

„Sie verschweigen mir etwas", sagte Bub. „Aber das bringt dieser Fall offenbar so mit sich. Tja, im Rheinland lernt man schwatzen eher als zuhören. In der Rhön ist das genau umgekehrt."

„Wie kommen Sie auf die Idee, dass ich aus dem Rheinland stamme? Muss ein guter Sprecher sein, der einen Schweiger verbessert“, bemerkte Hammerschmidt und stand abrupt auf.

„Ich geh dann mal kacken, bevor es gleich losgeht“, fügte er hinzu und verschwand durch die Tür.

An dem großen Konferenztisch im Besprechungsraum saßen neben Hammerschmidt und Hauptkommissar Bub noch Imogen Hutter und vier Beamte der Sonderkommission, die nach dem Verschwinden von Anna Lewin gebildet worden war. Bub stellte Hammerschmidt kurz vor und begann dann, die bisherigen Ergebnisse bezüglich der Entführung seiner Kollegin vorzustellen.

Sie hatten keinen Anhaltspunkt. Auch der anonyme Brief war ohne verwertbare Spuren. Sie besaßen nichts, an das man eine zielgerichtete Suche knüpfen konnte. Das war allen im Raum klar. Der Kommissar berichtete kurz über die Arbeit der letzten Monate. Es hatte keine spektakulären Ermittlungen gegeben. Keine Drohungen. Nichts, das eine Verbindung zu einem solchen Vorkommnis herzustellen erlauben würde.

Er räusperte sich und bat dann Imogen Hutter, die Anwesenden kurz ins Bild zu setzen, was die eigentliche Arbeit der Kommissarin in den letzten sechs Monaten anging: die Vermisstensache Sylvie Claasen. Hammerschmidt beugte sich vor, ob um der Sache willen oder um der Hutter besser in den Ausschnitt sehen zu können, blieb sein Geheimnis. Imogen Hutter skizzierte den Fall in gebotener Kürze, ließ aber nichts Wichtiges aus. Zudem lag den Kollegen eine Kopie der Ermittlungsakten vor. Hammerschmidt wirkte gelangweilt, als es um den Fund der Moorleiche, die ersten Parallelen zur Vermisstensache Claasen und die Vernehmungen ging. Sobald die Hutter jedoch auf die weiteren Ermittlungen nach dem Befund der

Gerichtsmedizin zu sprechen kam, als der Fall eigentlich wieder nur eine fast dreißig Jahre alte Vermisstenakte war, schien er interessierter, obgleich er die Fakten ja alle kennen musste. Es wurde deutlich, dass die Ermittlungen scheinbar in eine Sackgasse gelaufen waren. Imogen Hutter vermied es jedoch, den Alleingang der Kommissarin zu erwähnen. Auch die Rolle von Hammerschmidts Bruder erwähnte sie nur am Rande. An dieser Stelle stand die Frage unsichtbar im Raum, weshalb die Akte Sylvie Claasen an diesem Punkt nicht wieder geschlossen worden war.

Die Hutter setzte geschickt eine kurze Pause, nach der sie fortfuhr, die Entwicklung des Falles zu schildern. Sie vergaß aber auch nicht, darauf hinzuweisen, dass sie fortan in einem Fall ohne Leiche ermittelten. Sie hatten kein Opfer und keinen Mörder. Jeder der befragten Zeugen im Umfeld von Sylvie Claasen kam nicht nur als potentieller Täter in Betracht, auch wenn die Ermittlungen in dieser Hinsicht genauso fruchtlos waren wie vor 27 Jahren, sondern auch als jetziger Täter, der möglicherweise auf einmal kalte Füße bekommen hatte.

Alles fokussierte sich schließlich auf die Zeugin Marcia Wehle und deren ebenso unerklärliches Verschwinden. Mit dem letzten handschriftlichen Vermerk der Kommissarin vor ihrem Verschwinden, *Marcia Wehle verschweigt etwas*, endeten die Ausführungen Imogen Hutters. Niemand sagte etwas.

„Wir haben also zwei Fahndungen“, stellte Hauptkommissar Bub fest. „Wir werden in zwei koordinierenden Gruppen arbeiten. Entsprechende Zuweisungen und Instruktionen finden Sie vor sich auf dem Tisch. Zwei Dinge noch: Die Zeit ist gegen uns. Es sind bereits mehr als 24 Stunden vergangen, das wissen Sie. Und halten Sie die Augen auf: Ein Tag kann bringen, was ein Jahr nicht bringen mag.“ Mit diesen Worten verließ er den Raum. Hammerschmidt folgte ihm.

„Ich habe die Gesprächsprotokolle mit der Wehle gelesen und angehört. Sehr dünn“, sagte er.

„Was haben Sie erwartet? Sie dürfen nicht vergessen, dass die Wehle nur interessant war in Hinblick auf das, was sie über das Verschwinden der Claasen wusste“, antwortete Bub. „Immerhin war ihr Hinweis mit dem Auto brauchbar ...“

„Das meine ich nicht. Wenn man sich ihre Antworten genau anhört, dann stimmt es, was Frau Lewin bemerkt hat: Sie verschweigt etwas. Das, was sie da verzapft, wie soll ich sagen, das ist alles viel zu überlegt. Schauspielerei eben.“

„Ich weiß“, sagte Bub. „Und deshalb fühlen wir ihr jetzt auch auf den Zahn.“

Gersfeld. Landstraße. Hammerschmidt starrte aus dem Seitenfenster.

Bub fragte: „Warum sind Sie eigentlich damals weg von hier?“

Klaus-Jürgen Hammerschmidt grunzte.

„Schauen Sie sich doch um. Wer hier lebt, der wurde auch hier geboren. Wald, Wiesen, Felder. Das Moor. Milchvieh und Schafe im Frühjahr, Sommer, Herbst. Die Dörfer sehen alle gleich aus. Ich hab mir die Namen nie merken können. Hügel, Wälder wohin das Auge blickt. Beschaulich. Ruhig. Biosphärenreservat. Das muss man lieben, wissen Sie.“

Er schwieg einen kurzen Moment.

„Aber: Es gibt auch ein falsches Idyll. Wussten Sie, dass diese beschauliche Welt so manches Leben vernichtet, bevor es richtig begonnen hat?“ Es war mehr eine Feststellung als eine Frage. Er zeigte auf ein Gehöft. „Der alte Urling. Hat sich 77 in seiner Wohnstube erhängt. Ich hab ihn damals vom Balken geschnitten. Sein Sohn hatte ein Mädchen aus dem Ort vergewaltigt und der Alte die Schande nicht länger ertragen können." Hammerschmidt sah noch immer aus dem Fenster. „Ich könnte Ihnen viele solcher Geschichten erzählen. Und deshalb bin ich weg. Natürlich auch wegen meiner Frau", fügte er hinzu.

„Aber das passiert überall", entgegnete Bub.

„Mag sein. Aber in der Stadt vergessen die Menschen schneller. Und niemand dort behauptet, in einem Idyll zu leben. Merkwürdig, nicht? Das Idyll ist in besonderer Weise dazu angetan, Menschenleben zu zerstören. Sie müssen hier geboren und aufgewachsen sein, um das zu verstehen."

Alexander Bub schwieg.

Irene Sziegoleit war eine gepflegte ältere Dame, die in einem alten Gehöft bei Wüstensachsen wohnte. In den Internatsjahren hatte sie der Wehle Unterschlupf gewährt, war für sie da gewesen, wenn sie es zuhause nicht mehr ausgehalten hatte. Anscheinend hatte es oft Streit gegeben, mit ein Grund, warum sie das Internat besucht hatte und auf keine reguläre Schule gegangen war. Unter anderem hatte Irene Sziegoleit Kunst unterrichtet. Schon damals war ihr das Talent der jungen Wehle aufgefallen.

Nach kurzem Gespräch stellte sich allerdings heraus, dass sie sich, abgesehen von der Tatsache, dass Marcia den Großteil der Wochenenden bei ihr verbracht hatte, an kaum etwas aus dieser Zeit erinnerte. Seit 1980 hatte sie sie nicht mehr gesehen, und auch ihren derzeitigen Aufenthaltsort kannte sie nicht.

Hauptkommissar Bub ließ sich den Schlüssel für die Hütte geben, in der sich das Mädchen, wenn es bei ihr gewesen war, überwiegend aufgehalten hatte. Die Lehrerin selbst hatte „den Schuppen", wie sie sich ausdrückte, seit damals nicht mehr betreten. Er lag in einem Kleingartengelände namens Waidesgrund in Fulda.

„Was versprechen Sie sich davon?", fragte Hammerschmidt, als sie vor die Tür traten.

„Das kann ich Ihnen nicht sagen. Von mir aus können Sie es Instinkt nennen. Realistischer wäre es, das als eine Möglichkeit zu bezeichnen. In diesem Hermann-Lietz-Internat, wo sie Sylvie kennengelernt hat, gibt es nichts mehr. Ihr Vater ist früh gestorben. Ein richtiges Elternhaus hat sie schon vorher nicht gehabt. Wenn man irgendetwas über Marcia Wehle erfahren möchte", schloss er, „dann muss man da hinfahren, wo sie die meiste Zeit verbracht hat."

Die überschaubare Kleingartenanlage war zwischen Feldern eingeschlossen. Von dem verlassenen Parkplatz aus liefen sie über schmale, von hohen Hecken gesäumte Wege. Die Gärten hier waren nicht so steril und uniform wie in solchen Anlagen üblich. Der hintere, an einen Wald grenzende Teil war sogar völlig der Natur überlassen und bestand aus halbverfallenen, vom Weg aus kaum sichtbaren Hütten inmitten verwilderter Gärten. Das letzte Grundstück erwies sich als das richtige. Das Tor zum Garten stand auf.

Hammerschmidt blieb stehen und starrte auf das schuppenähnliche Gebäude, dessen abgeblätterte rote Farbe zwischen Gestrüpp und Ranken hindurchschimmerte.

„Was ist?"

Kommissar Bub ging an ihm vorbei auf die Hütte zu.

„Ich weiß, was Sie denken. Aber manchmal muss man Wege gehen, auf denen schon lange keiner mehr gelaufen ist."

„Tja, die Made hält ihren Käse für die Welt", brummte Hammerschmidt und sah auf den löchrigen Zaun. „Und wenn du noch lauter schwatzt, können wir das nächste

Mal auch gleich mit Blaskapelle und Festredner kommen", murmelte er zu sich.

„Ich versteh Sie nicht", sagte Bub.

„Halb so wichtig", entgegnete Hammerschmidt.

Inzwischen standen sie vor der mit metallenen Querstreben versehenen Tür der Gartenhütte. Verdorrte Grasbüschel lugten aus den Ritzen einer Art Veranda, die das Gebäude umgab. Bub steckte den Schlüssel ins Schloss. Er ruckelte an der Tür. Mit einem Stoß gab sie nach.

Ein Schuss hallte durch die Stille. Im gleichen Augenblick ließen sie sich zur Seite fallen. Bub in das Hütteninnere, Hammerschmidt auf die Veranda. Bub hatte im Fallen die Dienstwaffe gezogen. Er kauerte sich an die Wand und versuchte, das Halbdämmer des Raumes zu durchdringen. Seine Schläfe pochte, aber seine Hand, die die Waffe hielt, war ganz ruhig. Es war völlig still. Er hielt den Atem an. Und dann sah er die Öffnung oben in der Wand. Den Lauf einer Waffe. Drähte und eine Schnur am Boden. Eine gottverdammte Selbstschussanlage. Dem Knall nach zu urteilen Schreckschuss, sonst wäre er jetzt tot. Er wartete einen Moment, dann stand er auf.

„Sie können reinkommen", rief er zu Hammerschmidt. Wortlos zeigte er auf die Apparatur an der Wand über ihren Köpfen.

Hammerschmidt schnalzte mit der Zunge. „Wer so was bastelt, hat keine Lust auf ungebetene Besucher. Fragt sich nur, warum."

„Deshalb sind wir hier."

Die Hütte bestand aus zwei Räumen. Der kleinere von beiden diente zum Kochen und zur Aufbewahrung von Vorräten. Der größere Raum bestand aus einer Schlafstatt, einem Holztisch mit zwei Stühlen und einer Reihe von leeren Regalen. Lange Zeit schien niemand mehr hier gewesen zu sein. Die Fenster waren blind vor Schmutz und Spinnweben. An der Wand über dem Bett hing ein Bild. Hammerschmidt nahm es von der Wand und betrachtete es.

„*Frauen und Vogel im Mondlicht*", las er den emblemartig unter das Bild gesetzten Titel. „Können Sie was damit anfangen?", wendete er sich zu Bub, der das Bett inspizierte.

„Das wird sich zeigen." Er warf nur einen kurzen Blick auf das Bild. „Wir nehmen es mit."

„Ich konnte noch nie was mit Kunst ..."

„Pst!"

Ganz deutlich war da ein Quietschen gewesen.

Bub verharrte auf der Stelle. Vorsichtig wippte er mit dem Fuß vor und zurück.

Hammerschmidt lachte. „Üben Sie gerade für den Tanzkurs oder was soll das geben?"

„Das Brett da, im Fußboden. Darunter ist ein Hohlraum. Hören Sie?"

Hammerschmidt griff sich den Feuerhaken von der Wand.

„Das Angeln überlassen Sie mal mir."

Er stieß den Haken in die Fuge zwischen den Bodenbrettern und bog ihn nach hinten. Bub entfernte das Brett. „Bilder", stellte er fest.

„Noch mehr Bilder", korrigierte Hammerschmidt. Er schnaubte. „Wir sollten unsere Netze anderswo auswerfen!"

„Anna war sich sicher, dass wir auf ihnen etwas finden. Die Wehle muss ihr von ihnen erzählt haben. Das heißt: Sie wollte, dass wir sie finden!"

Hammerschmidt lachte. „Klingt nach einem Kreuzworträtsel für Demenzkranke."

„Wir sollten uns die Protokolle mit der Wehle noch einmal anhören!"

Der Kommissar stand auf.

Trotz der Proteste von Klaus Jürgen Hammerschmidt saßen sie kurz darauf im Auto und waren auf dem Weg nach Gießen. Es regnete. Schon wieder. Ein leiser, fast schüchtern aus den Tiefen des Himmels fallender Regen.

Die erste halbe Stunde ließ Bub Hammerschmidt nicht zu Wort kommen. Er erzählte ihm von den Aufzeichnungen in Annas Wohnung. Sie hatte den entscheidenden Hinweis in den Bildern der Wehle vermutet. Nachdem sie die Gesprächsprotokolle immer wieder abgehört und mit ihren visuellen Eindrücken abgeglichen hatte, war ihr aufgefallen, dass Marcia Wehle in Worten zwar zurückhaltend gewesen war, ihr Tonfall und ihre Blicken jedoch geradezu um Aufmerksamkeit gebettelt hatten. Alle ihre Bilder enthielten Hinweise. Und dann hatte Alexander Bub das Aquarell in den Händen gehalten, auf dem man die Ruine des abgebrochenen Hauses im Wald erkennen konnte, von dem die Wehle behauptet hatte, ihr Cousin hätte es erbaut. Das Licht über den trüben Farben hatte wie gefroren gewirkt, zugleich aber auch wie ein Spiegel, in dem das Bild des Himmels zittert. Unter den Steinen der Terrassenreste hatte etwas Rotes hervorgeleuchtet. Erst bei genauerem Hinsehen hatte man ein verschnürtes Bündel leuchtend roter Kladden erkennen können. Für Bub war das der Hinweis gewesen. Kompositorisch passte die Farbe nämlich überhaupt nicht zu ihrer Umgebung.

Hammerschmidt hörte sich Bubs Ausführungen erstaunlich geduldig an. „Verstehe", sagte er schließlich. „Und wegen eines Farbkleckses fahren wir jetzt ein paar Hundert Kilometer durch die Walachei, um Rotkäppchen unter sein Röckchen zu schauen. Lassen Sie sich das gesagt sein: Da sieht man nichts anderes als bei allen anderen Weibern auch!"

„Sie sind widerlich, Hammerschmidt."

„Yeah, damit kann ich leben!“ Den Rest der Fahrt widmete er sich seinem Smartphone. Nur manchmal starrte er missmutig in den Regen.

Vier Stunden später, es war mittlerweile dunkel, regnete aber noch immer, saßen sich die beiden in Bubs Büro gegenüber. Hammerschmidt sah aus, als hätte er einen ziemlich bösen Traum gehabt. Von dem, was einmal seine Frisur gewesen war, war nicht mehr allzu viel übrig. Auch Bub wirkte gerädert.

Akribisch hatte Anna Lewin festgehalten, wohin sie der Spaziergang mit der Wehle geführt hatte. Die beiden beleibten Kommissare waren die schlammigen Wege in den Wald hoch gekeucht und hatten die Mauerreste im Wald gefunden. Unterhalb der abgebrochenen Terrasse waren sie auf eine Vertiefung im Mauerwerk gestoßen. In einer angerosteten Metallkiste hatte ein verschnürtes, mit Folie umwickeltes Bündel roter Kladden gelegen – die Tagebücher der Wehle.

„Was denken Sie?“, fragte Bub, der tiefe Ränder unter den Augen hatte und sein Gegenüber aufmerksam betrachtete. Vor ihnen lagen die Aufzeichnungen, die sie sich während des Lesens gemacht hatten.

„Ich denke, dass das, was jetzt passiert ist, nicht passiert wäre, wenn wir das Zeug hier ein bisschen eher gefunden hätten.“

„Gut möglich.“ Bub nahm einen großen Schluck Kaffee. „Mir ist zwar nicht ganz klar, was Sie damit sagen wollen, aber ...“

„Scheiße noch mal!“ Hammerschmidt ging zum Fenster.

„Sorry, aber ich habe lange nicht mehr so etwas gelesen. Himmel, Bub, jemand, der so eine Scheiße durchmacht, der kann gar nicht anders, als hier oben krank zu werden. Wir haben unseren Täter!" Er tippte sich an die Stirn und kam wieder zurück zum Tisch.

„Gut möglich."

„Tun Sie nicht so. Sie haben doch auch Kinder."

„Wir sollten uns auf die Fakten konzentrieren. Die Frage nach dem Warum bleibt für mich offen", erwiderte Bub. „Das hier sind die Tagebücher der Wehle. Von 1970, da war sie neun, bis 1980. Wir könnten daraus schließen, dass sie seitdem nicht mehr in der Hütte war. Jedenfalls hat sie Frau Sziegoleit seither nicht mehr gesehen."

„Und?"

„Ihr Aufenthaltsort ist seitdem unbekannt. Nach Gießen ist sie erst in den Neunzigern gekommen."

Bub sah auf die Kladden.

„Zurück zu den Tagebüchern. Dieses kranke Zeug, wie Sie es bezeichnen, ist das Dokument einer Kindheit, die nie eine war. Diese Zeit als die Hölle zu bezeichnen, wäre noch ein Euphemismus."

Er machte eine kurze Pause. „Wiesinger kommt nachher vorbei. Er erstellt uns ein psychologisches Gutachten."

„‚Täterprofil' wäre das bessere Wort", warf Hammerschmidt ein. Er starrte ebenso auf die schwarzen Kladden. „Jetzt wissen wir, warum Sylvie Claasen verschwunden ist."

„Sagen Sie. Übrigens, was das Bild betrifft, das hat Sylvie gemalt. In diesem weißen Stern ganz rechts auf dem Bild habe ich ihr Namenskürzel entdeckt. Anna hat mir mal Bilder von ihr gezeigt. Allerdings ist das Motiv nicht von ihr. Das hat sie von einem *Miro* abgemalt."

„Ich kann darin nichts sehen als Linien und Flecken. Ist das wichtig?"

„Jedes Bild erzählt eine Geschichte. Und wenn es etwas gestaltet, was jenseits von Begriffen liegt, wird es für uns doch erst interessant, oder? Manchmal zeigt es uns sogar das, was wir suchen.“

Bub wiederholte nur das, was ihm diese Kunsttante, mit der Anna befreundet war, erzählt hatte, aber das musste er Hammerschmidt ja nicht auf die Nase binden.

15.
Virginie

Sie waren langsamer geworden. So, als wollte es die Fahrerin vermeiden, zu einer bestimmten Zeit anzukommen. Auf siebzig, höchstens achtzig, schätzte sie die Geschwindigkeit, seitdem der Wagen die Autobahn verlassen hatte. Die Straße fiel ganz leicht ab. Sie stellte sich vor, dass sanfte Hügel die Straße begrenzten, eine Hügelkette, der die Straße folgte, bevor sie anstieg. Der Wagen nahm eine Kurve. Sonnenlicht fiel auf ihre Hände. Der Geruch von Feldern, Wiesen und Bäumen strömte durch ein geöffnetes Fenster. Ein Bild aus ihrer Kindheit. Sie hörte, wie der Regen unablässig auf das Wagenblech trommelte. Ihr Körper raste einer unwirklichen Welt entgegen.

Urplötzlich verstummten die Motorengeräusche. Anna, noch immer leicht benommen, wollte ihre Hände heben, aber sie waren gefesselt. Mit einem Mal war sie hellwach. Schritte knirschten auf einem Kiesuntergrund. Ihre Tür wurde geöffnet.

„Piss dir ja nicht in die Hose vor Angst. Wir sind jetzt da."

Auch wenn es die Stimme ihrer Entführerin war, in diesem Augenblick beruhigte sie sie sogar. Marcia Wehle packte sie an der Schulter und zog sie aus dem Wagen. Eiskalter Regen schlug ihr ins Gesicht. Warum waren ihre Hände gefesselt? Wo zur Hölle waren sie? Sie nahm einen Geruch wahr, der sie an etwas Vertrautes erinnerte. Nach ein paar Schritten betraten sie ein Gebäude. Eine Steintreppe führte hinab. Die Luft wurde wärmer und trockener. Anna Lewin zählte die Stufen.

„Schneller!", befahl die Wehle hinter ihr. Abgesehen vom Widerhall ihrer Schritte war nichts zu hören. Die Treppe schien kein Ende zu nehmen. Es war, als ob sie sich tief in die Erde winden würde. Anna versuchte, die aufsteigenden Gedanken an ihr Grab im Wald zu unterdrücken.

Die Stufen endeten jäh. 179. Das entsprach mehreren Stockwerken. Ein Schlüssel drehte sich im Schloss. Warme, abgestandene Luft schlug ihr entgegen. Sie hielt den Atem an. Die Wehle schubste sie vorwärts.

Der Boden unter ihren Füßen war glatt, aber er schluckte das Echo ihrer Schritte. Eine Tür fiel zu, eine schwere Tür aus Eisen. Fünf, zehn, fünfzehn. Nach fünfundzwanzig Metern spürte sie die Hand der Wehle, eine behandschuhte Hand, auf ihrer Schulter. Sie bedeutete ihr, stehen zu bleiben. Ein surrendes Geräusch wurde hörbar. Und, in größerer Entfernung, das Geräusch von Wasser. Wieder wurde sie unsanft nach vorne geschoben. Die Brille wurde ihr vom Gesicht gerissen. Hinter ihr schloss sich eine Tür.

Licht. Die ganze Umgebung flimmerte. Sie musste die Hände vor die Augen nehmen, so sehr schmerzte sie die Helligkeit. Instinktiv machte sie einen Schritt zurück.

„Nicht doch“, kicherte eine Stimme, „nicht doch!“

Anna riss die Hände runter.

„Wer ist da?“

Die Stimme antwortete nicht. Wie auf einer Fotografie im Fixierbad lösten sich allmählich Schemen und Konturen aus ihrer Unschärfe. Das, was für sie bis eben nur weiß gewesen war, machte sie nun als vielleicht zehnmal zehn Meter großen Raum aus. Decke und Wände waren gekachelt. Auf dem Boden lagen Matratzen, zwei Stück. Und in der Mitte des Raumes ... Unweigerlich wich sie noch einen weiteren Schritt zurück.

Vor ihr stand ein Wesen, halb Mensch, halb Tier, und starrte sie unter zotteligen Augenbrauenbüscheln an. Sein Blick war nicht feindselig, nein, neugierig, aber die verfilzte

Mähne auf dem Kopf, seine gebeugte Haltung und der graue Kittel, der wie ein Leichentuch um seine dürre Gestalt hing, gaben diesem Menschen ein grauenhaftes, animalisches Aussehen. Die Gesichtszüge waren tief eingefallen, die Haut ledrig und von grauen Stoppeln durchsetzt. Ob sie einen Mann oder eine Frau vor sich hatte, hätte Anna Lewin nicht sagen können. Füße und Hände waren wie Krallen vom Körper gespreizt. Speichelfäden rannen ihm aus dem Mundwinkel. Aber das Merkwürdigste waren seine Augen. Kleine schwarze Punkte schillerten auf der Netzhaut, die Iris war wie ein Oktagon nach innen gewölbt. Der Blick war starr und blieb auf die Wand gerichtet, als sie einen lautlosen Schritt zur Seite machte. Offenbar war ihr Gegenüber blind. Fröstelnd schlang sie die Arme um ihren Körper.

„Frieren Sie?"

Der Blick der leblosen Augen war wieder auf sie gerichtet.

„Und? Frieren Sie? Hier friert man leicht, auch wenn es ganz warm ist. Sooo warm."

Die Person wälzte sich behaglich auf dem Fliesenboden. Abrupt ging sie vor ihr in die Hocke.

„Sie müssen nicht erschrecken. Wenn Sie erst einmal eine Weile hier sind, werden Sie genauso aussehen."

„Ich habe nicht vor, hierzubleiben", gab sie zurück.

Die Person kicherte. Flüsternd fuhr sie fort: „Sie kann uns hören, wissen Sie. Jedes Wort." Und wieder in lauterem Tonfall: „Sie können hier nicht fort. Niemand kann von hier fort. Nur mein Bruder. Aber der ist schlau. Sehr schlau."

Anna fiel der Junge im Wald ein. Sie sagte nichts.

„Wie heißt du?", fragte sie stattdessen.

„Virginie", antwortete das Wesen. „Nennen Sie mich Virginie!" Und kicherte, als hätte es einen lustigen Einfall gehabt. Schließlich zeigte es ihr eine Klappe in der Wand, die sie bisher nicht bemerkt hatte. Dort gelangte man in eine Art Nasszelle, wo man duschen und seine Notdurft verrichten konnte. Es war, als hätte diese Information eine Art Vertrautheit zwischen ihnen hergestellt.

Als Anna Lewin wieder zu ihr in den Raum kroch, drängte sie sich an sie. Trotz ihres Aussehens roch sie erstaunlich gut, nach Vanille und frischer Erde.

„Wenn es dunkel wird, kann ich Ihnen alles erzählen. Alles, was Sie wissen möchten. Wenn es dunkel wird, ist sie nicht da. Das glaube ich jedenfalls. Wie heißen Sie?"

„Anna."

„Das ist ein schöner Name."

Wie Virginie angekündigt hatte, wurde es dunkel. Das Licht erlosch mit einem flackernden Surren. Winzige rote Punkte leuchteten aus den Öffnungen in der Wand.

„Wo, zum Teufel, sind wir hier?!"

„Tief unter der Erde", wisperte Virginie, während ihre knochige Hand sich um ihren Arm presste.

„Über uns befindet sich eine ehemalige DDR-Grenzsoldatenkaserne. Die Kaserne hat schon kurz nach der Wende zugemacht. Seitdem verfällt sie. Der Besitzer hat sich ein riesiges unterirdisches Haus gebaut. Fast alle denken, es gäbe nur die Kasernengebäude, aber das ist nicht so." Sie kicherte. „Die Russen haben das hier aus Angst vor dem Krieg gebaut. Der Eingang befindet sich in einer der alten Garagen, unter dem Rost. Aber man kann ihn nicht sehen."

„Woher weißt du das alles?"

„Ich bin von hier", sagte sie fast unhörbar.

„Wo ist ‚hier'?"

„Zella heißt der Ort. Zella in der Rhön. Am Katzenstein. Welches Jahr haben wir?"

„Zella? Aber das kann nicht sein. Wir sind doch die ganze Nacht durchgefahren. Wie ist das möglich?"

„Welches Jahr haben wir?", fragte Virginie.

„2006. Der 8. März. Wissen Sie, wie lange Sie schon hier sind?"

„Seit 1995", erwiderte sie langsam. Ihre Hand drückte ihren Arm. „Das ist merkwürdig, wissen Sie. Es war auch ein 8. März. Aber dann ... dann bin ich ja jetzt schon elf Jahre hier!" Sie schluchzte. Anna durchfuhr es eisig.

„Was war am 8. März? Kannst du dich erinnern? Versuch, dich zu erinnern! Jedes Detail ist wichtig, auch wenn dir etwas ganz unwichtig erscheint."

„Wozu? Sie kommen hier nicht wieder raus, falls Sie das noch nicht begriffen haben. Sind Sie Polizistin? Nur Polizisten stellen so komische Fragen."

„Was heißt ‚niemand'? Ist noch jemand außer uns hier?"

Virginie schwieg. Auch auf ihr beharrliches Zureden war sie nicht mehr zum Reden zu bewegen. Warum hatte sie diese Frage zum Schweigen gebracht?

Virginie rückte von ihr ab und verkroch sich in einer Ecke des Raums. Nicht nur ihre Stimme, auch etwas an ihrer Erscheinung wirkte jugendlich. Ihr Körper allerdings befand sich in einem erbärmlichen Zustand. Was war nur mit ihr geschehen? Sie musste sie irgendwie zum Reden bringen.

Als das Licht wieder anging, lag Virginie noch immer apathisch in einer Ecke. Sie starrte ausdruckslos vor sich hin. Sie reagierte nicht einmal, als sie sie an der Schulter packte.

Mit einem leisen Summen öffnete sich die Tür. Sie drehte sich um.

„Kommen Sie, kommen Sie nur", schallte eine Stimme aus den an der Decke angebrachten Lautsprechern. Ein untergründiges Rauschen machte die Stimme fast unkenntlich.

Sie hätte nicht sagen können, ob es die Wehle war oder jemand anderes. Vorsichtig näherte sie sich der Türöffnung, die wie ein dunkles Loch aus den weißen Fliesen ragte.

„Rechts", dirigierte die Stimme barsch. „Den Gang hoch und die letzte Tür links. Und lassen Sie sich ruhig Zeit. Es gibt viel zu sehen ..."

Sie war bereits auf dem Gang, als sie auf einmal einen Luftzug an der Schulter spürte. Mit einem Satz sprang sie zur Seite. Hinter der sich schließenden Tür stand Virginie. Mit einem unbeschreiblichen Ausdruck im Gesicht sah sie ihr nach.

Der Gang war von flackernden Neonleuchten nur dämmrig erhellt. Ein diffuses Rauschen war das einzige Geräusch, das die Stille unterbrach. Auf der linken Seite war eine nackte Felswand. Feine Steinsplitter sprenkelten die weißen Fliesen, auf denen sie sich den Gang hinunter bewegte. Immer wieder drehte sie sich um. Sie hatte das Gefühl, nicht allein zu sein. Der Gang führte in eine hallenartige Erweiterung und auf der anderen Seite dieses Raums weiter, um nach kurzer Zeit an der Felswand zu enden. Sie stand unversehens mitten in diesem Raum, der sich zu beiden Seiten und nach oben hin erweiterte, eine Art Halle, die man in den schwarzen Fels getrieben hatte. Schwaches Licht schimmerte aus den nischenartigen Vertiefungen, die wie Schreine zu beiden Seiten in den Fels führten.

Sie erstarrte. Schauder und Entsetzen ließen sie mehr vorwärts taumeln als zielgerichtet weiter in die Halle laufen. In der ersten Vertiefung sah sie zwischen zwei weißen und glatten Marmorsäulen auf eine fächerförmig angeordnete Maschine. Metallstangen und Pumpen ragten in die Luft. Der untere Teil der Maschine verschwand im Fels. Ein junges Mädchen stand auf den Metallstreben, ihre Beine hatten sich in der Maschine verfangen und sie schien in einer schwankenden Vorwärtsbewegung erstarrt, die Arme zu beiden Seiten ausgestreckt, als wollte sie balancieren, und so entstand einen flüchtigen Augenblick lang der Eindruck, die Maschine würde sich mit ihr in die Erde drehen.

Eine in Schlangenform gewundene Metallstange ragte in ihr linkes Auge und verdeckte das andere. Ihre Finger waren gespreizt, wie die einer Tänzerin auf einem Drahtseil. Bis auf ein weißes Tuch um ihre Hüften war sie nackt.

Sie trat einen Schritt näher, bis sie fast eine der Säulen berühren konnte.

Das, was sie aus der Entfernung nur geahnt hatte, wurde zur schrecklichen Gewissheit: Die in bizarrer Haltung in den Streben der Maschinen balancierende Artistin war ein Mensch aus Fleisch und Blut. Sie streckte ihren Arm aus und berührte die Haut des Mädchens, nur um diese Empfindung noch deutlicher in sich zu spüren. Die Haut war kalt, straff und wächsern. Das Gesicht des Mädchens war durch die Metallrohre verdeckt. Nur ihr langes blondes Haar war sichtbar.

Die Funktion der Maschine war auf den ersten Blick nicht erkennbar. Sie schien etwas aus der Erde zu pumpen. Auf dem Gang flackerte das Licht an der Decke. Sein schwankender Schein erhellte die Nischen nur flüchtig. Sie drehte sich um. Die gegenüberliegende Nische war leer, ebenso die anderen.

Ein plötzliches Geräusch ließ sie herumfahren.

„Ist da wer?“

Ihre Stimme verebbte an den Felswänden. Das Geräusch blieb unverändert. Ihr Blick blieb an der Decke im hinteren Teil der Halle hängen. Im Luftzug bewegten sich von den Felsen hängende Alustreifen. Das war alles. Doch die Nische darunter war nicht leer. Sie versuchte die bleierne Schwere von ihrem Körper abzuschütteln und ging mit einigen raschen Schritten darauf zu.

Ein riesiges Drahtgeflecht spannte sich vom Boden bis zur Decke, dahinter war ein tiefblauer Himmel auf eine Leinwand gemalt. In einer gleißend weißen Drahtkonstruktion lag ein Mensch auf diesen Himmel gespannt. Ein Tuch, das wie ein Strick um seinen Hals gewunden war, verhüllte das Gesicht. Kleine, in den Draht geflochtene Steine erschienen in ihrer Ansammlung wie eine endlose Steinwüste. Dieser Anblick erinnerte sie an etwas. Und dieser Gedanke durchfuhr sie wie ein jähes Entsetzen. Eine Steinwüste, aus der es kein Entrinnen gab. Eine unzugängliche Welt, und wer sie dennoch betritt, findet keinen Ausweg aus ihr. Ein Bild. Ein Bild von Sylvie.

Sie trat noch näher an das Gebilde. Sie sah auf den im Drahtgeflecht hängenden Körper. Bei näherem Hinsehen schien er dort zu schweben, ein bizarrer Ikarus mit ausgebreiteten Armen und Beinen zwischen Himmel und Wüste. Das schwache Licht vom Gang hüllte die ganze Szene in irisierende, blaue Farbschwaden, in ein Wechselspiel von Licht und Schatten, in dem jeder Blick verebbte. Deshalb konnte man auch nur bei genauer Betrachtung erkennen, dass es ein junges Mädchen war, das im Drahtgeflecht zu schweben schien. Ihr nackter Körper war schlank und durchscheinend, wie in seinen eigenen Träumen schwebend. Und plötzlich sah sie, dass das Durchscheinende der Haut von winzigen Farbpartikeln herrührte, die über den ganzen Körper des Mädchens schraffiert waren, ein dichtes Liniengeflecht, das ihren Körper wie eine von geheimnisvollen Zeichen beschriftete Figuration aussehen ließ. Anna Lewin berührte vorsichtig die Hand des Mädchens. *Wer um alles in der Welt ...*

Aber sie kam nicht dazu, ihren Gedanken zu Ende zu bringen, denn in diesem Moment ging das Licht auf dem Gang flackernd aus. Es wurde vollkommen dunkel, und blieb es auch, bis nach einer Weile ein schwacher Lichtschein den Gang heraufkroch. Ihr blieb nichts anderes, als sich an den Felsvorsprüngen entlang in Richtung des Lichtes zu tasten. Zweifelsohne war das beabsichtigt, dachte sie, was sie in ihrer Vermutung bestärkte, dass jeder ihrer Schritte von Kameras überwacht wurde. Augenblicke später war sie wieder auf dem Gang. An der Stelle, an der er endete, befand sich eine Tür. Sie stand offen und gab den Blick frei auf einen langgestreckten Raum, in dessen Mitte sich ein Tisch befand.

„Setzen Sie sich. Sie sind mein Gast", säuselte eine Stimme aus dem über der Tür angebrachten Lautsprecher. Der Ton war jetzt besser, und sie erkannte die Stimme der Wehle. Der Tisch war voll mit auf Tellern drapierter Esswaren, verschiedenen Getränken und Essgeschirr. Erst bei diesem Anblick spürte sie, dass ihr fast übel war vor Hunger.

„Greifen Sie zu. Sie müssen Hunger haben."

Sie setzte sich an die Tischseite, sodass sie die Tür und den hinteren Teil des Raumes im Auge behalten konnte.

„Lassen Sie uns ein wenig plaudern", fuhr die Stimme fort.

„Als mein Gast, der Sie bleiben werden, sollten Sie sich an die Spielregeln halten. Ich bin überzeugt, dass Sie als Liebhaberin der Kunst beeindruckt sind von dem, was Sie gesehen haben. Und je mehr Sie sehen werden, desto kooperativer werden Sie sein. Davon bin ich fest überzeugt. Aber greifen Sie doch ruhig zu, essen und trinken hält Leib und Seele zusammen."

Sie lachte mechanisch.

„Und kooperativ müssen Sie sein, denn Sie haben etwas für mich zu tun. Deshalb sind Sie hier. Aber Sie sollten sich erst einmal von den Strapazen der Reise erholen, denke ich. Alles Weitere werden Sie rechtzeitig erfahren. Wenn Sie gegessen haben, gehen Sie zurück."

Ein Knacken, ein Rauschen, dann war der Lautsprecher tot.

Sie aß langsam. Als sie fertig war, ging sie den hell erleuchteten Flur zurück. So sehr sie sich auch umsah, die Halle, die sie gerade noch betreten hatte, war verschwunden. Sie berührte den Fels an dieser Stelle. Er war aus künstlichem Material.

Kaum hatte sie kurz darauf die Tür erreicht, öffnete sie sich auch schon geräuschlos. Sie kam sich wie in einem Science-Fiction-Film vor, aber der Anblick Virginies belehrte sie eines Besseren. Noch immer hockte sie zusammengekauert in einer Ecke des Raumes. Sie blickte auch nicht auf, als sie sich neben sie setzte. Erst am Abend schien sie aus ihrer Starre zu erwachen. Dass es Abend war, schloss sie aus dem durch eine Klappe geschobenem Tablett, auf dem sich ein typisches Abendbrot befand.

Virginie aß erst, als das Licht erloschen war. In der Dunkelheit liegend, versuchte Anna, sich jede Einzelheit, die sie, seitdem sie hier war, gesehen hatte, in Erinnerung zu rufen. Die Bilder der beiden Mädchen zogen wie düstere Phantasmagorien vor ihrem inneren Auge vorbei. Sie hörte, wie Virginie auf die Schlafstatt neben ihr kroch und zufrieden grunzte. Wenn sie wirklich so lange hier war, wie sie sagte, schien sie sich mit ihrem Schicksal arrangiert zu haben. Plötzlich spürte sie die Hand ihrer Nachbarin auf ihrem Arm.

„Am achten März war ich auf dem Weg zur Schule", antwortete sie unvermittelt auf ihre letzte Frage, als wäre seitdem keine Zeit vergangen. „Es hat geregnet. So viel, dass man kaum etwas gesehen hat. Ich hatte den Bus verpasst. Das passiert mir öfter. In dem Heim, wo ich wohne, achtet man nicht sehr auf uns."

Sie stockte. Ihr fiel auf, dass sie so erzählte, als wäre ihr nicht bewusst, wie viel Zeit zwischen damals und heute lag.

„Wie alt waren Sie damals?"

„Sechzehn."

„Was ist mit Ihren Eltern?"

„Im Gefängnis", gab sie einsilbig zurück. Rasch wechselte sie das Thema. „Der Bus war schon lange weg. Ich bin dann die Landstraße lang gelaufen. Eigentlich ist es nicht so weit zur Schule bis in Gersfeld, nur bis zum nächsten Ort. Der Regen ist wirklich ziemlich stark gewesen, und erst habe ich gar nicht gemerkt, dass da ein Auto vor mir gehalten hat. Die Tür ist auf einmal aufgegangen, und da ist eine Frau gewesen, sie hat nett gelächelt, sehr sogar, und sie hat mir angeboten, mich mitzunehmen. So was mach ich sonst nie, aber es ist ja eine Frau gewesen."

„Wie hat sie ausgesehen?"

„Ich kann mich nicht mehr erinnern. Es ist so schnell gegangen. Wir sind durch den Regen gefahren. Und auf einmal ist da ein Tuch vor meinem Gesicht gewesen. Ich hab keine Luft mehr gekriegt. Es hat so komisch gerochen, und alles ist auf einmal schwarz geworden. Als ich aufgewacht bin, bin ich hier gewesen. Aber nur ganz kurz, nur in der ersten Zeit."

„Und dann?"

Sie begann, Virginies Hand zu streicheln. Sie fürchtete, dass sie wieder verstummen könnte.

„Ich ... Ich bin schwanger gewesen. Im fünften Monat. Sie hat mich nach oben gebracht. Ganz oben, da gibt es ein Zimmer. Nachts sieht man die Sterne und am Tag die Sonne und das Licht. Da habe ich gewohnt. Auch wenn alle Türen und Fenster verschlossen gewesen sind, ist es doch anders gewesen als hier. Ich habe nie jemanden gesehen, aber ich bin gut behandelt worden. Sie hat mich sogar regelmäßig untersucht, während ich eine Maske auf dem Gesicht getragen habe. Manchmal habe ich überlegt, sie einfach runter zu reißen und sie zu sehen. Aber dann ist etwas passiert."

„Was ist passiert? Virginie, du musst es mir sagen! Was ist passiert?!"

Sie hörte ihr leises Atmen und konnte fast spüren, wie sie den Kopf schüttelte.

„Ich ... Ich habe das Kind verloren. Es kam zu früh zur Welt. Viel zu früh", flüsterte sie. „Die Frau hat nur gesagt, dass es tot ist. Mehr nicht. Und als ich mir die Maske vom Gesicht reißen wollte, weil ich mein Kind sehen wollte, es nur einmal sehen wollte, da hat sie mir ihre Hand auf das Gesicht gedrückt. Ganz lang und ganz fest, bis ich keine Luft mehr bekommen habe und fast erstickt wäre. Ich habe gedacht, ich müsste sterben, und ich hab mich nicht gewehrt, weil ich es in diesem Augenblick richtiger fand, zu sterben. Aus irgendeinem Grund hat sie dann aber wieder aufgehört."

Sie schnäuzte sich die Nase. In der Dunkelheit waren der rote Lichtpunkt der Kamera und Virginies Hand, die sie in diesem Augenblick wieder unter ihrer eigenen Hand spürte, ihre einzigen Orientierungspunkte.

„Was geschah dann?"

„Sie hat mich hier hoch gebracht. Wieder bin ich nur kurz in diesem Raum gewesen, dann habe ich ein eigenes Zimmer bekommen. Aber dort gibt es keine Fenster."

„Wo ist das?"

„Gleich nebenan. Von dem Duschraum gibt es einen Zugang."

„Warum bist du dann hier?"

„Wenn Sie so viele Jahre keinen Menschen gesehen hätten, wären Sie froh um jede Abwechslung. Um jedes Wort."

Anna schwieg. „Was ist mit deinem Bruder?", fragte sie schließlich. „Hast du nicht gesagt, du hättest einen Bruder?"

Virginie zögerte einen Augenblick. Dann sagte sie: „Er ist mir gefolgt, damals. Er hat auf mich aufgepasst, wissen Sie? Er muss sich irgendwo auf die Ladefläche versteckt haben. Als sie ihn gefunden hat, hat sie ihn halb totgeschlagen. Seitdem kontrolliert sie ihn ..."

Anna sog die Luft ein. Anschließend sprach sie in die Finsternis, dahin, wo sie Virginies leise rasselnden Atem hören konnte: „Ich muss dich etwas fragen, Virginie. Vielleicht findest du es grausam, aber ich muss es wissen: Warum, denkst du, hat sie euch am Leben gelassen?"

Virginie reagierte ganz anders, als sie erwartet hatte; sie flüsterte: „Stellen Sie sich vor, darüber habe ich auch schon nachgedacht. Und ich weiß es inzwischen."

„Warum?"

Virginie entzog ihr ihre Hand und drehte sich um.

„Ich bin müde", sagte sie. „Sehr müde. Lassen Sie uns morgen weitersprechen, ja?" Seufzen. „Können Sie mich halten? Wenigstens bis ich eingeschlafen bin? Das hat schon lange niemand mehr gemacht ..."

Sie legte ihren Arm um Virginies Körper und lauschte auf ihre Atemzüge. Vor unendlich langer Zeit, so schien es ihr, hatte sie jemand genauso gehalten.

Ihre Mutter hatte sie immer in den Schlaf gesungen, bis zuletzt, da war sie schon zwölf gewesen und der Krebs hatte ihre Mutter bereits sehr geschwächt gehabt, aber sie hatte es immer noch getan, sie auf eine Weise gehalten, die sie niemals vergessen würde. Ihr Vater war am Tag nach dem Begräbnis in ihr Zimmer gekommen. Er hatte sich zu ihr ans Bett gesetzt. Seine großen ungelenken Hände und Arme hatten sich vor ihm in der Luft bewegt, als hätten sie nicht zu ihm gehört. Er hatte versucht, ihr zu erklären, warum er sie nie so in den Schlaf bringen könnte, wie es ihre Mutter getan hatte.

„Ich kann nicht singen", hatte er gesagt und dabei leise gelächelt. Seine Augen waren ganz rot gewesen vom vielen Weinen, während er ihr versichert hatte, ein guter Vater sein zu wollen. All das hätte er ihr nicht zu sagen brauchen, denn sie war kein Mädchen mehr gewesen, sondern fast schon eine junge Frau, und es wäre ihr schrecklich unangenehm gewesen, wenn er versucht hätte, so zu sein wie ihre Mutter.

Virginie war eingeschlafen.

Anna wusste, dass sie in dieser Nacht keinen Schlaf finden würde. All diese Informationen musste sie zu einem Ganzen fügen, bis zu dem Punkt, an dem ihr klar wurde, was die Wehle plante.

Während Virginie vom Tag ihres Verschwindens erzählt hatte, hatte sie nicht anders können als die ganze Zeit an Sylvie zu denken. Auch Sylvie war schwanger gewesen, als sie verschwunden war. Die Gesichter der Mädchen in der Halle ... Es war zu dunkel gewesen, um sie genau erkennen zu können, oder vielleicht hatten sie wirklich Masken getragen, so wie auf einem dieser Bilder, die sie einmal bei Ulrike gesehen hatte. Zumindest waren sie ungefähr im gleichen Alter gewesen wie Virginie damals.

Gänsehaut kroch über ihren Körper. Sie fröstelte, und die ganze Nacht hatte sie das Gefühl, im eisigen Zugwind irgendwo auf einer menschenleeren Ebene zu liegen. In diesem Augenblick hätte sie alles für einen Schluck Whiskey gegeben, auch wenn sie sich das nicht wirklich eingestehen wollte. Sie fiel in einen quälenden Dämmerzustand, aus dem sie die geringsten Bewegungen Virginies aufschreckte. Der Boden schien dann leise zu röcheln. Irgendwann schlief sie aber doch noch richtig ein.

Der Rhythmus des Regens weckte sie, aber es waren nur Virginies zaghaft trommelnde Fingerspitzen auf ihren Händen. Sie hatte sich aus dem Schlaf heraus zu ihr gedreht. Ihr war, als sähe sie sie mit großen Augen an.

„Wir müssen reden", flüsterte sie. „Können Sie sich erinnern? Ihre Frage, warum ich noch lebe."

„Ja." Augenblicklich war sie hellwach. „Ja, reden Sie."

„Aber wir müssen leise sein. Ich darf über solche Dinge nicht mit Ihnen reden. Wenn sie es erfährt, sperrt sie mich ins Verlies. Das ist schlimmer, als zu sterben."

„Was meinen Sie damit?"

„Es gibt eine Halle da oben. Eine Halle mit riesigen Öfen. Wenn Sie da jemanden einsperren, sehen und hören Sie nichts mehr von ihm. Der Boden ist voller Asche. Es stinkt nach Rauch. Und irgendwann hat man das Gefühl, die Wände kommen auf einen zu."

„Hat sie Sie dort eingesperrt?"

„Ja. Nachdem ich das Baby verloren habe. Ich glaube, sie hat mich töten wollen. So, wie sie mich getötet hätte, wenn das Baby auf die Welt gekommen wäre."

„Was macht Sie da so sicher?"

„Haben Sie die anderen Mädchen nicht gesehen?"

„Was wissen Sie darüber? Erzählen Sie mir davon", forderte sie Virginie auf.

„Nein", sagte Virginie, „ich erzähle Ihnen erst, warum ich noch lebe." Sie schwieg eine ganze Weile, als müsse sie ihren Atem sammeln. „Es ... Es passierte auf dem Weg von hier nach unten zur Halle. Eine Woche, nachdem ich das Baby verloren hatte. Ich zähle nämlich die Tage an der Wand in meinem Zimmer, aber nicht die Jahre", fügte sie zur Erklärung hinzu. „Wir waren ..."

Das Deckenlicht flammte auf, heller als sonst, wie es ihr schien. Im gleichen Moment öffnete sich die Tür.

16.
Spuren ins Nirgendwo

Klaus Jürgen Hammerschmidt betrat das Büro. Er setzte sich zu Kommissar Bub an den Schreibtisch und starrte auf den Bildschirm des Computers. Der Deutsche Wetterdienst warnte vor Überschwemmungen durch Starkregen. Vereinzelt waren kleinere Bachläufe in der Rhön bereits über die Ufer getreten.

„Hören Sie, ich bin nicht der Typ, der hier rumsitzt und wartet, bis was passiert."

„Das Warten will gelernt sein", entgegnete Bub gelassen.

Bevor Hammerschmidt antworten konnte, stand Imogen Hutter im Türrahmen.

„Und? Was gibt's?" Im gleichen Moment bedauerte Bub seinen Ton und starrte Hammerschmidt wütend an.

„Da ist ein Herr Bisterbosch. Er möchte Sie sprechen", sagte die Hutter.

„Soll reinkommen. Vielleicht löst er uns ja den Fall", spottete Bub und gab ihr ein Zeichen. Die Hutter verschwand.

„Wer ist der Kerl?", fragte Hammerschmidt. „Irgendwoher kommt mir der Name bekannt vor."

„Das ist der Typ aus Wiesbaden, der Landesarchäologe, der die Untersuchungen an der Moorleiche gemacht hat. Hm, ich weiß, dass er und Anna sich öfter privat getroffen haben." Bub kratzte sich am Kopf. „Sie können da bleiben. Aber bitte überlassen Sie das Gespräch mir."

Nachdem Bisterbosch eingetreten war, setzen sie sich zu dritt an den Tisch in der Mitte des Raums. Bisterbosch sah aus, als hätte er lange keinen Schlaf mehr gehabt. Außerdem war er völlig durchnässt. Bub erinnerte sich an eine gepflegte, selbstsicher auftretende Erscheinung, die vor einigen Wochen in dieses Büro getreten war. Der Mann vor ihm hatte damit nicht mehr viel gemein. Seine Augen waren gerötet, die Lider geschwollen, und er hatte sich offenbar mehrere Tage nicht mehr rasiert. Sein Hemd war fleckig. Während Bisterbosch sprach, zitterten seine Hände.

„Ich möchte etwas aussagen“, begann er mit schwerer Zunge, wobei er auf die Tischplatte starrte. Bub gab Hammerschmidt einen Wink, der daraufhin ein Aufnahmegerät über den Tisch schob.

„Sprechen Sie“, forderte der Kommissar sein Gegenüber auf.

„Ich denke, ich kann es kurz machen“, sagte Bisterbosch leise.

„Es ist kein Geständnis oder so was. Vielleicht doch, ich weiß nicht. Also, der Fall mit diesem Mädchen, das damals hier verschwand, da stecke ich mit drin.“

Kommissar Bub beugte sich unwillkürlich vor.

„Wie meinen Sie das?“, fragte er.

„Ganz einfach: Sylvie war schwanger von mir. Aber ich habe nichts mit ihrem Verschwinden zu tun“, beeilte er sich, hinzuzufügen.

„Sieh einer an, dann sind Sie also der große Unbekannte, den wir so lange gesucht haben“, entfuhr es Hammerschmidt.

Bub warf ihm einen scharfen Blick zu.

„Sie hatten also eine Beziehung mit dem Mädchen. Wann war das?“

„Sommer 1978. Da hat es angefangen. Aber davon wusste niemand. Wir haben uns heimlich getroffen.“

„Wo?“

Bisterbosch zögerte. „Im Roten Moor. Manchmal bei mir in Wüstensachsen. Ich hab damals noch bei meinen Eltern gewohnt, aber die sind oft unterwegs gewesen.“

„Haben Sie über die Schwangerschaft gesprochen?"

„Ja. Das haben wir. Wir wollten das durchziehen. Zwei Tage bevor Sylvie verschwunden ist, bin ich zu ihrer Mutter gefahren. Aber nur ihr Stiefvater ist da gewesen."

„Und dem haben Sie es gesagt?"

„Ja."

„Und? Wie hat er reagiert?"

„Gar nicht. Er hat gesagt, es wäre ihm scheißegal, was die Schlampe in ihrer Freizeit treiben würde, er hätte zu tun, und dann hat er mich hinauskomplimentiert. Das war alles."

„Hm", machte Bub. „Uns gegenüber hat er aber nichts von diesem Gespräch erwähnt. Und Sie, warum haben Sie sich nicht bei der Polizei gemeldet, als Sylvie im Januar 1979 verschwunden ist?"

„Weil ich Angst hatte. Ich hatte gerade meine neue Stelle angetreten, in Fulda, und ich wollte nicht, dass irgendjemand denkt, ich hätte damit was zu tun. Und ..."

„Und was?"

„Und Sylvie ist ja minderjährig gewesen. Ich ... Ich habe sie wirklich überall gesucht. Ich hab mir Urlaub genommen und überall gesucht. Ich hab gedacht, sie hätte sich was angetan, oder dass sie mit jemand anderem fort ist. Ich weiß nicht mehr, was ich alles gedacht habe. Das ... Das hat mich niemals wirklich losgelassen. Und als dann diese Moorleiche zu uns kam und ich von diesem Verdacht hörte, da wusste ich nicht, wie ich reagieren sollte."

„Warum haben Sie der Kommissarin nichts gesagt?", hakte Bub nach. „Sie haben sich doch privat getroffen?"

„Ich hatte es vor. Irgendwie hat das kein Zufall sein können, nach fast 30 Jahren auf diese Weise mit seiner eigenen Vergangenheit konfrontiert zu werden, das ist mir klar gewesen. Und deshalb habe ich es ihr immer sagen wollen, dass ich Sylvie gekannt habe. Dass ich sie geliebt habe. Dass ... Es ging einfach nicht", brach Bisterbosch ab und vergrub sein Gesicht zwischen den Händen.

„Und warum kommen Sie gerade jetzt?"

„Ich habe von Annas Verschwinden gehört. Aus der Zeitung." Bisterbosch sah ihn an. „Und da ist mir klar geworden, dass das aufhören muss. Dass ich das die ganze Zeit mit mir herumtrage wie eine Wunde, und dass Dinge geschehen, mit denen ich immer etwas zu tun habe, solange ich schweige."

„Schade nur, dass diese Einsicht etwas spät kommt. Wegen Verführung einer Minderjährigen kann ich Sie nach fast 30 Jahren ja kaum belangen", sagte Bub.

„Hat außer Ihnen beiden und Sylvies Stiefvater, der diese Information ja offenbar für sich behalten hat, wenn es stimmt, was Sie sagen, noch jemand von dieser Schwangerschaft gewusst?"

„Ja", antwortete Bisterbosch. „Eine Freundin von Sylvie. Sie hieß ... Ich weiß nicht mehr, tut mir leid, ihr Name ist mir entfallen."

„Hieß sie zufällig Marcia? Marcia Wehle?"

„Ja. Ja, das war ihr Name. Sylvie hat es ihr wohl trotz unserer Abmachung erzählt. Dieses Mädchen hat mich mehrmals angerufen. Sie hat mir gedroht und mich angeschrien. Aber ich habe Sylvie niemals davon erzählt. Ich habe sie nicht beunruhigen wollen. Ich habe das irgendwie mit diesem Mädchen selbst klären wollen."

Kommissar Bub wechselte einen Blick mit Hammerschmidt. „Wie hat Sie Ihnen gedroht? Was hat sie gesagt?"

„Na ja, das ist lange her", zögerte Bisterbosch mit der Antwort. „So genau weiß ich das nicht mehr, ich meine, im Wortlaut. Sie wolle mich abstechen, hat sie gedroht. Sylvie solle das Kind wegmachen und ich müsse mich von ihr fernhalten, dürfe sie nicht mehr sehen."

„Und? Haben Sie es mit ihr geklärt?"

„Nein. Ich habe sie nie getroffen. Ein vernünftiges Gespräch mit ihr war ja nicht möglich. Das ist jedenfalls mein Eindruck gewesen."

„Haben Sie eine Ahnung, warum sie so reagiert haben könnte? Hat Ihnen Sylvie etwas von dieser Freundschaft erzählt?"

„Nein." Bisterbosch schüttelte den Kopf. „Keine Ahnung. Ich wusste nur, dass die beiden sich häufig gesehen haben. Die haben die Hunde im Roten Moor ausgeführt und so was."

Bub lehnte sich zurück. „Wussten Sie übrigens, dass Sie offenbar der Einzige sind, der von dieser Freundschaft gewusst hat? Das ist doch merkwürdig, nicht wahr?"

„Was wollen Sie damit sagen?"

„Vergessen Sie es. Ich habe mit mir selbst gesprochen. Das würzt die Unterhaltung. Noch eines: Wenn Sie sie überall gesucht haben wollen, dann müssen Sie doch auch oder vielleicht sogar zuerst ihre Freundin, also diese Marcia aufgesucht haben?"

„Habe ich ja auch", entgegnete Bisterbosch. „Aber die ist genauso vom Erdboden verschluckt gewesen. Beim Internat war sie abgemeldet und eine andere Adresse hatte ich nicht. Erst dachte ich, Sylvie wäre mit ihrer Freundin abgehauen, aber das ergab alles keinen Sinn. Ich bin mir sicher, sie hätte mir etwas gesagt. Oder von irgendwo aus angerufen."

„Interessant. Sie sagen also, diese Marcia wäre vom Zeitpunkt des Verschwindens von Sylvie an auch nicht mehr auffindbar gewesen?"

„Ja. Allerdings bin ich ja erst am 22. Januar zurückgekommen. Ich bin auf einer Fortbildung in Wiesbaden gewesen."

„Keine weiteren Fragen mehr. Wir werden Ihre Angaben prüfen. Sie können jetzt gehen, Herr Bisterbosch."

Hammerschmidt sah überrascht auf. Er öffnete den Mund, doch Bub bedeutete ihm mit einem Wink, zu schweigen. Bisterbosch deutete eine Verbeugung an und verließ den Raum. Man sah ihm nicht an, ob er erleichtert war oder was er überhaupt fühlte.

„Ich hätte noch ein ganzes Dutzend Fragen an den Kerl gehabt", nörgelte Hammerschmidt.

„Das ist nicht nötig", sagte Bub ruhig. „Bisterbosch hat absolut nichts mit dem Verschwinden des Mädchens zu tun. Er hat doch nur unseren Verdacht bezüglich der Wehle bestätigt. Natürlich werden wir seine Angaben überprüfen, falls es Sie beruhigt."

„Was macht Sie da so sicher?", fragte Hammerschmidt nach.

„Nennen Sie es Intuition. Beobachtung. Gewissheit. Wie immer Sie wollen."

„Aha. Ist mir irgendwie zu weiblich. Da kann man nur hoffen, dass Sie bei der Untersuchung der Moorleiche nicht die gleiche Intuition geleitet hat", bemerkte Hammerschmidt bissig.

„Das sagt der Richtige."

Kommissar Bub erhob sich schwungvoll von seinem Stuhl.

„Anstatt zu disputieren, sollten wir lieber an die Arbeit gehen. Da gibt es möglicherweise recht interessante Neuigkeiten. Zum Beispiel die Leiche eines Neunzehnjährigen, die man gestern in einem kleinem Waldstück bei Gießen gefunden hat. Wussten Sie, dass Frau Lewin dort aufgewachsen ist? Merkwürdig, nicht wahr?"

Hammerschmidt zuckte mit den Schultern. „Jeden Tag wird irgendwo jemand gefunden. Sie müssen mir schon erklären, was das mit unserem Fall zu tun haben soll."

„Die Tatsache, dass man in dem Erdloch, wo die Leiche des Jungen lag, einen Ohrring gefunden hat. Einen Ohrring mit einem Stück des Ohrlappens. Und der Ohrring", er drehte sich um und betätigte die Tastatur des Computers, „ist der gleiche, den Anna immer getragen hat. Schauen Sie."

Er zeigte auf ein Bild, das den Ohrring an einem Hautfetzen zeigte. „Die Haut wird gerade untersucht."

„Wie hat man den Jungen gefunden?", fragte Hammerschmidt.

„Der Hund eines Försters hat ihn aufgespürt. Hat einfach wie verrückt unter einem Baumstamm angefangen zu graben. Aber das ist noch nicht alles. Die Kollegen haben verdammt gut gearbeitet bisher. Es gibt einen Parkplatz an der Straße, nicht weit vom Fundort."

„Und?"

„Nachdem der Gerichtsmediziner letzte Nacht die ungefähre Tatzeit ermitteln konnte, haben die Kollegen heute früh angefangen, den Parkplatz zu observieren. An dem Parkplatz beginnt ein Trimm-dich-Pfad. Ist ein beliebter Treffpunkt für Jogger und Walker. Sie haben jeden befragt, der den Parkplatz aufgesucht hat. So etwas kann dauern. Aber in unserem Fall scheinen wir Glück zu haben." Kommissar Bub drehte sich zu Hammerschmidt um. „Einem Jogger war ein Fahrzeug aufgefallen, das dort an drei aufeinander folgenden Tagen geparkt war. Ein schwarzer Peugeot 205. Aber am interessantesten ist das Nummernschild. Ein Fuldaer Kennzeichen. Vermutlich ist es unserem Zeugen auch nur deshalb aufgefallen. Die Fahrzeughalterin ist jemand aus dieser Gegend. Und jetzt halten Sie sich fest, wenn Sie ihren Namen hören: Sylvie Claasen!"

Hammerschmidt starrte ihn ungläubig an. Es war das erste Mal, dass Bub ihn so sah. Er genoss diesen Augenblick, bevor er fortfuhr.

„Wir versuchen gerade, herauszufinden, ob der Wagen Spuren hinterlassen hat, irgendwo. Das Fahrzeug ist zur Fahndung ausgeschrieben."

„Aber das ergibt keinen Sinn", dachte Hammerschmidt laut nach. „Jemand, der verschwindet, benutzt nicht seinen Namen."

„Normalerweise nicht. Es sei denn, es gibt einen anderen Grund. Einen Grund, den wir nicht kennen."

„Also doch warten."

„Ich glaube nicht, dass wir sehr lange warten müssen. Erstaunlicherweise werden Autos in der Regel eher gefunden als Menschen. Gehen wir einen Kaffee trinken", schlug Kommissar Bub vor.

„Ich kenne da zwar ein hervorragendes kleines Café ganz in der Nähe, aber vermutlich ist es besser, wir bleiben hier. Für den Automatenkaffee gilt allerdings die gleiche Regel wie in diesen Vampirfilmen: Es gibt manchmal Tote, die man noch töten muss."

Hammerschmidt lehnte nachdenklich am Fenster. Kommissar Bub war im Nebenraum verschwunden. Mit zwei Pappbechern in der Hand kehrte er zurück. „Schätze, das wird ein Kaffee to go. Das hier kam grad rein." Er gab Hammerschmidt ein Fax.

„Unfassbar", murmelte der nach kurzer Zeit.

Bub nickte. „Wir können nur hoffen, dass sie ihren Fehler nicht bemerkt hat. Das Foto kommt aus einer Laserpistole."

„Also noch in Hessen ..."

„Ja, die Radaranlage steht zwanzig Kilometer vor der Grenze nach Thüringen. Wir sollten keine Zeit verlieren. Auf dem Weg werden wir schon erfahren, wo wir weitersuchen müssen, wenn sie den Wagen gefunden haben. Und wir wissen endlich, wie sie aussieht. Wer immer diese Frau hinter dem Steuer sein mag."

Die Fahrspuren der A7 vor ihnen dehnten sich wie ein endloses Band. Der Regen prasselte senkrecht auf den Wagen. Lichtschleifen krochen über den Regenfilm und verschwanden wieder. Hammerschmidt saß auf dem Beifahrersitz, über die Tagebücher der Wehle gebeugt.

„Jetzt les ich das Zeug schon zum zweiten Mal, aber ich krieg es einfach nicht in den Kopf, wieso niemand davon wusste. Warum hat sie nur keinem davon erzählt?"

„Dafür hatte sie die Tagebücher." Alexander Bub stellte die Scheibenwischer auf die höchste Stufe. „Dieses Zeug, wie Sie es nennen, das ist der verdammte Schlüssel zu dem ganzen verdammten Fall. Wir müssen nur noch die passende Tür dazu finden. Und dazu haben wir nicht mehr viel Zeit", fügte er fluchend hinzu, während der Wagen an Fahrt verlor und mit eingeschalteter Warnblinkanlage langsam auf das Ende eines Staus zukroch.

„Hm, Sie meinen die übliche Aus-dem-Opfer-wird-der-Täter-Kiste. Ist mir zu einfach."

„Denken Sie doch mal nach."

Bub schaltete den Motor aus und lehnte sich mit verschränkten Armen zurück. Aus der Ferne kam das Geräusch von Sirenen.

„Ein dreizehnjähriges Mädchen wird über Jahre hinweg von ihrem Stiefvater vergewaltigt. Die Mutter sieht nicht nur weg, sie macht mit. Das Mädchen ist fünfzehn, als sie zusieht, wie ihre Mutter die Totgeburt ihrer kleinen Schwester im Roten Moor vergräbt. Der Stiefvater drückt brennende Zigaretten auf ihrem Körper aus, während er sie anal penetriert. Wenn sie nicht gefügig ist, wird sie im Keller kopfüber an der Decke aufgehangen. Als die Lehrerin eines Tages anruft und fragt, was denn los sei, weil das Mädchen in letzter Zeit immer so verheult herumlaufe, wird sie eine Nacht lang bei lebendigem Leib im Wald vergraben. Was soll sie anderes denken, als dass diese Nacht ihre letzte ist. Und die Luft, die sie atmet, als der Dreckskerl sie wieder rausholt, schmeckt nur nach der Bierfahne in seinem Atem, weil er sie auf dem Waldboden vergewaltigt. Sie muss ihren eigenen Urin trinken. Alles, was sie an Liebe bekommt, ist der Schwanz ihres Stiefvaters in ihrem Mund. Und als der Hund, der vielleicht das Einzige ist, was sie liebt, in die Wohnung macht, wird er vor ihren Augen bei lebendigem Leib in Stücke gehauen."

Bub beugte sich zu ihm.

„Hammerschmidt, wir reden hier nicht von irgend so einem Missbrauchsfall, wir reden von über vier Jahren Hölle. Von vierundzwanzig Stunden Horrorfilm Tag für Tag. Wir reden hier über die Jugend von Marcia Wehle."

Hammerschmidt öffnete das Fenster einen Spalt breit. „Ich habe das zufällig auch gelesen", bemerkte er in ironischem Tonfall. „Aber die Frage, die ich mir gestellt habe: Wie kann ein Mensch solche Dinge in so einem nüchternen, fast sachlichen Ton beschreiben. So als wäre das jemand anderem geschehen und nicht ihm. Für mich klingt das Ganze eher wie das Skript zu so einem abgefahrenen Psychoroman. Wer weiß, vielleicht hat sie ja zu viel von dem Zeug gelesen."

„So was schreibt man kaum in sein Tagebuch. Ein Mensch, dem so etwas zustößt, der zieht sich in eine andere Welt zurück. Dahin, wo ihm keiner mehr was anhaben kann. Er verschwindet quasi. Sie können alles beschreiben, was mit Ihnen geschieht, aber eigentlich geschieht es nicht mit ihnen, es passiert mit dem, den Sie erfunden haben. Betrachten Sie es als eine Art Überlebensstrategie. Aber natürlich funktioniert das nur bis zu einem gewissen Grad. Was dafür spricht", sagte Bub, während er eines der rot eingebundenen Tagebücher in die Hand nahm, „das sind die Einträge aus der

Zeit, bevor ihr Vater starb. Da war sie neun, zuletzt zwölf. Das ist ein anderer Ton. Da ist Vertrauen, Liebe, Offenheit. Ihre Mutter hat ein Jahr, nachdem ihr Vater gestorben ist, diesen anderen Mann geheiratet. Sie nennt ihn nie beim Namen."

„Woran ist ihr Vater gestorben?"

„Das ist merkwürdig, aber davon steht nirgendwo etwas."

„Es fehlen aber Seiten", warf Hammerschmidt ein.

„Möglich, dass sie vielleicht auch das verdrängt hat, als dieser andere Mann bei ihnen eingezogen ist. Aber dazu müssten wir sie schon selbst fragen."

Durch die in der Mitte der Fahrbahnen entstandene Gasse schob sich ein Löschfahrzeug der Feuerwehr, dahinter ein Notarztwagen mit flackerndem Blaulicht.

„Was denken Sie über diese Geschichte mit ihrer Freundin, mit Sylvie Claasen?", fragte Hammerschmidt.

„Wenn ich das wüsste. Sie hatte ja niemanden sonst, den sie lieben konnte, oder jemanden, der ihre Liebe erwidert hätte. Irgendwie habe ich den Eindruck, als hätte sie alles, wozu sie an Liebe fähig war, auf Sylvie projiziert. Und als Sylvie schwanger geworden ist, ist sie geradezu ausgerastet, obwohl sie nach außen die verständnisvolle Freundin gespielt hat. Was dann passiert ist, wird mir allmählich immer klarer."

„Ist mir immer noch zu schematisch", entgegnete Hammerschmidt nach einigen Minuten des Schweigens, in denen nur der Regen auf dem Wagendach und das monotone Klacken der Scheibenwischer zu hören waren, während im Radio immer mehr Sondermeldungen zur Hochwassersituation in der Rhön und den angrenzenden Regionen eingingen. Die Fulda und kleinere Flüsse waren bereits über die Ufer getreten. Die ersten Kreisstraßen wurden gesperrt. Langsam setzten sich die Fahrzeuge vor ihnen wieder in Bewegung.

„Wundert mich nur, dass Sie die Schwangerschaft von der Wehle nicht auch noch mit in ihre Theorie verwurstet haben."

„Ich habe keine Theorie", sagte Bub.

„Moment mal", stutzte er, während der Wagen die Unfallstelle passierte und allmählich wieder beschleunigte. „Was haben Sie da gerade gesagt? Von welcher Schwangerschaft sprechen Sie?"

„Na, von diesem Buch hier, Sie Komiker." Er hielt Bub eine schmale Kladde mit schwarzem Einband vor das Gesicht.

„Lassen Sie das! Wollen Sie uns umbringen?", fuhr ihn Bub an. „Wo um alles in der Welt kommt das her? Ich kenne das Heft nicht."

„Möglich, dass ich es im Hotel liegen gelassen habe. Muss mir irgendwie durchgerutscht sein", gab Hammerschmidt kleinlaut zu. „Aber ich dachte, Sie hätten das Zeug vor mir gelesen."

„Wann denn?", fuhr ihn Bub an. „Das ist Schlamperei, Hammerschmidt! Ist ja wohl nicht das erste Mal in dieser Angelegenheit, was?" Alexander Bub starrte angestrengt in den Regen. „Na los, sagen Sie schon, was da drin steht! Oder soll ich es beim Fahren lesen?!"

„Schon gut", gab Hammerschmidt zurück.

„Sie haben sich bei diesem Fall auch nicht gerade mit Ruhm bekleckert." Ein Hustenanfall unterbrach ihn.

„Sie hat ein paralleles Tagebuch geführt. Erst ist mir das gar nicht aufgefallen, weil oft die Daten fehlen. Jedenfalls hat sie sich im Herbst 1978 öfter mit einem gewissen Kai Debius getroffen, dem gleichen, den Sie auch aus den Vernehmungsprotokollen kennen dürften. Eine Liebesbeziehung kann man das nicht nennen, aber es ist wohl so etwas wie ein Hoffnungsschimmer für sie gewesen. Und wissen Sie, mit welchem Satz dieses Heft beginnt?"

Alexander Bub grunzte, vermied es aber, Hammerschmidt einen wütenden Seitenblick zuzuwerfen.

„‚Ich bin schwanger.' Genau mit diesem Satz. Schwanger von ihrem Stiefvater. Nicht etwa diesem Kai. Jedenfalls behauptet sie das. Seitenweise Seelennöte, Selbstmordpläne. Und sie unterschreibt all diese Seiten mit ‚Sylvie'. Irgendwann kann sie es nicht mehr verbergen. Sie vertraut sich ihrer Freundin an. Sagt, dass das Kind von Kai ist. Als ihre Mutter die Geschichte bemerkt, zählt sie eins und eins zusammen. Sie sperrt ihre Tochter ein. Jeden Tag bekommt sie ihre ‚Medizin', so nennt sie es, und irgendwann im Dezember bringt sie eine Totgeburt zur Welt. Es geht ihr so schlecht in dieser Zeit, dass sie Angst hat zu sterben. Die Mutter fährt mit ihr raus ins Rote Moor, das tote Kind in einer Plastiktüte. Sie laufen ins Moor. Sie erwähnt ihre tote Schwester. Über den Rest kein Wort. Das Heft bricht an dieser Stelle ab. Ihr anderes Tagebuch führt sie die ganze Zeit weiter, als wäre nichts geschehen. Da ist Sylvie schwanger. Sie schreibt so sachlich und distanziert darüber, dass ich ihr kein Wort glaube. Die Schrift ist zittrig und die Einträge kurz, fast abgehackt."

„In dieser Zeit muss es passiert sein", unterbrach ihn Bub, den Kopf leicht nach vorn geneigt, während er den Wagen auf der linken Spur hielt.

„Was passiert?"

„Ihre Verwandlung. Das ist wie bei den modernen Schauspielern, die die ganze Zeit nur lernen, wie sie auf der Bühne in den Eimer kacken und in die Ecke kotzen sollen, und irgendwann ihre wahre Berufung erkennen. Obwohl ‚Berufung' in diesem Zusammenhang zynisch klingt." Bub warf ihm einen raschen Seitenblick zu. „Stellen Sie sich doch mal vor, all diese Jahre wie ein Stück Vieh behandelt zu werden, und der einzige Mensch, den Sie lieben, auf den Sie alles projizieren, was Sie selbst nie sein konnten, der wird sich unweigerlich abwenden, wenn das Kind erst einmal da ist, ein Kind, das Sie selbst vielleicht nie haben werden. Das wusste sie, und das hat sie durchdrehen lassen."

„Also, reden wir doch mal Klartext: Sie sind der Auffassung, die Wehle hat ihre beste Freundin verschwinden lassen und ... Gut, immerhin sind beide am gleichen Tag verschwunden, wenn das stimmt, was dieser Bisterbosch gesagt hat ..." Hammerschmidt verstummte.

„Sie denken gerade darüber nach, was das mit der Entführung oder wie immer sie es nennen wollen, mit meiner Kollegin zu tun hat. Vielleicht", sagte Bub langsam, während er den Wagen beschleunigte, „mehr als wir denken. Möglich, dass sie nah daran war, das Geheimnis zu lüften."

Der Wagen raste durch die Nacht. Sie passierten die thüringische Landesgrenze. Das Telefon war die ganze Zeit über stumm geblieben. Es hatte keinen Sinn mehr, viel weiter zu fahren. Jede Ausfahrt, jeder Abzweig konnte richtig oder falsch sein. Alexander Bub steuerte einen Parkplatz an. Hammerschmidt rührte sich nicht. Regenfäden glommen im zerdriftenden Licht der Laternen. *Losfahren und suchen!*, dachte er.

Genau das, was er Hammerschmidt vorgehalten hatte. Er nahm den Koffer vom Rücksitz, öffnete ihn und sah auf das Foto, das die Geschwindigkeitsübertretung des Peugeots dokumentierte. Das Foto war nicht sonderlich deutlich. Und woher sollte er wissen, wie ein siebzehnjähriges Mädchen, das er nur von einer den Tagebüchern beigelegten Fotografie her kannte, heute aussah. Alexander Bub starrte in den Regen. War es denkbar, dass jemand, den man für tot hielt, alles daran setzte, damit das auch so blieb? Wieso dachte er jetzt in eine ganz andere Richtung als die, die er Hammerschmidt gegenüber vorhin noch so vehement vertreten hatte? Er nahm die schwarze Kladde, die Hammerschmidt eben noch in der Hand gehabt hatte. *Himmel!* Bub fluchte leise. Wieso hatte niemand an einen Vergleich der Handschriften gedacht! Es würde ja wohl noch irgendetwas von Sylvie Claasen geben, und wenn es nur eine Postkarte an die Eltern oder Freunde wäre. Er griff zum Telefon. In diesem Moment leuchtete das Display auf und summte. Die Hutter war am anderen Ende der Leitung.

„Der Wagen, den ihr sucht. Er ist heute mehrfach gesehen worden. In Zella. Ein kleiner Ort in der Rhön. Die Adresse der Fahrzeughalterin in Gießen stimmt nicht. Da wohnt ein Student, der Geld dafür bekommen hat, dass er die Steuerbescheide und den Versicherungskram an ein Postfach weiterleitet. Da sind wir gerade dran."

Nach einer Pause fragte sie: „Seid ihr noch nicht abgesoffen? Es regnet seit über 72 Stunden! Die ganze Rhön wird geflutet, wenn ich die Nachrichten richtig interpretiere."

„Keine Sorge, ich hab das Polizeiboot genommen. Gute Arbeit!", sagte Bub und startete den Wagen. *Nichts wie zurück!*, dachte er. Es war 2.00 Uhr nachts.

17.
Der Turm und die Schmetterlinge

„Raus!“, schrie eine Frauenstimme. „Raus hier!“

Benommen rappelte sie sich auf. Virginie stand bereits an der Tür. Auf dem Gang floss Wasser, eiskaltes Wasser, das sie bald an ihren Füßen spürte. Violetten Polarlichtern gleich schimmerte die Flurbeleuchtung auf dem knöchelhohen Strom, der gegen die Wände schwappte. Sie sah ihre Entführerin nur flüchtig und dann nur noch ihren breiten Rücken, dem sie den Gang entlang hinterher eilten. Kurz vor der Treppe, an der das Wasser in Sturzbächen hinab lief, sah sie rechts einen hell erleuchteten Raum. Ihr Atem stand still.

„Sie ... Sie hat den Hauptwasserhahn aufgedreht. Sie hat es einfach getan“, flüsterte Virginie neben ihr, während die Wehle sich auf dem Treppenabsatz umdrehte.

„Weiter!“, schrie sie.

Auf einmal, rechter Hand, eine Glasfront, dahinter der nackte Körper eines Mädchens, scheinbar schwebend. Wasser strömte aus Spalten an der Decke, drückte gegen die pulsierende Wand. Schall. Sie konnte sich von diesem Ton nicht lösen. Der Bauch des Mädchens war gebläht. *Sieht aus wie schwanger*, dachte Anna. Das Licht, das die Wände weiß beschien, hüllte ihren Körper wie in eine glänzende Fischhaut.

Virginie riss sie fort.

„Das Wasser, das Wasser, kommen Sie.“

Virginie zog sie die Treppe hinab. In dem spärlichen Licht suchte sie nach einem Ausgang, einem Fenster, irgendeiner Fluchtmöglichkeit. Es erschien ihr widersinnig, die Treppen nach unten zu laufen anstatt nach oben. Virginie schien ihre Gedanken zu erraten.

„Das Wasser kommt von oben. Wir können nicht mehr raus."

Ihre Stimme klang völlig ruhig. Vor ihnen floh der schwarze Schatten der Wehle über das Mauerwerk. Plötzlich standen sie in einem schmalen Gang. Auf der anderen Seite schien die Treppe weiter nach unten zu führen. Das Wasser stand kniehoch zwischen den Wänden. Die Wehle war vor einer unscheinbaren Tür stehen geblieben. Das Licht erlosch mit einem zuckenden Surren. In der plötzlichen Dunkelheit hörte sie, wie jemand an der Eisenhaut der Tür schabte. Ein Schlüssel rastete im Schloss ein. Matte Lichtflächen fielen durch einen sich öffnenden Spalt. Marcia Wehle ließ sie vorbeigehen. Über ihren Köpfen erstreckte sich eine Backsteinlandschaft, eine Spirale, die sich, vom Himmel angezogen, in ein ausgeschattetes Gewölbe verlor. Tief unter ihnen schien der Raum zu ächzen unter dem Gewicht des Wassers.

Die Wehle trieb sie die Stufen hoch, schmale Stahlschwingen, unter denen die Luft zu schweben begann. Virginie klammerte sich an ihre Hand. Die Treppe wand sich um eine imaginäre Achse. Ihre Schritte hallten von den Wänden, an denen Spinnen die scharf geschliffenen Muster ihrer Netze abgesetzt hatten.

Sie war sich nicht sicher, ob ihre Entführerin hinter ihnen war oder erst in einem größeren Abstand folgte. Feuchter Geruch schlug ihnen entgegen. Die Treppe wand sich in die bauchige Wölbung der angerußten Ziegel. Offenbar befanden sie sich in einem alten Turm. In bestimmten Abständen spürte sie einen Luftzug auf ihrer Haut, aber die matte Dunkelheit blieb.

Plötzlich spürte sie, wie etwas an ihrem Arm zog. Virginie sank auf eine der Stufen. Sie atmete schwer. Es war, als ob sich ihr Atem ausdünnte. Ihre andere Hand presste sie gegen die Ziegelwand.

„Weiter!“, befahl die Wehle.

Während sie Virginie langsam zu sich emporzog, wurde ihr klar, dass sie sich an einem Ort befand, der sein Geheimnis nicht preisgab, wenn sie plötzlich allein war. Sie war auf diese Frau angewiesen, wie ein Hund an der Leine.

Während sich das Mädchen noch mehr an sie klammerte und sie Stufe für Stufe das schmale Rund emporstiegen, hörte sie auf einmal ganz deutlich die Schritte und den keuchenden Atem der Wehle hinter ihr, ein matt klingender Ton, dem sich andere Töne, Bilder wie Luftspiegelungen anvertrauten. Als hätte sie das alles schon einmal erlebt. Aber wie so vieles in den letzten Wochen und Monaten konnte sie es nicht einordnen. Sie konnte es nur geschehen lassen.

Von unten waren Geräusche zu hören. Das Wasser schien durch die Tür zu dringen.

„Das Wasser, das Wasser!“, schrie Virginie.

„Halt die Klappe!“, fuhr die Wehle sie an.

Etwas in ihrer Stimme veranlasste Anna Lewin, sich zu ihr umzudrehen. Der Treppenschacht lag im Dämmerlicht einer unbestimmten Tageszeit, Licht, in dem alles zu Schatten und unscharfen Konturen gerann. Vielleicht war es gerade das, was in diesem Moment ein winziges, unscheinbares Detail betonte, herauslöste und wie ein Puzzlestück auf den Grund ihrer Erinnerung fallen ließ. Das Gesicht der Wehle lag im Dunkeln, nur der Ring an ihrer Hand war für einen kurzen Augenblick sichtbar, als sie sich mit einer bestimmten, seltsam konzentrierten Art langsam, die Finger abgespreizt, das Haar aus der Stirn strich und dabei leise die Luft einsog.

Anna wandte sich wieder ab. Langsam setzte sie ihre Schritte auf die Stufen, Virginie im Schlepptau. Mit jeder Windung der sich schier endlos in die Höhe schraubenden Treppe schien es heller zu werden.

Nach drei, vier weiteren Schritten verlor sie die Kontrolle. Sie stieß Virginie zur Seite, sprang auf die Wehle zu und stieß sie die Treppe hinab.

Die dunkle Gestalt unter ihr verschwand lautlos. Sekunden später vibrierte das Geländer, dann war wieder nur das gurgelnde Geräusch des eindringenden Wassers zu hören.

„Wo ist mein Kind?", schrie sie in die Stille. „Sag mir, wo meine Tochter ist!"

Sie eilte die Stufen hinab. Zu spät bemerkte sie den am Treppenrand unterhalb des Geländers kauernden Schatten, der sich in dem Augenblick löste, als sie fast auf gleicher Höhe mit ihm war und ihr rechter Fuß über der Stufe schwebte. Eine kräftige Hand schraubte sich um ihren Knöchel und riss sie zu Boden.

„Die Frage kommt sieben Jahre zu spät", zischte eine Stimme an ihrem Ohr. Ein metallenes Band legte sich um ihren Hals, während ihre Hände ins Leere tasteten. Ihr Atem schwand in kürzer werdenden Schüben. Ein Tuch presste sich auf ihren Mund, mit glühenden Zangen fuhr ein beißender Geruch in ihre Lungen. An den Rändern ihrer Pupillen schwand ihre letzte Wahrnehmung.

„Aufwachen, aufwachen, aufwachen, aufwachen, aufwachen ...."

Die Stimme schien aus unendlicher Ferne zu kommen. Sie fingerte nach dem Schall in der Luft, bis die Worte zu einem versteckten Flüstern wurden und sich ein weißes Flimmern an den Rand ihrer Netzhaut drängte.

„Aufwachen, aufwachen, bitte, bitte aufwachen ..."

Sie schlug die Augen auf. Etwas rieb unaufhörlich über ihre Brust. Verschwommen nahm sie eine Gestalt wahr, die auf ihrem Schoß hockte und deren Lippen sich da

„Aufwachen, aufwachen!" wie eine Beschwörung entrang. Instinktiv schlug sie mit den Armen nach ihr, stemmte die Knie nach oben und warf sie zu Boden.

„Nicht, nicht, ich bin es doch. Ich, Virginie", flehte die Stimme. Ihr Gesicht nahm sie wie durch einen Schleier wahr. Sie ließ von ihr ab und lehnte den Kopf gegen die Wand.

„Himmel, wo sind wir?", versuchte sie, sich zu orientieren.

„In einem Turm. Der stählerne Überwachungsturm der Kaserne. Die Treppe, erinnern Sie sich?", plapperte Virginie drauflos.

Sie starrte auf ein offen stehendes Fenster. Der Himmel, ein schwarzer Bildschirm, über den sich langsam ein fahles Gewebe schob, dann die gezackten Linien von Wolkenschleiern, Licht, das die Wände beschien.

Ihr Hals schmerzte.

„Was zum Teufel ..." Sie blickte sich um. „Wo ist sie?"

„Fort." Virginie zeigte auf die Fensteröffnung. „Da waren Seile." Sie wies auf einen Metallschrank, dem einzigen Möbel in dem vielleicht sechzehn Quadratmeter großen Rund, dessen ursprüngliche Öffnung man oben mit einer Holzdecke verschlossen hatte.

„Nein."

Sie kroch ans Fenster. „Nein", wiederholte sie, während sie sich an die Ziegel klammerte und in die Tiefe starrte. Ein dickes, mit Steighaken durchsetztes Tau baumelte an der Wand des Wachturmes. Der Turm musste hundert Meter oder höher sein. Unten sah sie ein brachliegendes Kasernengelände und ein schmales Waldstück. Dahinter war der Nebel so weit herabgesunken, dass er aussah wie Meer. Nein, sie traute ihren Augen kaum, das war kein Nebel. Es war Wasser! Weite Flächen des Landes waren überflutet.

Unweigerlich musste sie an die Sage denken, vom Teufel, der geplant hatte, die Rhöntäler zu fluten.

„Wie lange ist das her?", fragte sie Virginie. Langsam kam sie wieder zu sich.

„Nicht lang", zuckte sie die Schultern. „Sie hat Sie für tot gehalten, glaube ich. Sie hat kein Wort gesagt und ist einfach aus dem Fenster. Sie hätte das Seil abnehmen können, aber sie hat es nicht getan. Für mich", sagte sie.

„So, glaubst du? Was ist noch in dem Schrank?"

„Nichts", sagte Virginie. „Wenn wir hier bleiben, sind wir spätestens in zwei Tagen verhungert oder verdurstet."

Sie untersuchte die Tür. Der Türgriff fehlte. Der aus massivem Stahl gefertigte Schrank war leer, wie Virginie gesagt hatte. Der Boden war übersät mit Glasscherben.

„Was war das, mit Ihrer Tochter? Was ... Was hat sie damit zu tun?"

Anna Lewin machte eine abwehrende Handbewegung.

„Nicht jetzt."

Das Kinn auf ihre Hände gestützt, ließ sie sich auf den Boden sinken.

Der Himmel. Wie lange hatte sie keinen Himmel mehr gesehen. Es musste später Nachmittag sein, der späte Nachmittag des 9. oder 10. März. Sie sog die Luft ein, Luft, die nach dem salzigen Atem des Meeres schmeckte, so bildete sie sich ein. Sich selbst und jemand anderem einzugestehen, dass sie unter entsetzlicher Höhenangst litt, war jetzt das Geringste. Ob ihre Schwindelgefühle der Einsicht geschuldet waren, sich auf einem im Nichts balancierenden baufälligen Wachturm zu befinden, oder Folgen ihrer Bewusstlosigkeit waren, schien in diesem Augenblick ohne Bedeutung. Die Arme über der Brust verschränkt, setzte sich Virginie zitternd neben sie.

„Du wolltest mir doch erzählen, warum du noch lebst, Virginie."

„Ja. Ja, das ist wahr." Sie hielt inne. „Sehen Sie ... Sehen Sie nur!" Sie zeigte auf die gegenüberliegende Wand. Angestrengt versuchte sie, ihrem Blick zu folgen.

„Was ist da? Ich kann nichts sehen."

„Sehen Sie sie nicht? Die Schmetterlinge. Sie haben fast die gleiche Farbe wie die Wand. Sie schlafen. Bestimmt haben sie den ganzen Winter hier verbracht."

Der Turm und die Schmetterlinge, dachte sie, der Titel eines Bildes, das ihr Ulrike einmal gezeigt hatte, ohne dass ihr einfiel, um was für ein Bild es sich gehandelt hatte. War es ein Bild von Sylvie gewesen? Die Schmetterlinge schienen wie an der Wand festgezurrt, auf ein wärmeres Licht wartend.

„Wenn es wärmer wird, werden sie fliegen", sagte Virginie. „Ach ja, falls Sie sich fragen, warum ich nicht einfach aus dem Fenster steige, das Seil hinunter klettere und fortlaufe: Ich kann es nicht."

„Wieso?"

„Ich bin nicht schwindelfrei. Ich würde sofort abstürzen. Weil der Schwindel in meinem Kopf und in meinen Armen und Beinen so stark wird, dass ich anfange, mich zu drehen und nach Dingen zu greifen, die gar nicht da sind. Deshalb habe ich auch mein Baby verloren."

Virginie sah sie an.

„Sie hat mich gezwungen, auf eine Leiter zu steigen. Ich habe das Gleichgewicht verloren. Erst dachte ich, es täte ihr leid, und dass sie mich deswegen am Leben gelassen hat. Aber das war nicht so."

„Sondern?"

Virginie schüttelte den Kopf. „Sie hätte niemanden so einfach am Leben gelassen. Manchmal, da war sie länger weg, und einmal, es war der 2347. Tag hier, da hat sie vergessen, die Tür abzuschließen, und da habe ich alles gesehen. Und alles andere auch. Sie hat es aufgeschrieben. Alles."

„Aber wenn die Tür auf war, warum bist du nicht geflohen? Und was meinst du mit ‚alles‘? Was hast du gesehen?“

„Fliehen?“ Sie schüttelte den Kopf. „Alle Türen waren verschlossen. Nicht irgendwelche Türen. So Scheißtüren, durch die kein Laut kommt, egal was du auch machst.“

Sie berührte ihre Hand. „Die Mädchen. Ich habe die toten Mädchen gesehen. Erst habe ich nicht verstanden, aber dann habe ich die Bücher gefunden. Sie lagen auf einem Tisch in einem großen Raum. Vielleicht wollte sie, dass ich sie lese, habe ich später manchmal gedacht. Ich weiß es nicht.“

„Was meinst du mit ‚die toten Mädchen‘?“

„Das wissen Sie. Sie haben es mir doch gesagt, als Sie zu mir zurückgekommen sind.“

„Es ... Es hätten Modelle sein können, Puppen“, entgegnete sie.

Virginie schüttelte den Kopf. Ihre Lippen näherten sich ihrem Ohr. „Nein“, flüsterte sie. „Es sind keine Puppen. Das sind tote Mädchen. Sehr tote Mädchen“, kicherte sie. Ein Speichelfaden rann aus ihrem Mundwinkel.

In diesem Augenblick wusste Anna nicht, ob sie ihr glauben konnte. Was hatten die Jahre der Gefangenschaft mit ihr gemacht? Konnte sie ihr trauen?

„Sie sind gestorben, alle. Ich habe sie gewaschen und eingerieben. Dann hat sie sie in ein Bad gelegt. Damit sie immer so schön bleiben, wie sie jetzt sind, hat sie gesagt. Ich weiß nicht, was sie dann mit ihnen gemacht hat.“ Ihre Stimme wurde immer leiser. „Im Saal habe ich sie wiedergesehen. Im Saal ...“

„In welchem Saal? Red weiter!“ Sie streichelte Virginies raue Hand.

„Der Gang, nach dem Sie mich gefragt haben. Wenn es dunkel ist, können Sie es nicht sehen. Dass er immer weiter geht, meine ich. Und da sind Nischen in den Wänden, da hat sie sie hingebracht. Ich habe sie mir angesehen, alle. Immer, wenn sie fort war."

„Aber woher wusstest du, dass sie nicht da war?"

Sie kicherte. „Das Essen. Das sie mir hingestellt hat. Es war immer nach den Tagen berechnet, die sie fort war."

„Gut. Aber wie bist du da rausgekommen?"

„Die Tür. Wenn sie gegangen ist, habe ich ein Messer in den Spalt gesteckt. Das hat immer dabei gelegen. Ich weiß nicht, warum sie es mir gelassen hat. Es ist stumpf gewesen." Sie schluckte. „Na ja, vielleicht wollte sie mir die Ausweglosigkeit meiner Situation vor Augen führen. Jedenfalls: Damit konnte ich den Mechanismus auslösen. Und auf dem Gang gab es einen Schalter. Den habe ich nur drücken brauchen, wenn ich wieder zurückgehen wollte."

„Und die Kamera?"

„Ich weiß nicht. Vielleicht ist das nur eine Attrappe. Vielleicht wollte sie mir nur Angst machen. Oder es war ihr sogar recht, dass ich alles sehe. Ich weiß nicht ..." Sie stockte. „Sehen Sie! Die Schmetterlinge, sie haben sich bewegt!"

Sie sah auf die Wand. Reglos verharrten die Schmetterlinge im weißen Flimmern des Märzlichts.

„Du irrst dich. Es ist noch zu kalt. Und die Mädchen, warum hat sie das getan? Was weißt du darüber?"

„Wenn sie dann wieder da war ... Sie kam nie allein zurück. Ich bin mir nicht sicher, aber so muss es gewesen sein. Halten Sie mich wieder?" Sie kauerte sich an sie und legte den Kopf in ihren Schoß.

„Wie oft ist das passiert in diesen elf Jahren, dass sie dich allein gelassen hat, ich meine, dass du das Gefühl hattest, es waren mehrere Tage? Kannst du dich erinnern?"

„Nein, ich erinnere mich nicht", sagte sie. „Aber es sind sieben."

„Sieben was?"

„Sieben Mädchen. In den Nischen. Eigentlich wären es acht ... Aber sie hat mich am Leben gelassen."

„Dann kannst du mir ja auch die Frage beantworten, warum."

„Weil ich das Baby verloren habe. Wie sie."

„Wie sie? Wie meinst du das?"

„Sie war siebzehn, so wie ich. Ihre Mutter hat es vergiftet, und dann haben sie das, was davon übrig geblieben ist, vergraben. Ich glaube, nein, ich weiß, sie hat sich daran erinnert. Vielleicht hatte sie Mitleid. Und irgendwann, bevor sie es bereuen konnte, hat sie gemerkt, dass sie mich brauchen kann. Ich bin ihre Sklavin. Genau wie mein Bruder. Er ist tot, nicht wahr?"

Anna antwortete nicht. Stattdessen fragte sie: „Woher weißt du, dass sie ihr Baby verloren hat?"

„Weil ich in ihren Büchern gelesen habe. Sie schreibt alles auf. Aber nur in Stichworten. Total abgehackt. Ich musste es mehrmals lesen, bis ich es kapiert habe."

„Und weißt du auch, warum ich hier bin?"

„Nein, das weiß ich nicht", antwortete ihre leise Stimme. „Und es ist mir auch gleich. Es macht niemanden wieder lebendig."

„Nein, das macht es sicher nicht. Aber: Ich bin hier, weil ich ein Mädchen suche, das vor 27 Jahren spurlos verschwunden ist. So wie du. So wie vermutlich alle anderen. Und ich weiß, dass es erst aufhört, wenn ich sie gefunden habe." Sie konnte nicht verhindern, dass ihre Stimme zitterte. „Wenn alle diese Mädchen schwanger waren, was ist dann mit ihren Babys passiert?"

„Ich weiß es nicht. Ich habe nie ein Baby gesehen. Sie hat nur gesagt, dass sie gestorben sind bei der Geburt, die Mädchen. Und dann gibt es da noch diesen Raum.

Einen Raum voller Fässer." Sie beschrieb ihr den Raum im Hauptgebäude der Kaserne. „Ich weiß nur, dass sich dort etwas Schreckliches verbirgt ..."

„Wie kommst du darauf? Irgendetwas musst du da doch gesehen haben?"

„Nein. Ich weiß es einfach. Ich habe Ihnen doch gesagt, dass die meisten Türen verschlossen waren. Wäre ich sonst noch hier? Und wenn sie da war, bin ich die meiste Zeit eingesperrt gewesen. Wenn ich nicht gerade für sie putzen musste ... Aber das waren immer die gleichen Räume. Ohne Fenster, ohne Möbel."

„Du warst niemals oben?"

„Nie mehr seit meiner ersten Zeit hier." Sie vergrub ihr Gesicht noch tiefer in ihrem Schoß. „Deshalb tut es auch so weh, das Licht in meinen Augen. Ich mag es gar nicht mehr sehen."

Anna strich über den verfilzten Haarschopf der Frau. „Ist schon gut. Bald wird es wieder dunkel."

Sie spürte, wie die Kälte langsam in ihren Körper kroch. Dünne Wolken sammelten sich am Himmel. Durch die Mauerritzen zog der Wind. „Nicht einschlafen, Mädchen. Die Bücher, sag mir, was in diesen Büchern stand."

Während sie mit Virginie sprach, suchte sie verzweifelt nach einem Ausweg. Sie mussten den Turm verlassen, irgendwie. Warum brachte sie dieser Fall immer wieder in solche Situationen? Situationen, die ausweglos schienen. In denen nichts mehr Gültigkeit hatte, was sie gelernt hatte. Wenn sie auf der Treppe nicht die Kontrolle verloren hätte, was wäre dann gewesen? Hatte sie sich verhört? Nein, die Antwort der Wehle war unmissverständlich gewesen: *Die Frage kommt sieben Jahre zu spät.*

Sie presste die Hände vor ihre Augen, wie um dieses Bild zu verscheuchen.

„Die Bücher, Virginie. Was stand dort, und wenn du sagst, dass es viele waren, kannst du dich an ein Datum erinnern, irgendetwas?"

„Warum wollen Sie das jetzt noch wissen? Wir sind doch schon tot."

„Nein. Wir sind nur wie diese Schmetterlinge, du wirst schon sehen. Sag es mir einfach. Wenn du sprichst, spürst du die Kälte nicht."

„Neunzehnhundertund... irgendwas mit siebzig. Das war das Älteste. An das erinnere ich mich besonders, weil es so einen schönen roten Einband hatte. Und es stand jeder Tag darin, ja, ich glaube, ein Buch für ein Jahr. Jedes Jahr ein neues. Und es stand drin, was sie gemacht hat, was für ein Wetter war und ob der Wind ruhig gewesen ist oder stürmisch. Wenn ein Mädchen da war, hat sie es ‚ihre Freundin' genannt. Und sie hat ihnen Namen gegeben, aber immer den gleichen: Sylvie. Alle hießen Sylvie. Sie hat aufgeschrieben, was sie ihnen zu essen gegeben hat. Was sie den ganzen Tag gemacht haben, wann sie geschlafen haben, wie viel sie gewogen haben und noch viele andere Sachen, an die ich mich nicht mehr erinnere. Ich weiß nur, dass sie niemals über sich geschrieben hat."

„Und diese Mädchen, waren sie alle schwanger?" Sie stellte diese Frage ganz routiniert, während sie nur *Sylvie, Sylvie, Sylvie!* dachte und versuchte, die losen Enden ihrer Gedanken zu einem sinnvollen Ganzen zu verknüpfen.

„Ja. Überall stand: *Bei der Geburt verstorben.* Sonst nichts. Bis ein anderes Mädchen gekommen ist. Aber ich hab sie nie gesehen. Jedenfalls nicht zu Lebzeiten."

Sie kicherte über ihren Scherz.

„Aus den Büchern müsstest du doch aber ungefähr wissen, wie lange diese Mädchen hier waren?"

„Höchstens ein paar Monate, so genau weiß ich das nicht."

„Und ist dir irgendwas aufgefallen, ich meine, ein bestimmter Zeitabstand oder so?"

„Nein", sagte sie. „Ich bin doch kein Polizist. Ich hab das nur gelesen, weil mir langweilig war. Aber ich habe nichts erfahren. Ich weiß nicht, was diese Frau denkt oder warum sie das macht. Ich weiß ja nicht einmal ihren Namen. Und die Bücher dürften jetzt irgendwo da unten im Wasser schwimmen."

Sie schwieg und war nicht mehr zum Sprechen zu bewegen. Kurz darauf schien sie zu schlafen.

Anna beschloss, noch eine Weile zu warten. In der Dunkelheit würde man die Umgebung nicht sehen, hoffte sie. Weder die Höhe noch die Tiefe. Virginie war leicht. Wenn sie sich aneinander banden, hatten sie vielleicht eine Chance. Die Müdigkeit legte sich auf ihre Lider. *Nur einen kleinen Moment*, dachte sie, *bis es dunkel ist ...*

Wie der Traum seine Hand aus dem Schlaf zieht, so erwachte sie. Ein Geräusch klang in ihrem Innern nach. Es war dunkel. Das Fenster stand offen. Virginie war nirgends zu sehen.

„Virginie?"

Mit schmerzenden Gliedern stand sie auf. Sie rüttelte an der Tür und sah im Schrank nach. Dann trat sie an das Fenster. Nach der Kälte im Raum zu schließen, stand es schon länger offen. Das Seil baumelte im Wind. Die Nacht dahinter war ein Wald aus Regen und undurchdringlicher Finsternis. Ihr Blick verschwand irgendwo in dieser regentönenden Schwärze.

„Virginie!"

Ihre Stimme schlug gegen die Ziegelwände und verhallte in der Luft. Hatte Virginie ihre Höhenangst nur vorgetäuscht? Aber warum hatte sie den Turm allein, ohne sie, verlassen? Ein schrecklicher Verdacht durchfuhr sie. Wieso, zum Teufel, war sie bloß eingeschlafen?! Sie berührte das Seil. Ihre eigene Höhenangst durchfuhr sie wie ein Schwindel. *Virginie!*

Mit beiden Händen packte sie das Tau und stemmte sich gegen die Außenwand.

Es war entsetzlich. Das Seil schnitt in ihre Hände. Eisige Kälte zerrte an ihren Gliedern und ihr ganzer Körper zitterte. Sie hatte das Gefühl, sich in einem schwarzen Gewölbe zu drehen, in dem ihre Bewegungen immer träger wurden. Mit jedem Windstoß, jeder Drehung spürte sie ihr Gewicht. *Keine Chance!*, dachte sie. *Keine Chance!* Regenluft und Wind waren Wellenberge, über denen sie nur für Momente luftjapsend aufzutauchen vermochte, bevor sie wieder gewaltsam in die Tiefe gerissen wurde.

Die Augen geschlossen haltend, begann sie, sich von Knoten zu Knoten hinabzutasten.

18.
Flucht ins Nirgendwo

Der Regen ließ nach.

Hammerschmidt hatte die Augen geöffnet, sagte aber kein Wort. Alexander Bub konzentrierte sich auf die feucht glänzende Straße. Seine Augen brannten.

Zum ersten Mal in den letzten Tagen ließ er die Gedanken an seine Kollegin Anna wirklich zu. Er fühlte sich auf eine nicht näher definierbare Weise schuldig an ihrem Verschwinden. Und war es nur die Tatsache, dass er den Fall Sylvie Claasen irgendwann als Vermisstenfall abgetan hatte, selbst nachdem er ihr Vaupel gegenüber so lange den Rücken frei gehalten hatte. Wirklich geglaubt an diesen Fall hatte er nicht mehr. Und Anna musste das geahnt haben. Sie jetzt irgendwo da draußen zu wissen, ohne die geringste Gewissheit, ob sie noch lebte und wo sie war, war ein quälendes Gefühl.

Ungehindert raste der Wagen die leere Autobahn entlang. Halb drei zeigte die Uhr am Armaturenbrett. Im Radio folgte eine Sondersendung auf die andere. Die Liste der für den Verkehr gesperrten Straßen wurde immer länger. Bei Gersfeld hatte es erste Tote gegeben. Die Flüsse stiegen nicht nur über die Ufer, sie schienen die ganze Rhön fluten zu wollen. Man sprach von einem Jahrhunderthochwasser. Das Hochwasser von Felda und Ulster stieg immer weiter, der Pegel der Werra hatte einen historischen Höchststand erreicht. Feuerwehr und Katastrophendienste erwarte eine unruhige Nacht.

Da fiel ihm die Sage wieder ein. In der Rhön kannte sie jeder. Man erzählte sich von Wasseradern, durch die der

Teufel das Meerwasser in verborgene Felsspalten bis in die Rhönberge geleitet habe. Alle Hochflächen der Rhön hätten sich in Moore verwandelt. Dabei hatte der Teufel eigentlich vorgehabt, die Rhöntäler zu überfluten. Als der Teufel das gesehen hätte, hätte er sein gerade begonnenes Werk zornig liegen lassen. Nur die Moore kündeten heute noch von diesem Vorhaben. Als Kind war er davon überzeugt gewesen. Immerhin mussten sie ja irgendwoher kommen, die Moore. Schon als er mit Anna die Fundstelle der Moorleiche aufgesucht hatte, hatte er daran denken müssen. Dass die ganze Gefolgschaft des Teufels, die bereits auf der Hohen Rhön gesiedelt hatte, hier im Roten Moor versunken war. Aber natürlich hatte er ihr das nicht erzählt.

In der Höhe von Zella verließ er die Autobahn.

Er hatte das Gefühl, es würde sich aufhellen, je näher sie dem Ort kamen, an dem das Auto zuletzt gesehen wurde.

Manche Nächte leuchten, hatte Anna gesagt, als sie nach Neujahr wieder in den Dienst gekommen war, und er sie gefragt hatte, wie es am Meer gewesen wäre.

„Was haben wir?", brummte Hammerschmidt, der jetzt angestrengt in die Dunkelheit starrte.

„Nichts neues", kam die einsilbige Antwort.

„Also suchen wir die dreitausendsiebenhundertachtundneunzig Straßen dieses Rhön-Kaffs ab, und vielleicht leuchten wir auch noch in alle Garagen und Hinterhofparkplätze. Bis zum Sommer sind wir bestimmt fertig."

„Sparen Sie sich Ihren dämlichen Sarkasmus", gab Bub zurück.

„Der einzige Anhaltspunkt, den wir haben, ist dieses Auto."

Im Scheinwerferlicht tauchte das Ortsschild von Zella auf und verschwand wieder. Er verlangsamte den Wagen.

„Und wenn Sie sich vor siebenundzwanzig Jahren auch an die Fakten gehalten hätten, wer weiß, ob wir dann überhaupt auf der Suche nach einer Kollegin sein müssten, die vielleicht schon längst tot ist, nur weil Sie Dinge übersehen haben, die ein afrikanischer Dorfpolizist aus jedem Kuhfladen liest."

„Das reicht jetzt."

Unvermittelt drückte ihm Hammerschmidt die Gurgel zu. Der Wagen schlingerte.

„Ich reiß dir den verdammten Arsch auf, wenn du nicht sofort für den Rest dieser beschissenen Tour die Fresse hältst und genau das tust, was ich dir sage."

Bub nahm die Hände vom Lenkrad und versuchte Hammerschmidts Arme von seinem Körper wegzubiegen. Röchelnd tastete er nach seiner Waffe. Der Wagen touchierte den Bordstein und rollte langsam auf eine Kreuzung. Plötzlich ließ ihn Hammerschmidt los und ließ sich erschöpft auf den Sitz zurückfallen. Mitten auf der Kreuzung blieben sie stehen.

„Und eines sage ich Ihnen: Falls Sie an eine Dienstaufsichtsbeschwerde denken, sollten Sie nicht vergessen, dass ich gar nicht hier bin."

Bub grunzte. Im Rückspiegel tauchte ein Lastwagen auf, der direkt auf die Kreuzung zuhielt. Das Telefon summte. Er drückte das Gaspedal durch. Die Zündung war aus. Ein dröhnendes Hupen durchschnitt die Luft.

„Nun gehen Sie schon an das verdammte Telefon!", schrie er und drehte den Schlüssel. Der LKW wuchs zu einem riesigen Schatten und schoss an dem startenden Wagen vorbei direkt auf einen Ampelmast zu, der mit einem berstenden Geräusch auf den Asphalt krachte. Bub steuerte den Wagen von der Kreuzung. Irgendwo in der Nacht verschwand der Lastwagen. In den Häusern gegenüber flammten Lichter auf.

„Das werden Sie nicht glauben."

Hammerschmidt hielt das Telefon an die Schläfe gepresst und zeigte auf das Straßenschild: „Balzacstraße.

Stadteinwärts. Sie kommt uns direkt entgegen. Eine Zivilstreife folgt ihr."

Alexander Bub unterdrückte das Bedürfnis, Hammerschmidt eine zu verpassen. Er wendete den Wagen und schaltete das Warnblinklicht ein.

Kurz darauf näherte sich ein langsam fahrender Wagen, in einigem Abstand gefolgt von einem weiteren Fahrzeug.

„Bingo", sagte Hammerschmidt.

„Wenn Sie den Wagen verlassen, erschieße ich Sie", sagte Bub betont langsam. Ohne Hammerschmidt anzusehen, stieg er aus.

Es waren nur wenige Schritte bis zu dem dunkelblauen Peugeot, der mit laufendem Motor wartete, aber es schien eine Ewigkeit zu dauern, bis er ihn erreichte. Auch die Beamten der Zivilstreife waren in diesem Moment ausgestiegen.

Langsam kurbelte die Fahrerin die Seitenscheibe herunter. Er sah nur den Schatten ihres Profils. Ihr Kopf und die Hälfte ihres Gesichts waren von einer Kapuze verdeckt. Die Luft, die ihm aus dem Wageninneren entgegenschlug, roch nach kaltem Rauch und Schweiß. Einer der Beamten leuchtete mit der Taschenlampe in den Wagen. Auf dem Rücksitz lag ein Stapel Decken. Daneben eine Reisetasche.

„Guten Abend. Routinekontrolle. Fahrzeugpapiere und Ausweis bitte", sagte er betont ruhig.

Die Fahrerin kramte umständlich in einem Beutel, der auf dem Beifahrersitz lag. Der Kommissar ließ sie nicht aus den Augen.

„Hm", machte sie. „Muss ich wohl bei mir vergessen haben. Ich wollte auch nur mal schnell zur Tankstelle, Zigaretten holen."

Sie hatte den Kopf noch immer von ihm abgewendet.

„Wir haben kurz vor drei. Die Tankstelle ist zu."

„Ach ja?"

„Steigen Sie bitte aus dem Wagen. Wir müssen Ihre Personalien feststellen."

Mit einem raschen Seitenblick stellte er fest, dass Hammerschmidt wirklich im Wagen sitzen geblieben war.

Die Frau öffnete die Tür.

Das Seil zitterte unmerklich in der kalten und schwarzen Luft.

Anna Lewin hatte keine Ahnung, wie weit es noch nach unten war und wie weit sie sich schon vom Fenster des Turms entfernt hatte. Steifgefroren stand sie im Nichts, während borstige Fasern in ihre Hände schnitten. Zentimeter für Zentimeter, Knoten um Knoten bewegte sie sich abwärts. *Nur nicht denken!*, sagte sie sich. *Nur nicht denken!*

Und plötzlich war wieder dieses klare und kalte Gefühl in ihr. Sie tauchte in eine Welt ohne Licht. Eine Welt, aus der das Gesicht der Wehle auftauchte.

Im Turm, auf den endlosen Stufen, hatte sie auf einmal gewusst, dass sie dieses Gesicht schon einmal gesehen hatte, einen kurzen Augenblick über sie gebeugt: Sie war gestürzt, oder jemand hatte sie niedergeschlagen. Ein beißend riechendes Tuch hatte sich auf ihr Gesicht gepresst. Plötzlich waren Stimmen laut geworden, der Druck hatte nachgelassen, aber da war sie schon ohnmächtig gewesen. Sie dachte an den leeren Kinderwagen.

Aber warum sie? Sie war nicht schwanger. Hatte eines ihrer Opfer ihr Kind vorzeitig verloren? Aber ja, Virginie. Und dann? Doch Virginie hatte von 11 Jahren gesprochen … aber einmal auch von 7. Das würde erklären, warum sie in diesem Fall kein schwangeres Mädchen überfallen hatte. Doch wie zuverlässig war Virginies Zeitrechnung wirklich?

Das Seil schwankte. Eine Bö hatte sie erfasst; Anna drehte sich in der Luft. Ihre Schulter stieß gegen die Mauer. Sie fiel. Oder glaubte zumindest, zu fallen. Dann verließ sie der Schwindel und sie wurde wieder ruhiger. Mit zitternden Beinen ließ sie sich weiter am Seil hinab. Die Haut an ihren Händen war aufgerissen und schmerzte.

Wenn das Wasser alles flutete, würde sie vielleicht niemals erfahren, was mit Sylvie Claasen und all den anderen, was mit ihrem Kind geschehen war. Vielleicht wusste sie es auch längst und lediglich ihre Vorstellungskraft reichte nicht aus, es für sie in verständliche Bilder umzusetzen. Vielleicht ...

Unvermittelt berührten ihre Füße den Grund. *Aber das ist nicht der Boden!*, durchfuhr es sie, als ihre Hände das Seil losließen. Sie taumelte. Ihre Hände tasteten ins Leere. Im Fallen berührten sie etwas Weiches.

Es war der leblose Körper Virginies.

Sie blieb in unmittelbarer Nähe des Wagens stehen.

„Und jetzt?“, fragte sie spöttisch. „Wollen Sie mich scannen?“

Die beiden Polizeibeamten traten zu ihnen. Der Kommissar wechselte ein paar Worte mit einem der beiden.

„Nein“, entgegnete er ruhig, „aber da Sie sich nicht ausweisen können, nehmen wir Sie mit auf das Revier. Wir hätten da ein paar Fragen an Sie. Reine Routine.“

Die letzte Bemerkung hatte die Frau aufhorchen lassen. Sie sah ihn an. Ihr Gesicht lag im Dunkel, wurde aber heller, als sie den Kopf hob. Unter der tief ins Gesicht gezogenen Kapuze waren ihre Augen ein stechendes, helles Gelb. Die Hände hatte sie in den Taschen ihres olivgrünen Regenmantels verborgen. Vergeblich versuchte er, ihr Alter zu schätzen. Er streckte den Arm zu ihr.

„Ist das wirklich notwendig?"

Ihre Stimme klang heiser.

„Unbedingt. Bitte, gehen wir."

Die Frau stieß sich langsam vom Fahrzeug ab und machte einen Schritt auf seinen Wagen zu.

„Nein", sagte der Kommissar. „Bitte hier entlang."

Er zeigte auf den schwarzen Citroën der Zivilfahnder.

Sie blieb stehen und drehte sich dann langsam zu ihm.

Hammerschmidt öffnete die Wagentür, trat auf die Straße und warf die Tür mit Schwung wieder zu.

Der Kommissar drehte sich überrascht um.

Ansatzlos schlüpfte die Frau an ihm vorbei hinter ihr Auto und durch die Öffnung eines schmalen Gitterzauns auf ein brachliegendes Gelände.

Einer der Fahnder lief ihr hinterher. Er rief etwas Unverständliches. Sein Kollege sprang in den Wagen und setzte mit aufheulendem Getriebe rückwärts, bis an die nächste Straßeneinmündung, wo der Wagen verschwand.

„Verflucht!"

Der Kommissar stand wie angewurzelt da. Hammerschmidt war in der Dunkelheit verschwunden.

„Nein. Nein, bitte nicht!"

Ihre aufgerissenen Hände fuhren durch Virginies Haar. Das Blut auf ihrem zertrümmerten Hinterkopf war noch warm. Ein Lächeln lag auf Virginies Gesicht.

Sie sah hinauf zum Turm. Ein grobkantiger Fingerzeig in die Höhe, so zeichnete er sich schemenhaft vor dem Nachthimmel ab. Das Seil war ein zitternder Strich in der Finsternis.

Mit schmerzenden Beinen stand sie auf. Die Umrisse von langgestreckten Gebäuden schwankten vor ihrem Blick. Sie war frei. Irgendwo unter ihren Füßen mussten sich die

Gänge befinden, dachte sie, als sie sich schleppend vorwärts bewegte. All das ist nur ein Albtraum, fuhr es ihr durch den Kopf. Wenn es erst Morgen war, würde er enden.

Sie hielt sich auf einem geschotterten Weg. Die Garagen, Schuppen und etwas, das aussah wie ein Zwinger, wirkten verlassen. Nirgends waren Lichter zu sehen. Nur der schwache Schein des Mondes wand sich wie eine Schlange aus Silber vor ihr auf dem Weg. Der einzige Anhaltspunkt, den sie hatte, war etwas, das wie das schwache Rauschen einer Straße klang. Darauf bewegte sie sich zu. Sie konzentrierte sich auf den gleichmäßigen Laut, den sie schon im Turm wahrgenommen hatte. Es war kalt. Ihr Körper schmerzte. Sie zählte ihre Schritte. Der Turm verschwand bald hinter einem großen Gebäudeblock.

Sie war ungefähr zwei Kilometer gelaufen, als sie von einer kleinen Anhöhe aus schwarz glänzende Felder vor sich liegen sah. Hinter ihr ragten die unförmigen Schatten der Kasernengebäude auf. Sie atmete schwer. Links von ihr schimmerten die Lichter einer Ortschaft. Langsam bewegte sie sich auf sie zu.

„Verflucht!", wiederholte Kommissar Bub. Er fühlte sich wie der letzte Trottel, während er allein auf der Straße stand. *Hammerschmidt!* Eine unbändige Wut erfasste ihn. Er trat gegen den Reifen des Peugeots.

Plötzlich fiel ein Schuss. Dann noch einer. Nicht weit von hier, dem Widerhall nach zu urteilen.

Er wählte Hammerschmidts Handynummer. Keine Antwort.

Er lief den Zaun ab, in die Richtung, wo Hammerschmidt verschwunden war. An einer Stelle war der Zaun niedergetreten. Der Kommissar schlüpfte in die Dunkelheit. Zwischen Mauerresten und Holzabfällen war so etwas wie ein

Weg zu erkennen. Er zog seine Waffe und versuchte, sich in der Dunkelheit zu orientieren. Auf einer Bodenerhebung blieb er stehen.

Die Straßenlaternen erhellten nur das erste Drittel des Geländes. Dahinter war es völlig finster. Dennoch glaubte er, die schwarzen Schatten von Gebäuden auszumachen, und einen helleren Schatten, der sich auf diese Gebäude zu zubewegen schien. Was zum Teufel war das?

Es mochte ein verdammter Zufall sein, aber in diesem Augenblick erklang das durchdringende Schrillen der Alarmanlage seines Dienstfahrzeugs. Von hier aus war die Straße nicht mehr zu erkennen. Er musste an den Morgen denken, an dem seine Kollegin verschwunden war ...

Vorsichtig bewegte er sich weiter. Das Gelände wurde wieder flach, war nur von einzelnen Büschen und dünnen Baumreihen bestanden. Summend meldete sich der Vibrationsalarm seines Mobiltelefons. Er zog es aus der Jackentasche und sah auf das Display. Hammerschmidt!

„Wo zum Teufel ..."

„Kehren Sie um. Bevor es zu spät ist", unterbrach ihn eine Frauenstimme. Als er etwas entgegnen wollte, wurde die Verbindung getrennt. Ungläubig starrte er auf das flackernde Display.

Die Lichter kamen näher. Es waren Straßenlaternen, vereinzelte Häuser, die sich hinter dem Kamm aus Dunkelheit erstreckten. Sie musste telefonieren, sich irgendwie bemerkbar machen. Und dann sofort die Wehle suchen. Alle anderen Gedanken versuchte sie von sich zu schieben. Zu laufen war anstrengend, aber es half ihr, sich auf das zu konzentrieren, was sie in diesem Moment brauchte. Blasse Sterne standen am Himmel. Irgendwo darin die Silhouette eines unvollständigen Mondes. Eine feuchte Kälte hatte sich auf ihre Haut gelegt. Es musste zwischen drei und vier Uhr morgens sein, schätzte sie.

Plötzlich hielt sie inne. Aus der Ferne hörte sie einen Schuss. Unmittelbar davor ein ähnliches Geräusch, vielleicht der erste Schuss. Sie erinnerte sich, dass die Jäger oft in den frühen Morgenstunden unterwegs waren, um Wild zu schießen.

Nach einer Weile wurde der Pfad immer schmaler. Das Gras stach in ihre Beine.

Sie war vielleicht zehn Minuten gelaufen, als sie eine Gestalt aus dem Dickicht auf den nahen Fluss zueilen sah. In dem merkwürdigen Zwielicht aus Dunkelheit und Flusshelle konnte sie sich aber auch täuschen. Sie versuchte, schneller zu laufen. Aus dieser Entfernung hatte es keinen Sinn, sich bemerkbar zu machen.

Dort, wo sie die Gestalt gesehen hatte, schien das Ufer zu enden. Eine Art schmaler Anlegesteg verlängerte sich ins Wasser. Die auf und nieder hüpfenden Schatten entpuppten sich als Ruderboote, die auf der durch das Hochwasser hervorgerufenen starken Strömung tanzten.

Schwer atmend, blieb sie an dem Ausleger des Stegs stehen.

Und richtig, ganz am Ende des Stegs sah sie jemanden, der damit beschäftigt war, etwas in ein Boot zu laden. Das Boot glich eher einem Hochseekahn und schien ihr für so einen kleinen Fluss völlig überdimensioniert. Vielleicht ein Fischer, der sein Boot bereit machte, dachte sie. Gab es so etwas überhaupt hier?

Sie betrat den Steg. Die Holzplanken waren feucht. Wasser gluckste. Der Mann in der olivgrünen Kutte schien sie nicht zu bemerken.

Erst als sie sein Boot fast erreicht hatte, drehte er sich zu ihr um.

Kommissar Bub steckte das Telefon weg. Angestrengt starrte er in die Dunkelheit. Es war sinnlos. Wenn nicht die beiden Schüsse gefallen wären, hätte er diese Aktion hier sofort abgebrochen.

Was zum Teufel hatte das zu bedeuten: Hammerschmidts Handy im Besitz dieser Frau?

Vorsichtig bewegte er sich im Schutz der niedrigen Sträucher weiter vorwärts. Kein Laut wies auf eine Flucht oder Verfolgung hin. Es war weder etwas zu sehen noch zu hören. Vor ihm ragte die Silhouette einer zerfallenen Hütte auf. Dahinter so etwas wie eine Mauer.

Auf dem angrenzenden Gelände war plötzlich eine Bewegung zu erkennen. Oder hatte er sich nur getäuscht?

Er kroch auf die Hütte zu. Das Dach schien verrutscht. Etwas, das aussah wie ein Dachbalken oder eine Plane, hing vor der Eingangsfront.

Aber das, was er dann sah, ließ ihn mitten in der Bewegung erstarren. Die massige Gestalt Klaus Jürgen Hammerschmidts hing kopfüber vom Dach. Noch bevor er sich fragen konnte, wie das möglich war, sah er die Haken, die aus den Dachbalken ragten.

Er erhob sich langsam und ging auf den grotesk dicht über der Erde baumelnden Körper zu. Hammerschmidts Hand berührte den Erdboden. Sie war noch warm, als er seinen Puls fühlte. Der Haken hatte sich, vermutlich im Sturz, in seinem Körper gedreht und war kurz vor der Schulter zum Stehen gekommen. Die Schusswunde in Hammerschmidts Stirn ließ keinen Zweifel daran, dass er jedoch auf andere Weise zu Tode gekommen war.

Er blickte sich um.

Die Hütte war die einzige Erhebung. Vermutlich war Hammerschmidt auf das Dach gestiegen. Dort musste ihn der Schuss getroffen haben. Hatte er zuvor noch selbst geschossen? Vergeblich suchte er den Boden vor der Hütte ab. Vielleicht lag die Waffe noch auf dem Dach.

Er benachrichtigte die Zentrale. Die sollten die Kollegen vor Ort informieren. Als er aufgelegt hatte, ließ ihn etwas aufhorchen. Das, was der Wind von Zeit zu Zeit in die Luft trug, hörte sich an wie ein fernes Rauschen.

Überrascht blieb sie stehen. Das Gesicht ihres Gegenübers kam ihr bekannt vor. Sie zögerte. Der Mann in der Kutte wendete sich wieder ab, kroch in eine Art Verschlag und warf einen Sack in das Boot, in dem bereits verschiedene Gegenstände verstaut lagen.

Sie trat näher.

„Können Sie mir vielleicht helfen?“, fragte sie, obwohl sie das Gefühl hatte, der Fremde könnte sie nicht verstehen. „Haben Sie vielleicht ein Telefon? Ich muss dringend telefonieren.“

Statt einer Antwort drehte sich die Gestalt langsam um und warf sie mit einer blitzschnellen Bewegung zu Boden. Schatten verbargen das Gesicht ihres Gegenübers. Nur der Ring an seiner rechten Hand wurde für einen kurzen Augenblick sichtbar, als es sich mit der anderen Hand, die Finger abgespreizt, mit einer seltsam konzentrierten Art die Haare aus der Stirn strich und dabei leise die Luft einsog.

Entsetzt schrie sie auf. Die Gestalt vor ihr war Marcia Wehle.

Mit einer Kraft, die ihr ihre Gegnerin nicht zugetraut hatte, stieß sie sie von sich. Die Wehle taumelte und fiel rücklings auf die Taue, die direkt am Rand des Steges lagen. Mit einer Hand tastete sie über den Boden.

Die Kommissarin reagierte schnell und trat ihr mit einem Fuß auf die Hand. Mit einem Tritt ihres freien Fußes beförderte sie die Waffe in die Dunkelheit. Urplötzlich schnellte ihre Gegnerin hervor und biss sie in die Wade. Mit einer instinktiven Drehung holte ihr anderes Bein aus und traf die Wehle mit einem hässlich berstenden Geräusch am Unterkiefer. Blut sickerte aus ihrem Mundwinkel. Hasserfüllte Augen funkelten sie an. Anschließend machte die Wehle eine Bewegung zum Boot hin. Mit beiden Händen versuchte die Kommissarin, nach ihr zu greifen, aber nach kurzem Kampf hielt sie lediglich die olivgrüne Kutte in der Hand. Ein Motor wurde angelassen.

Anna sprang in den Fluss.

19.
Jenseits des Flusses

Er hatte sich nicht getäuscht. Vor ihm lag ein Fluss. Aber wo war das eigentliche Flussbett? Rings um ihn herum schien nur noch Wasser zu sein. Die Felda rauschte und toste wie ein gewaltiger Strom, der alle Nebenflüsse wie die Lotte, den Ziegelbach und den Wiesenthalbach in eine reißende Flusslandschaft verwandelt hatte. Nichts wies darauf hin, dass Marcia Wehle diesen Weg genommen hatte. In einer Art trotzigen Wut war Alexander Bub dem Rauschen gefolgt, und nun stand er hier.

Vom Dorf her näherte sich ein Polizeiauto. Leise fluchend stapfte er durch den aufgeweichten Boden auf dem Damm. Er hatte sich alles so gut zurechtgelegt. Das Verhör, seine Fragen. Wie er ihr das Versteck von Anna entlockt hätte. Die ganze verdammte Geschichte, vom Roten Moor in der Rhön bis hierher. Er hätte sie mit ihren Tagebüchern konfrontiert, mit dem ganzen grausamen Müll ihrer Kindheit. Sie wäre zusammengebrochen, und dann ... Hätte Hammerschmidt nicht die Tür geöffnet ... Nein, hätte er sich nicht ablenken lassen! Und jetzt war Klaus-Jürgen Hammerschmidt tot.

Durch schlammigen Morast lief er auf dunkle Flächen zu, die der entfesselte Fluss Richtung Land gedrückt hatte.

Anna Lewin verfehlte das Boot. Sie ging unter, tauchte auf und ging wieder unter. Dann spürte sie, dass ihre Kleidung und die Schuhe sie wie Blei unter Wasser zogen. Sie schwamm auf der Stelle, wurde aber immer wieder fortgerissen, während sie versuchte, ihre Sachen loszuwerden.

Das Boot fuhr an. Sie fasste nach der Reling und zog sich hoch. Ihr wurde schwarz vor Augen. Hinter dem schmalen Kajütenaufbau ließ sie sich auf eine Plane fallen. Sie klammerte sich an eine umgestürzte Werkzeugkiste, als würde sie ertrinken. Alles um sie herum war Wasser. Ihr Herz begann zu rasen.

Die Wehle starrte in die Finsternis hinter ihr. Als sie die hell schimmernden Kleidertupfen der Kommissarin auf dem Wasser entdeckte, schien sie zufrieden zu sein. Sie wandte sich ab. Bald lag vor ihnen nichts als der schwarze Fluss mit seinem fahlen, ins Ungefähre verrückten Ufer und der dunkle, sternenlose Himmel.

Zitternd vor Kälte wartete sie auf den Moment, in dem Marcia Wehle die Treppe zur Bodenluke betrat. Nur wenige Meter von ihr entfernt verschwand sie. Anna sprang mit einer Eisenstange in der Hand aus ihrem Versteck und schlug die Tür hinter der Wehle zu. Die Stange klemmte sie zwischen Treppenstufen und Türknauf.

Wütend warf sich die Wehle gegen die verriegelte Tür, während die Kommissarin versuchte, den Motor zu stoppen.

Zwischen den Bäumen tauchte die Lichterkette eines Ortes auf. Sie versuchte, den Motor abzuwürgen. Das Boot glitt für einen Augenblick geräuschlos in die durch das Hochwasser hervorgerufene Strömung. Sekunden später stotterte der Motor wieder. Ihre Augen brannten sich in die Dunkelheit. Eine Dunkelheit wie die, die sie gesehen hatte, kurz bevor ihre Tochter verschwunden war. Eine Dunkelheit wie vor ein paar Tagen in dem Waldstück, als ein schwarzer Schatten auf sie zu gejagt war und ihre Netzhaut begonnen hatte zu flimmern. Wenn sie in Sylvies Vergangenheit gesehen hatte, hatte sie in den letzten Monaten nichts anderes gesehen als diese Dunkelheit. Was lag dahinter?

Die lichtgesprenkelten Flecken der Häuser tauchten auf und verschwanden wieder. Irgendwo in der Ferne flackerte Blaulicht. Sie hatte das Gefühl, längst nicht mehr auf einem kleinen namenlosen Fluss zu sein, sondern irgendwo auf den Wogen und Sturzbächen, die die Wasser des Meeres zum Roten Moor leiten sollten.

Splitternd zersprang das Glas der Bodenluke. In dem leeren Rahmen tauchte das blutverschmierte Gesicht der Wehle auf.

Instinktiv warf sie sich zu Boden. Tosend hallte ein Schuss durch die wasserrauschende Stille. Eine Kugel zersplitterte das Holz an der Reling. Dann zwei weitere Schüsse, die offenbar dem Türschloss galten, bevor die Tür nachgab und aufsprang.

Die Kommissarin schob den Außenborder mit einem Ruck auf die Seite. Das Boot schlingerte. Schreiend klammerte sich Marcia Wehle mit einem Arm an die Reling. Ihr anderer Arm baumelte wie herrenlos herab, schien gebrochen zu sein.

Sich um sich selbst drehend, legte sich das Boot wieder ins Wasser, wo es tiefe Furchen in die Strömung zog. Die Kommissarin kämpfte um ihr Gleichgewicht. Als sie wieder aufsah, war Marcia Wehle verschwunden. Hatte sie das Schlingern des Bootes über Bord geworfen?

Sie lief an die Reling. Weiter draußen trieb etwas im Fluss, ein hell schimmernder Gegenstand. Er tauchte auf, dann verschwand er wieder. Etwas wie ein heller Arm streckte sich in den Himmel und verharrte einen Augenblick über dem Wasser. Dann war da nur noch Dunkelheit.

Verzweifelt versuchte sie, den Schlüssel im Zündschloss umzudrehen. Sie merkte nicht, wie das Boot aus dem Flussbett trieb. Mit einem großen Schraubenzieher schlug sie auf den Schlüsselbart.

Im selben Augenblick, als er endlich nachgab, spürte sie eine Hand um ihren Hals. Finger drückten sich wie ein Schraubstock in ihre Haut. Den Schraubenzieher in der Hand, zielte sie blindlings nach hinten und stieß ihn mit aller Kraft, die sie noch in sich spürte, in den Leib des Angreifers. Der Griff um ihren Hals lockerte sich. Blitzschnell fuhr sie herum.

Zum ersten Mal seit ihrem Besuch in Alten-Buseck sah sie direkt in das Gesicht von Marcia Wehle. Es war vor Schmerz verzerrt. Der Hass in ihren Augen hatte nichts Menschliches mehr. Es war das Gesicht einer alten, abgemagerten Frau, über das sich viele andere Gesichter gelegt hatten, Gesichter von Mädchen, die sie umgebracht hatte, sowie eines, gezeichnet von der Hölle einer Kindheit.

Marcia Wehle geriet ins Straucheln. Sie streckte den Arm nach der Kommissarin aus, als wollte sie sich an ihr festzuklammern, trat aber gleichzeitig, wie von einer unbekannten Gewalt gezogen, auch einen Schritt zurück. Ihre Lippen bewegten sich, als wollte sie noch etwas sagen. Dann verschwand sie lautlos in der Dunkelheit.

„Nein!“, rief die Kommissarin.

Der eisige Wind trieb die Luft wie Nadelstiche in ihre Haut. Das Wasser war schwarz und die Ufer lagen starr als urzeitliches Moor vor ihr. Dahinter war nichts als undurchdringliche Finsternis.

Sie sprang.

Und wurde mitgerissen. Eine Kraft, gewaltiger als die Erdanziehung. Vor ihr tauchte ein Kopf auf. Dann ein Arm, eine Hand, die sich ins Leere streckte. Sie warf die Arme ins Wasser und zwang sich, schneller zu schwimmen. Es war Wahnsinn, was sie tat. Dennoch tat sie es.

Das führerlose Boot pflügte die Wellen, glitt in die Dunkelheit, auf einen dünnen Arm zu, der sich in den Himmel streckte und dann wieder verschwand. Kurz bevor das Boot ihn erreichte, tauchte Marcia Wehles Kopf auf. Der Bug des Bootes riss ihn weg. Ein regloser Arm lag für Momente auf dem Wasser, dann ging er unter, verschlungen von den dunklen Wirbeln des aufgewühlten Wassers.

Anna schwamm, ohne genau zu wissen, wohin. Als etwas Weißes auf sie zuhielt klammerte sie sich an einen Ast. Doch war es nur ein Schafskadaver, der vorbeitrieb, während, wie es schien, jenseits des Horizonts der Tag heraufstieg. *Himmel!*, dachte sie und verlor das Bewusstsein.

Eine Stimme schrie etwas Unverständliches. Sie blinzelte. Zwei Polizisten drehten sie auf den Rücken. Kommissar Alexander Bub starrte sie entgeistert an. Wortlos beugte er sich über sie. Jemand legte eine Decke um sie.

„Ich hätte nicht gedacht, dich jemals wieder zu treffen, Marianne. Und schon gar nicht jetzt, wo doch die ganze Rhön gerade geflutet wird. Bei deiner Orientierung ..."

Sie war zu erschöpft, um auf seine Anspielung zu reagieren. Stattdessen erklärte sie ihm in abgehackten Sätzen, was passiert war.

Verstohlen wischte er sich eine Träne aus dem Augenwinkel.

Anna Lewin versuchte, sich umzudrehen.

„Das Boot", sagte sie.

„Lass das verdammte Boot. Wir lassen den Fluss nach ihr absuchen. Oder vielmehr die Seenplatte! Das Hochwasser hat das halbe Land absaufen lassen ..."

Anna fühlte sich, als triebe sie im Nirgendwo. Sie bat darum, zur verlassenen Kaserne gefahren zu werden.

„Tu das nicht", sagte der Kommissar.

„Sie ist nicht mehr da", sagte sie ruhig.

„Was soll das heißen, sie ist nicht mehr da?", fuhr er sie an. „Was suchst du dann da? Kannst du mir vielleicht erklären, was du dort willst? Du bist stark unterkühlt und gehörst sonst wohin. Der Notarzt ist unterwegs. Wenn er bei dem Hochwasser überhaupt durchkommt ..."

Ohne ihn zu beachten, kletterte sie, in ihre Decke gewickelt, in den Polizeiwagen. „Die Mädchen", sagte sie nur.

Als der Wagen vor dem Zaun, der das Kasernengelände umgab, gestoppt hatte, wies sie auf eine Stelle in der Umzäunung, in der große Stücke fehlten.

„Da lang."

Sie betraten das Gelände.

„Ich brauche eine Lampe", bat sie.

„Du brauchst vor allem eine Portion Vernunft", rief sie Kommissar Bub zurück und stieg ihr nach.

„Lampe", sagte sie nur.

Ein dabeistehender Polizist reichte ihr eine Stabtaschenlampe.

Die Decke klebte als zweite, nasse Haut an ihr, als sie das Gebäude der Hauptkaserne durch einen der beiden offenen Eingänge betrat. Das Licht der Taschenlampe irrte über verblasste Wandgemälde und den von Glasscherben übersäten Boden. Durch eine Luke im Boden stiegen sie wenige Stufen hinab in einen Gang, der voller Wasser stand. Noch war der Wasserstand niedrig, aber er schien zu steigen.

„Warum laufe ich dir eigentlich die ganze Zeit hinterher? An das letzte Mal habe ich irgendwie keine guten Erinnerungen ..."

Ein merkwürdiger, modriger Geruch hing in dem niedrigen, vielleicht viermal zwei Meter großen Raum, den sie nach wenigen Schritten von rechts betraten. Sie fand alles so vor, wie Virginie es ihr beschrieben hatte. Schwarzes Wasser schwappte an ihre Füße. Sie klemmte die Lampe in ein Holzgitter an der Decke.

Überall standen Fässer. In der Mitte des Raumes, den man nur in gebückter Haltung begehen konnte, wurde der faulige Geruch unerträglich.

„Herr im Himmel, hat hier jemand Seegurken gezüchtet oder was?"

Bub lüftete eines der Fässer. Polternd fiel der Deckel zu Boden. Er beugte sich über den Rand und ... wich entsetzt zurück. Die Hand hielt er vor den Mund gepresst.

„Besser nicht", versuchte er sie zurückzuhalten. „Schau da nicht hin!"

Die Kommissarin drehte sich um und ging auf die andere Seite des Raums. Sie öffnete jedes Fass, indem sie den Deckel über den Rand schob. Reglos schwammen zu Föten geschrumpfte Babyleichen in einer ölig-trüben Lauge. Fleischklumpen und eingeschrumpfte Glieder klebten wie Wolkenreste an den Rändern der Fässer. Erstarrten Moränen gleich streckten ihr die kleinen Körper die Hände entgegen. Auf dem oberen Rand jedes der Fässer war ein Name eingraviert: *Sylvie. Sylvie. Sylvie. Sylvie. Sylvie. Sylvie. Sylvie.* Sie las die Namen laut vor, während sie in die toten Gesichter der Babys starrte. Alle hießen sie gleich. Ihre starren Blicke zerbarsten in den Gesichtern und gingen durch die feinen Risse in ihrer Haut. Einen Augenblick lang wurde Annas Atem schwer. Noch einmal sagte sie leise: „Sylvie."

Wie ein lebloser Engel streckte eines der Kinder ihr seine winzigen Hände entgegen. Hätte es die Augen öffnen können, sie hätten gelächelt. „Die Augen sind das Schwierigste", hatte Bisterbosch gesagt.

Während die Fahrzeuge der Ermittler auf den Kasernenhof fuhren, blieb sie, zitternd in ihre Decke gehüllt, vor dem Eingang sitzen.

Auf einmal stand Alexander Bub vor ihr. Er reichte ihr die Hand. Langsam gingen sie auf das Tor zu. Über dem Horizont wurde ein flüssiges Grün sichtbar. Ein schwaches Licht kappte das dunkle Band der Wolken. Die Kommissarin drehte sich nicht mehr um.

Erst nach einer Woche wich das Wasser wieder zurück. Auf einem Feld nahe der Felda wurde die Leiche einer Frau gefunden. Ihr Körper wies starke Treibspuren und eine Vielzahl von Verletzungen auf. Der beschleunigte Verwesungsprozess hatte ihren Bauch aufgebläht. Sie sah aus wie schwanger. Eine Untersuchung ihrer DNA ergab, dass es sich bei der Toten um die seit 1979 vermisste Sylvie Claasen handelte.